古典詩歌研究彙刊

第十八輯

龔鵬程 主編

第 4 冊

主體意識的情志抒寫
——韋莊詩詞關係研究（上）

林 淑 華 著

國家圖書館出版品預行編目資料

主體意識的情志抒寫——韋莊詩詞關係研究（上）／林淑華
著 -- 初版 -- 新北市：花木蘭文化出版社，2015〔民 104〕
目 6+184 面；17×24 公分
（古典詩歌研究彙刊 第十八輯；第 4 冊）
ISBN 978-986-404-296-8（精裝）
1.（五代）韋莊 2. 詩詞 3. 詩評
820.91　　　　　　　　　　　　　　　　104014040

ISBN- 978-986-404-296-8

9 789864 042968

古典詩歌研究彙刊
第十八輯　第四冊　　　　　　ISBN：978-986-404-296-8

主體意識的情志抒寫——韋莊詩詞關係研究（上）

作　　者　林淑華
主　　編　龔鵬程
總 編 輯　杜潔祥
副總編輯　楊嘉樂
編　　輯　許郁翎
出　　版　花木蘭文化出版社
社　　長　高小娟
聯絡地址　235 新北市中和區中安街七二號十三樓
　　　　　電話：02-2923-1455／傳眞：02-2923-1452
網　　址　http://www.huamulan.tw 信箱 hml 810518@gmail.com
印　　刷　普羅文化出版廣告事業
初　　版　2015 年 9 月
全書字數　299605 字
定　　價　第十八輯 13 冊（精裝）新台幣 20,000 元
　　　　　　　　　　　　　　　　　　版權所有‧請勿翻印

主體意識的情志抒寫
——韋莊詩詞關係研究(上)

林淑華 著

作者簡介

林淑華　　國立彰化師範大學碩士班、國立成功大學博士班畢業，現職為安南國中教師，曾獲國科會獎勵人文與社會科學領域撰寫博士論文，古典詞獲粵港澳臺大學生詩詞大賽優異獎、鳳凰樹文學獎，期望從無涯學問之探索中，尋求各個生命發光的故事。

提　　要

　　晚唐時剛發展的詞學體系，在語言符號轉換過程中，可能有意或無意間繼承詩學的創作元素。就創作者而言，也因為原來具備的文學素養、技巧訓練，都會在無形中產生影響，在剛開始嘗試新的文體時，必定有部分承接心中已儲存的詩學符號重新加以改造，創造出新的文學形式與意涵。於是本文從外在形式與內在特質，觀察晚唐韋莊創作的兩種不同文體，以明白作家在相同的時空背景中，如何使用不同的體裁表達與創作，並借以觀察晚唐詩與詞的過渡情形。

　　研究方法與步驟在掌握背景資料後，便將韋莊全部的詩詞作品概分為「內容比較」、「語言及藝術手法比較」、「形式風格比較」三大類，分別探述詞與詩的關係，作為本文主要之綱目。

　　本文的研究第一可提供往後探究詩、詞關係的具體研究模式。第二，本文將可助於往後研究整個晚唐詩詞過渡關係的墊腳石，擴大研究晚唐五代的詞人作品與其詩的關係，以填補晚唐文學史的空白。第三，開展出創作學的研究視野。從外在學習與內在創新的雙重角度的觀察下，了解創作者創作詩詞的心理與手法，進而開展出創作學的新研究視野。

誌　謝

在論文付梓之時，原本濡染汗水變成昏黃的稿紙，不再沈甸，即將新生、即將翻飛，這本論文能有些雛型，必須歸功於許多人。

口考時，老師們說越批評這本論文是越愛我的表現，所以當天我緊張不已，事實上，老師們是左一個菩薩，右一個觀音，苦口婆心的像叮嚀一個快出嫁的「女兒」，我只有感動，只有愧疚，只有謝意，真覺得集三千寵愛於一身，倍受溺愛。

指導老師黃文吉教授對我亦師亦父的照顧，在論文決定之初的渾沌時期，給我堅定支持的力量，讓我不畏縮、不浮動，得以循序漸進調整論文的重心，完成論文。黃文吉老師嚴謹勤勉的治學態度，數十年不改一日的研究功夫，著實讓人欽佩，尤其落實在對我的論文一字一句的訂正上，不容馬虎，使我以盡心盡力的態度面對學術，不敢懈怠。

老師與師母都是非常疼愛學生，每每到老師家，最喜歡到老師的書房了，老師的書房書很多，老師總會塞給我們一大堆書，尤其在SARS期間，圖書館很難借到書，有時還勞動舟車辛苦的老師帶給我，甚至難買的大陸書都有勞老師幫我訂。老師也喜歡宴請我們，美麗師母精湛的烹飪料理，配上老師珍藏的香醇好酒，以及二人之間妙語如珠的對答，必使席上歡樂騰騰，賓主盡歡。酒足飯飽、樂飲而返，大

包小包的行囊加上微凸的肚子，真的是很豐收，這些時光是我心中最美麗的回憶，謝謝老師無盡的付出與關愛。

感謝口考老師顏天佑教授的教導。老師是理性與感性兼具的學者，每每我蹙著眉頭，百思不得其解，聽老師一席話之後如醍醐灌頂，令人全身通體舒暢，不管是學問上或人事上的問題，先前的鬱結憂思，總在老師提綱契領的分析後，經脈融貫。猶記得那一個下午，窗外烈日正毒，帶著混亂的思緒，沒頭沒腦的找老師解救，羚羊掛角之跡的懸疑，周旋好長一段時間，討論到口水乾涸了，太陽已經西斜，金黃光輝也比較柔和了，回家沉澱與老師的對談後，終更解得其義。老師身體不好，還是耐心的幫我解析問題，真是萬分感激老師。說老師感性，是因為老師有一種魔力，講人生哲理、講現實問題，老師真性情的體悟與關愛學生的出發點，可以讓人產生深層的感動，繼而發出共鳴。聽老師的課真的很過癮，希望老師能永遠健康快樂。

感謝口考老師李建崑教授的傾囊相授。老師在中興大學授課，我去修課，常常就從老師像小型圖書館、僅容旋身的研究室中，搬出一大堆寶書，趕緊回家練功，感謝老師對晚輩的照顧之厚，並提供許多寶貴的意見。

還有感謝彰師中文系老師對我多年的薰陶指導：李威熊教授、鄭靖時教授、黃忠慎教授、吳有能教授、陳啓佑教授、陳金木教授、吳彩娥教授、呂光華教授、周益忠教授、譚潤生教授、許麗芳教授、王年雙教授、游志誠教授、林逢源教授、耿志堅教授，以及王偉勇教授等等老師精彩的授課內容與儒者風範。忙碌的日子真的很難熬，很多時候是因為老師對我的鼓勵與期許，才有勇氣去完成。感謝朋友們的切磋慰問，學長姊鍾勇、淑萍、財福、文怡……的幫忙。最後感謝父母對我的栽培和照顧，以及遠在台北的姊姊雅玲、姊夫展立提供的資源幫助，以及小威對我的支持與包容，讓我無憂無慮的繼續學業。

再多的言語都無法形容我對你們的感激，謝謝你們。

目

次

第一章　緒　論

第一節　研究動機與目的

詩與詞的關係，可由內在特質與形式來說，內在特質就是理境、情趣的部分，形式就是格律、聲調部分，形式可以從詞的興起過程了解。

詩與詞的關係，依據歷來研究可分為以下幾點：

一、以形式區別詩詞關係

王易《詞曲史》提出詩歌詞曲等注重配合音樂韻律的文體，不同於散文、古文等其他不需配合音樂文體的不同：

> 文章之內美，曰四端焉：曰理境也，情趣也，此美之託於神者也；曰格律也，聲調也，此美之託於形者也。託於神者，為一切文體所同需，託於形者，則詩歌詞曲之所特重也。〔註1〕

文章內在的條理思想、情感精神，是一切文學作品得以感人的神韻精髓，而詩詞歌曲之文體，還要注重外在的形式結構，因外在格律的拗怒或和諧，聲調的抑揚或頓挫，影響傳達語氣的和諧或激促，從而影

〔註1〕王易：《詞曲史》（北京：東方出版社，1996年3月初版）導言，頁2。

響其聲情韻味，文章內在構思因而不隨著外在形式結構，而創作適合他們聲情的內容。

詞的興起說大概有幾種說法，大部分說法皆偏重在，以長短形式的體制與格律，作詩詞的聯繫考察。認為詞與詩經有關係的有彭孫遹《詞統源流》，〔註2〕他認為詞之長短錯落，發源於三百篇。丁澎《藥園閒話》、〔註3〕李調元《雨村詩話》、〔註4〕汪森〈詞綜序〉〔註5〕都主此說。也有因樂府參差不齊的外在形式，故以此來尋求詞與樂府詩的依附點，如王應麟《困學紀聞》、〔註6〕王世貞《藝苑巵言》〔註7〕

〔註 2〕 〔清〕彭孫遹：《詞統源流》：「凡此煩促相宣，短長互用，以啟後人之協律之原，豈非三百篇實祖禰哉。」見《百部叢書集成》第2677冊（台北：藝文印書館，1967年），頁1。

〔註 3〕 丁澎《藥園閒話》：「屈子〈離騷〉亦名辭，漢武〈秋風〉亦名辭，詞者詩之餘也，然則詞果有合於詩乎？曰，按其詞而知之也。〈殷雷〉之詩曰：『殷其雷，在南山之陽。』此三五調也。〈魚麗〉之詩曰：『魚麗，于罶鱨鯊。』此二四言調也。〈江汜〉之詩曰：『不我以，不我以』此疊句調也。〈東山〉之詩曰：『我來自東，零雨其濛。鸛鳴於垤，婦歎於室』此換韻調也。〈行露〉之詩曰：『厭浥行露』其二章曰：『誰謂雀無角』此換調也。凡此煩促相宣，短長互用，以啟後人協律之原，豈非三百篇實祖禰哉？」收錄在〔清〕馮金伯輯《詞苑粹編》卷之一體製，三百篇為詞祖條，見唐圭璋編：《詞話叢編》（台北：新文豐出版社，1988年台一版）冊二，頁1755。

〔註 4〕 李調元〈雨村詞話序〉云：「詞非詩之餘，乃詩之源也。周之頌三十一篇，長短句居十八，漢〈郊祀歌〉十九篇，長短句居五，至〈短簫鐃歌〉十八篇，篇皆長短句。自唐開元盛日，王之渙、高適、王昌齡絕句流播旗亭，而李白〈菩薩蠻〉等詞亦被之管絃，實皆古樂府也。詩先有樂府而後有古體，有古體而後有近體。樂府長短句即古詞也。……詞也者非詩之餘，乃詩之源也。」見李調元：《雨村詞話》，見唐圭璋編：《詞話叢編》（台北：新文豐出版社，1986年台一版）冊二，頁1377。

〔註 5〕 汪森〈詞綜序〉將詞之起源上溯至唐虞時之〈南風操〉與〈五子之歌〉：「自有詩而長短句即寓焉，〈南風之操〉，〈五子之歌〉是已。周之〈頌〉三十一篇，長短句居十八。漢〈郊祀歌〉十九篇，長短句居其五。至〈短簫鐃歌〉十八篇，篇皆長短句，謂非詞之源乎？」見汪森：《詞綜》（《四部備要》本，台北：台灣中華書局，1965年）。

〔註 6〕 王應麟《困學紀聞》卷一：「至唐云古樂府者，詩之旁行也；詞曲者，古樂府之末造也。」見《四部叢刊續編》本（台北：台灣商務印書

等。提出源於絕句說者，亦以泛聲填實造成的長短句形式，來考察詩詞關係，如朱熹主張的「泛聲填實成長短句」，〔註8〕以及李之儀〈跋吳思道小詞〉、〔註9〕方成培《香研居詞麈》、〔註10〕吳衡照〈蓮子居詞話〉、〔註11〕宋翔鳳〈樂府餘論〉、〔註12〕胡適〈詞的起源〉〔註13〕

館，1966 年），頁 12564。

〔註7〕 王世貞《藝苑卮言》：「詞者，樂府之變也。昔人謂李太白〈菩薩蠻〉、〈憶秦娥〉以爲詞祖，不知隋煬帝已有〈望江南〉詞。蓋六朝諸君臣，頌酒賡色，務裁豔語，默啓詞端，實爲濫觴之始。」王世貞：《藝苑卮言》見唐圭璋編：《詞話叢編》本，台北：新文豐出版社，1986年台一版）冊一，頁 385。

〔註8〕 朱熹：《朱子語類》卷一百四十云：「古樂府只是詩，中間卻添許多泛聲。後來人怕失了那泛聲，逐一聲添個實字，遂成長短句，今曲子便是。」〔宋〕黎靖德編輯：《朱子語類》（東京：中文出版社，縮印本，1979 年 2 月出版），頁 1485。

〔註9〕 李之儀〈跋吳思道小詞〉云：「長短句於遣詞中最爲難工，自有一種風格，稍不如格，便覺齟齬，唐人但以詩句，而用和聲抑揚以就之，若今之歌〈陽關〉詞是也。至唐末，遂因其詩之長短句，而以意填之，始一變以成音律。大抵以《花間集》中所載爲宗，然多小闋。」《姑溪居士集》見《叢書集成初編》（北京：中華書局，1985 年）冊 1937，卷四十，題跋三，頁 1937。

〔註10〕 〔清〕方成培《香研居詞麈》：「唐人所歌多五七言絕句，必雜以散聲，然後可比之管絃。如陽關必至三疊而後成音，此自然之理。後來遂譜其散聲，以字句實之，而長短句興焉。故詞者，所以濟近體之窮而上承樂府之變也。」〔清〕方成培：《香研居詞麈》見《叢書集成初編》（北京：中華書局，1985 年）冊 1672，卷一，頁 1。原詞之始本於樂之散聲條。

〔註11〕 填詞不別用襯字：「唐七言絕歌法，必有襯字以取便於歌。五言六言皆然，不獨七言也。後并格外字入正格，凡虛聲處，悉填成辭，不別用襯字，此詞所繇興已。沈存中云：托始於王涯。又云：前貞元、元和間，爲者已多。陸務觀云：倚聲製辭，起於唐之季世。」〔清〕吳衡照：《蓮子居詞話》見唐圭璋編：《詞話叢編》冊三（臺北：新文豐出版社，1988 年初版），頁 2413。

〔註12〕 詞實詩之餘：「草堂詩餘，宋無名氏所選，其人當與姜堯章同時。堯章自度腔，無一登入者。其時姜名未盛。以後如吳夢窗、張叔夏，俱奉姜爲圭臬，則草堂之選，在夢窗之前矣。中多唐五季北宋人詞，南渡後亦有辛稼軒、劉改之、史邦卿、高竹屋、黃叔暘諸家，以其音節尚未變也。謂之詩餘者，以詞起於唐人絕句，如太白之清平調，即以被之樂府。太白憶秦娥、菩薩蠻，皆絕句之變格，爲小令之權

等，也都力主此說。但他們以兩種成熟定型的文體比較其異同，然後刻意牽合，忽略了由初始的狀況去尋求解答。〔註14〕

二、以音樂性質區別詩詞關係

回到詩歌的文學與音樂的問題上「詩詞之區別從根本來說，只有音樂的區別」〔註15〕促成詞的興起，主要是因為胡樂影響中原音樂關係，詞基本上是需要配合音樂演奏的，而詩卻不必。詩與詞的最初分手是在音樂，然而既入燕樂之門，詞的其它方面如題材、表現手法與方式、風格、外部形式等各方面，卻不得不連帶著發生一系列變化，潘麗珠認為詩莊詞媚，是因為詩詞體制的形式影響詩歌聲情表現的關係所致，絕句、律詩、俳律的共同特色在於句式整齊，而句式整齊就審美心理言，就是規矩、端莊的美感效果：

> 整齊句式所帶來的影響與效應，尤其是律詩嚴密的『對仗』要求，使的吟詠諷誦之際，無論裝飾的聲腔旋律再如何變化、婉轉、參差、媚麗的效果總是有限，聲情韻味總覺較為嚴肅，比較無法做深入抒情的發揮。〔註16〕

詞的形式就活潑多了，詞大部分是長短句式。詩文分平仄，而歌詞分

興。旗亭畫壁賭唱，皆七言斷句。後至十國時，遂競為長短句。自一字兩字至七字，以抑揚高下其聲，而樂府之體一變。則詞實詩之餘，遂名曰詩餘。其分小令、中調、長調者，以當筵作仗，以字之多少分調之長短，以應時刻之久暫。」〔清〕宋翔鳳：《樂府餘論》見唐圭璋編：《詞話叢編》第三冊（臺北：新文豐出版社，1988 年初版），頁 2500。

〔註13〕 胡適〈詞的起源〉：「唐代的樂府歌詞先是和樂曲分離的：詩人自作律絕詩，而樂工伶人譜為樂歌。中唐以後，歌詞與樂曲漸漸接近：詩人取現成的樂曲，依其曲拍作為歌詞，遂成長短句。」胡適：〈詞的起源〉《清華學報》1 卷 2 期（1924 年 12 月）。

〔註14〕 參考顏天佑：〈詩歌中的唯美典型——詞〉收錄在羅宗濤：《中國詩歌研究》（台北：中央文物供應社，1985 年 6 月初版），頁 460。

〔註15〕 見劉石：〈試論「以詩為詞」的判斷標準〉《中國文化研究所學報》四期，1995 年，頁 83～100。

〔註16〕 見潘麗珠：〈「詩莊詞媚曲俗」的審美旨趣及文化意涵〉《中國學術年刊第》23 期（2002 年），頁 386。

五音，又分五聲、又分六律、又分清濁輕重，若再加以『攤破』，句式變化更爲靈活，聲情韻味較詩爲細膩、豐富，較能做深入抒情的描繪：

> 詞之所以『以婉約爲正宗，以豪放爲別調』，也正由是因爲音樂聲腔的特性這一層關係。長短句式的音樂韻味，由於句子長短參差，發爲聲口，抒情可更爲細膩，聲腔旋律的變化、開闔，豐富許多。〔註17〕

葉嘉瑩更明白說出這種因爲音樂因素，而使詞具有的破碎形式，能引起曲折幽隱，富有言外之意的韻味：

> 詞則是比較混亂和破碎的一種屬於女性的語言。……這種混亂而破碎的語言形式，不僅不是一種低劣的缺點，而且還正是形成了詞之曲折幽隱，特別富於引人生言外之想之特美的一項重要的因素。〔註18〕

詞之語言與詩之語言的主要差別，在詩之語言較爲有秩序的、明晰的，而詞之語言則較爲混亂的、破碎的，富於長短錯落之致。詩詞兩種形式的不同造成詩莊詞媚的不同，林枚儀〈由敦煌曲看詞的起原〉〔註19〕陳枚秀《詞體起源與唐聲詩研究》〔註20〕就是由音樂觀點看詞的特色。

三、以內在特質區別詩詞關係

詞能夠獨立爲一體，除了在體制格律方面有別於詩以外，也有內在特質的區別。詩詞內在區別的注意，北宋時胡仔《苕溪漁隱叢話》就曾引王直方《詩話》云：

〔註17〕 見潘麗珠：〈「詩莊詞媚曲俗」的審美旨趣及文化意涵〉《中國學術年刊第》23 期（2002 年），頁 386。

〔註18〕 葉嘉瑩：〈論詞學中之困惑與《花間》詞之女性敍寫及其影響（上）〉收錄在《詞學古今談》（台北：萬卷樓，1992 年 10 月），頁 464。

〔註19〕 詞源於胡樂說，可參考林玫儀：〈由敦煌曲看詞的起原〉，《詞學考詮》（台北：聯經出版事業公司，1993 年 5 月初版第二刷），頁 36～43。

〔註20〕 陳枚秀：《詞體起源與唐聲詩研究》（台中：逢甲大學中國文學研究所碩士論文，2000 年 6 月）

> 東坡嘗所以作小詞示無咎、文潛，云：「何如少游？」二人
> 皆對云：「少游詩似小詞，先生小詞似詩」〔註21〕

在晁補之（無咎）和張耒（文潛）的心目中，詩與詞之區別不僅在體制格律這些外在一看可知的地方，還有內在的特質。

王士禎在《花草蒙拾》也舉例說明：

> 或問詩詞、詞曲分界。予曰：「無可奈何花落去，似曾相似
> 燕歸來」，定非香奩詩。「良辰美景奈何天，賞心樂事誰家
> 院」，定非草堂詞也。〔註22〕

王士禎論詩詞的分界舉晏殊為例，晏殊有句曰：「無可奈何花花落去，似曾相似燕歸來。」既見於他的〈浣溪紗〉〔註23〕詞，又見於他的七律〈示張寺承王校勘〉，〔註24〕王士禎認為這兩句是詞不是詩，也是著眼於內在的區別。張宗橚《詞林記事》卷三評曰：「細玩『無可奈何』一聯，情致纏綿，意調諧婉，的是倚聲家語，若作七律，未免軟弱矣。」〔註25〕說明詞婉約之著意，與詩尚自然從容，是詩詞之辨的要處。〔註26〕試看韓偓的〈繞廊〉：「繞廊倚柱堪惆悵，細雨輕寒花落時」，〔註27〕比「無可奈何花花落去，似曾相似燕歸來」就要從容自在些。〔註28〕

〔註21〕 〔宋〕胡仔：《苕溪漁隱叢話》（台北：長安出版社，1978年12月）卷四十二，頁284。

〔註22〕 〔清〕王士禎：《花草蒙拾》，見唐圭璋編：《詞話叢編》冊一（臺北：新文豐出版社，1988年初版），詩詞曲分界，頁686。

〔註23〕 〈浣溪紗〉：「一曲新詞酒一杯，去年天氣舊亭臺。夕陽西下幾時回？無可奈何花落去，似曾相識燕歸來。小園香徑獨徘徊。」

〔註24〕 〈示張寺承王校勘〉：「上巳清明假未開，小園幽徑獨徘徊。春寒不定斑斑雨，宿醉難禁灩灩杯。無可奈何花落去，似曾相識燕歸來。梁園賦客多風味，莫惜青錢萬選才。」

〔註25〕 〔清〕張宗橚輯：《詞林記事》（台北，河洛圖書出版社，1975年9月台景印初版），卷三晏殊，頁74。

〔註26〕 參考胡國瑞：〈詩詞體性辨〉，《詩詞賦散論》（上海：上海古籍出版社，1992年8月），頁6。

〔註27〕 韓偓：〈繞廊〉「濃煙隔簾香漏泄，斜燈映竹光參差。繞廊倚柱堪惆悵，細雨輕寒花落時」

〔註28〕 龍沐勛認為詞所以「上不似詩，下不類曲」，它的主要關鍵，仍只是

明末清初戲曲家李東琪提出「詩莊詞媚」的看法：

> 詩莊詞媚，其體元別，然不得因媚，輒寫入淫褻之路，媚
> 中仍存莊意，風雅庶幾不墜。〔註29〕

「莊」字依李東琪所說，當與「風雅」相關，含有雅致、端莊、肅穆、規矩的意思。「媚」，柔媚、婉約、纖美的意思。詩莊詞媚也是內在風格的區別。

王國維曰：

> 詞之為體，要眇宜修。能言詩之所不能言，而不能盡言詩
> 之所能言。詩之境闊，詞之言長。〔註30〕

今人繆鉞在《詩詞散論》中提出詩詞境界的不同：

> 故自其疏闊者言之，詞與詩為同類，而與文殊異；自其精
> 細者言之，詞與詩又不同。詩顯而詞隱，詩直而詞婉，詩
> 有時質言而詞更多比興，詩尚能敷暢而詞尤貴醞藉。〔註31〕

繆鉞以「文小」、「質輕」、「徑狹」、「境隱」四者作為詞的特點。〔註32〕

在曲調的組成方面。他認為詩與詞的界線很難拘以一格，許多因素構成整體，不容許分割開來看，否則如果割下一些名句，肯定它是詩、是詞、是曲，那末，宋詞中也有很多是用唐人詩句，元明戲曲中也有很多是用的唐詩宋詞，把它融化的恰到好處，有什麼截然不同的界線呢？如果不從各個作品上去推究它的錯綜複雜關係，不從它的整體上去分析它的繼承性和創造性，不從它的音樂性和藝術性的結合上去體會它的不同風格，而盲從一般詞話家的片面之言，是不能看清文學現象的，所以必須在每個曲調的音節態度上去探求，在句法和韻位的整體結合上去探求，而不能只從風格方面把詩詞的界線劃清。見龍沐勛：〈談談詞的藝術特徵〉，《倚聲學》（台北：里仁書局，2000年9月出版二刷）附錄二，頁189～207。筆者也認為不只在內質的比較，外在形式是理解詩詞最根本不同的重要因素。

〔註29〕〔清〕王又華《古今詞論》見唐圭璋編：《詞話叢編》（臺北：新文豐出版社，1988年初版）冊一，頁606，李東琪詞論條。
〔註30〕〔清〕王國維：《人間詞話刪稿》，見唐圭璋編：《詞話叢編》（臺北：新文豐出版社，1988年初版）冊五，頁4258，詞體與詩體不同條。
〔註31〕繆鉞：《詩詞散論》（台北：台灣開明書店，1982年10月台七版）〈論詞〉，頁4～5。
〔註32〕繆鉞：《詩詞散論》（台北：台灣開明書店，1982年10月台七版）〈論詞〉，頁5～10。

他們都著重在內的特質探討詩詞間的不同。詞是傳承詩而創起，詩詞的關係不論在形式或在內在特質上，正如繆鉞所述詩詞的區別「自其疏闊者言之，詞與詩為同類」「自其精細者言之，詞與詩又不同」，詩詞之間有不可分割的關係存在，具有同體異用的關係，如查禮《銅鼓書堂詞話》中曾說：

> 詞不同乎詩而後佳，然詞不離乎詩方能雅。〔註33〕

陳廷焯詞主「溫厚和平」為詩詞之本：

> 溫厚和平，詩詞一本也。然為詩者，既得其本，而措語則以平遠雍穆為正，沉鬱頓挫為變。特變而不失其正，即於平遠雍穆中，亦不可無沉鬱頓挫也。詞則以溫厚和平為本，而措語即以沉鬱頓挫為正，更不必以平遠雍穆為貴。詩與詞同體異用者在此。〔註34〕

認為詩詞本體皆以溫厚和平為情感本原，但其發用，詩的措辭用語，主要以平遠雍穆的情感為節制標準，而以抒發沉鬱頓挫的情感為變；而詞也是以溫厚和平的為本，但其發用卻以沉鬱頓挫的情感為主，盡情盡興，暢所欲言，而不侷限於平遠雍穆的傳統創作規範。

陳廷焯又主詞需講求「沉鬱」效果，這一點也正是詩中高境所強調的：

> 詩詞一理，然亦有不盡相同者。詩之高境，亦在沉鬱，……即不盡沉鬱，如五七言大篇，暢所欲言者，亦別有可觀。若詞則舍沉鬱之外，更無以為詞。蓋篇幅狹小，倘一直說去，不留餘地，雖極工巧之致，識者終笑其淺也。〔註35〕

他強調詩詞一理，是因皆具有溫厚和平的本性，然而其發用，高明之

〔註33〕〔清〕查禮：《銅鼓書堂詞話》，〈施岳詞〉條下，見唐圭璋編：《詞話叢編》（臺北：新文豐出版社，1988 年）冊二，頁 1482。

〔註34〕〔清〕陳廷焯：《白雨齋詞話》卷八，詞以溫厚和平為本條，見唐圭璋編：《詞話叢編》第四冊（臺北：新文豐出版社，1988 年）冊四，頁 3967。

〔註35〕〔清〕陳廷焯：《白雨齋詞話》卷一，詩詞不盡同條，見唐圭璋編：《詞話叢編》第四冊，頁 3776。

詩與詞卻都需講究「意在筆先，神餘言外」〔註36〕的含蓄蘊藉，故能感人動性，若不講求「沉鬱」的書寫方式，則詩詞顯得淺露庸俗。

李漁也說：

> 作詞之難，難于上不似詩，下不類曲，立于二者之中。至空疏者作詞，無意肖曲，而不覺彷彿乎曲。有學問人作詞，儘力避詩，而究竟不離乎詩。一則苦於習久難變，一則迫于舍此實無也。欲去此二弊，其究心于淺深高下之間乎。〔註37〕

李漁說到詩人寫詞之難，在上不類似於詩下不類似曲。就上不類於詩而言，因爲長久的創作習慣，詩人常藉詩填實詞意，使的詞具有與詩相似的地方，不能突出詞的特色。所以他認爲作詞在難於別於詩自創一格，正說明了詩詞有其難分捨的糾纏。沈謙《填詞雜說》也說：「承詩啓曲者，詞也。上不可似詩，下不可似曲；然詩與曲又俱可入詞，貴人自運。」〔註38〕詞家填詞首須有詩才，因而他在填詞時自然地把詩的因素帶到詞的創作中來，詩與詞雖然有別，可是它與詩有著居中承轉的血緣關係。

〔清〕賀裳《皺水軒詞荃》曾說：「詞家多翻詩意入詞，雖名流不免」，〔註39〕他認爲詞與詩的內在特質既有各自獨立的一面，也有

〔註36〕沉鬱含義條：「所謂沉鬱者，意在筆先，神餘言外，寫怨夫思婦之懷，寓孽子孤臣之感。凡交情之冷淡，身世之飄零，皆可於一草一木發之。而發之又必若隱若見，欲露不露，反復纏綿，終不許一語道破，匪獨體格之高，亦見性情之厚。飛卿詞，如『懶起畫額眉，弄妝梳洗遲。』無限傷心，溢於言表。又『春夢正關情。鏡中蟬鬢輕。』悽涼哀怨，眞有欲言難言之苦。又『花落子規啼。綠窗殘夢迷。』又『鸞鏡與花枝。此情誰得知。』皆含深意。此種詞，第自寫性情，不必求勝人，已成絕響。候人刻意爭奇，愈趨愈下，安得一二豪傑之士，與之挽回風氣哉。」〔清〕陳廷焯：《白雨齋詞話》卷一，沉鬱含義條，見唐圭璋編：《詞話叢編》冊四，頁3777～3778。

〔註37〕李笠翁詞論，〔清〕王又華：《古今詞論》見唐圭璋編：《詞話叢編》（臺北：新文豐出版社，1988年初版）冊一，頁607。

〔註38〕見唐規璋編：《詞話叢編》（臺北：新文豐出版社，1988年初版）冊一，頁629。

〔註39〕〔清〕賀裳：《皺水軒詞荃》見唐圭璋編：《詞話叢編》（臺北：新文

互相融合的一面，又舉北宋詞家引用晚唐詩例爲證：

> 「無憑諳鵲語，猶得暫寬心。」韓偓語也。馮延巳去偓不
> 多時，用其語曰：「終日望君君不至。舉頭聞鵲喜。」雖竊
> 其意，而語加蘊藉。又賀方回用義山「無端嫁得金龜婿，
> 辜負香衾事早朝。」爲「不待宿醒消，馬嘶催早朝」，亦稍
> 有翻換。〔註40〕

到兩宋詞體興盛，引用唐詩創作詞更多，歷來詞論家論唐詩與宋詞的關係有三大方向，〔註41〕其一，以唐代詩風之轉變喻宋代詞風之轉變，如《四庫全書提要》卷一〈集部詞曲類一‧東坡詞提要〉云：「詞自晚唐、五代以來，以清切婉麗爲宗，至柳永而一變，如詩家之有白居易；至軾又一變，如詩家之有韓愈，遂開南宋辛棄疾等一派。」；其二，以唐代詩家之風格喻宋代詞家之風格，如劉熙載《藝概》詞概部分云：「東坡詞頗似老杜詩，以其無意不可入，無事不可言也；若其豪放之致，則時與太白爲近。」；其三，就練字、練句等形式技巧，論宋詞人對唐詩之取法，甚而明確指出源於唐代某詩人。例如黃庭堅〈小山詞序〉：「叔原（晏幾道字叔原，號小山）獨喜弄於樂府之餘，而寓以詩人之句法，清壯頓挫，能動搖人心。」〔註42〕晏幾道引用唐詩之例，晏幾道〈臨江仙〉：「夢後樓臺高鎖，酒醒簾幕低垂。去年春恨卻來時，落花人獨立，微雨燕雙飛。記得小蘋初見，兩重心字羅衣。琵琶絃上說相思，當時明月在，曾照彩雲歸。」其中膾炙人口的「落花人獨立，微雨燕雙飛」一聯乃是出自五代翁宏的春殘詩，〔註43〕春

豐出版社，1988年）冊一，頁696。

〔註40〕〔清〕賀裳：《皺水軒詞荃》，見唐圭璋編：《詞話叢編》（臺北：新文豐出版社，1988年台一版）冊一，頁695。

〔註41〕詳見王偉勇：〈兩宋詞人取材唐詩之方法〉，《東吳中文學報》第一期（1995年5月），頁229。

〔註42〕此序見吳訥：《唐宋元明百家詞》第二冊（台北：廣文書局出版，1971年5月）。

〔註43〕詳見羅宗濤：〈溫庭筠詩詞比較研究〉，《古典文學》第七集（1985年8月），頁488。

殘詩：「又是春殘也，如何出翠幃。落花人獨立，微雨燕雙飛。寓目魂將斷，經年夢亦非。那堪向愁夕，蕭颯暮蟬輝。」兩宋詞人取材唐詩的詞論與例證，在王偉勇〈兩宋詞人取材唐詩之方法〉一文中有詳細述說，此不再贅言。然由此種種論證，可見詩與詞間關係，在外在形式、內在本原往往有許多牽連。

　　詩與詞的界線很難拘以一格，詞是許多因素構成整體，不容許分割開來看，如果不從形式與內在特質去看，由整體上去分析詩詞的繼承性和創造性，或經音樂性和藝術性的結合上去體會它的不同風格，推究它的錯綜複雜關係，是不能看清文學現象的。因此本文擬從外在形式與內在特質去考察五代詩詞關係，此為本文準備從事研究的第一層動機。

　　晚唐詩壇的創作環境，是干戈四起，亂象如沸，除了少數人還在那裡徒然無功的激昂呼喊，熱心於社會戰況之外，大多遁入平康巷陌的朱樓畫閣之中，沈醉聲色，以求得心靈慰藉與解脫。在這種社會文化背景下，詩歌創作變盛、中唐之黃鐘大呂之聲為此時么弦密響之奏，題材多是豔情綺思，意境多趨狹深幽細。而新興的曲子詞體，更宜於負載此種體裁、風格和審美時尚。《花間集》是一部選錄晚唐、五代文人詞的總集，一般文學批評家對《花間集》的印象，不外乎是側艷綺靡、柔婉纖麗，內容大多為兒女之情，歌筵酒色之作，如〈花間集序〉描述了當時創作環境的盛況：「鏤玉雕瓊，擬化工而迴巧，裁花剪葉，奪春豔以爭鮮。……則有綺筵公子，繡幌佳人，遞葉葉之花牋，文抽麗錦，舉纖纖之玉指，拍案香壇……」〔註44〕陸游在《花間集跋》甚至說道：「方斯時，天下岌岌，生民救死不暇，士大夫乃流宕至此。可嘆也哉！或者，出於無聊故耶！」〔註45〕在此種冶蕩輕

〔註44〕　〈花間集敘〉，引自楊家駱主編，《宋紹興本花間集附校注》（台北：鼎文書局，民國 63 年 10 月初版）。

〔註45〕　見《明汲古閣覆宋本陸游跋一》，轉引自《宋紹興本花間集附校注》中《花間集校》，頁 232。見楊家駱主編，《宋紹興本花間集附校注》（台北：鼎文書局，民國 63 年 10 月初版）。

靡的時風下，時風影響詩風，詩風又橫向地影響乃至於決定了詞風。

俳惻、綺麗婉約的境界風格成了晚唐時期詩詞的相同點，因此多數人以此作詩詞關係研究。如袁行霈〈長吉歌詩與詞的內在特質〉〔註46〕一文從濃厚的都市色彩、對女性出色的描寫、濃郁的抒情性和低回感傷的情調等諸方面，詳細論證了李賀詩歌「已經具有詞的內在特質，並對詞的內在特質的形成產生過影響」；施寬文〈晚唐詩人溫庭筠為何以詞名世？──從溫庭筠詩詞藝術的相同處談溫詞之開創性〉〔註47〕即著眼於詞中的極富雕飾的麗辭字面、跳躍意象的使用、比興喻託的手法，皆與其詩歌具有相同的面目；李恩禧《溫庭筠詩詞中感覺之表現》〔註48〕溫庭筠詩詞皆有重於感官經驗的表達，因而此論文就此唯美主義的共同點探索詩詞間的關係，歸納溫庭筠詩詞中感官感受和情感捕捉的特徵。眾多研究晚唐詩詞關係與溫庭筠詩詞關係中，多著眼於晚唐綺艷詩與綺艷詞的相同點，以強調唯美詩風對詞的影響，甚至認為文學史上詩過渡到詞現象就是如此，然而對於詩風不是綺艷類的晚唐詩人，同屬詞體興起時期的詩人韋莊，又是如何表現詞呢？韋莊詩作是受傳統「詩言教」的規範影響，寫的多是家國之情、風雲之氣，他的詩風是否也影響到詞呢？他所表現出的詞作與溫庭筠又如何不同呢？由於詞是在歌筵酒宴間流行的，在歡樂的演唱場所中，晚唐綺艷詩自然影響詞風，但是一生執著反映現實生活苦難的詩人所作的詩，難道不會影響到詞嗎？歷來學者似乎在這一方面的研究留下許多空白。且在詞剛興起的晚唐五代詞人研究中，黃文吉主編的《詞學研究書目》〔註49〕與林玫

〔註46〕袁行霈：〈長吉歌詩與詞的內在特質〉《中國詩歌藝術研究》（增訂本）（北京：北京大學出版社，1997 年 6 月初版），頁 349～370。

〔註47〕施寬文：〈晚唐詩人溫庭筠為何以詞名世？──從溫庭筠詩詞藝術的相同處談溫詞之開創性〉，《大陸雜誌》101 卷 3 期（2000 年 9 月）

〔註48〕李恩禧：《溫庭筠詩詞中感覺之表現》（台北：國立政治大學中文研究所碩士論文，1992 年）

〔註49〕黃文吉主編：《詞學研究書目》（台北：文津出版社，1993 年初版）

儀主編的《詞學論著總論目》〔註50〕來看,《詞學研究書目》「唐五代」登錄溫庭筠的研究資料共 178 筆,登錄韋莊的研究資料有 71 筆,《詞學論著總論目》「唐五代詞家與作品」登錄溫庭筠有 282 筆,登錄韋莊有 125 筆,就數量看,溫庭筠研究的數量都在韋莊兩倍以上,溫韋既然有並稱的頭銜,故對於韋莊的研究應還有許多對等的探討空間。本文即著眼於此,以韋莊詩詞間的關係作為研究,期許對晚唐五代詩詞間的過渡情形有不同的切入探討,而且對於韋莊開了後世豪放詞風的先鋒,是否與其詩的特質與精神有關,在此也可做探討。這也是本文準備研究此一主題的第二層動機。

　　文化的遞嬗絕不可能是截然劃分,不必等到舊的連根剷除的乾乾淨淨,新的才能移位過來。在詞的特質建立過程中,也有類似詩的模糊中間帶。晚唐詩歌逐漸衰微之時,音樂文學因應都市文明下的娛樂需求,由文人染指創作歌詞,晚唐詩風的唯美精神乃移植到詞的生命中。由以上詩詞間的關係考察中,可見在晚唐時剛發展的詞學體系,詩詞在語言符號轉換過程中,可能有意或無意間繼承詩學的創作元素。就創作者而言,也因為原來具備的文學素養、技巧訓練,都會在無形中產生影響,尤其身處在晚唐五代的詩人,在前人還未累積詞的文學傳統特質,剛開始嘗試新的文體時,必定有部分承接心中已儲存的詩學符號重新加以改造,創造出新的文學形式與意涵。本文即以身處在詞剛承詩興起的晚唐五代詩人——韋莊為研究方向,以外在形式與內在特質等,觀察晚唐韋莊創作的兩種不同文體,文學與語言系統之間的建構與解構的雙向動態關係,以明白作家在相同的時空背景中,在接觸經驗都是同樣的事物的情況下,如何使用不同的體裁表達與創作,並借以觀察晚唐詩與詞的相關程度,以更明白詞的創作過程與詩詞過渡情形等。此乃本文準備研究此一主題的第三層動機。

　　　收錄 1912～1992 年的研究資料。

〔註50〕 林玫儀主編:《詞學論著總論目》(台北:中央研究院中國文哲研究所籌備處,1995 年) 收錄 1901～1992 年的研究資料。

　　本文藉由比較韋莊詩詞間之關係，所欲達到的目的約有數端：

　　一、比較歸納韋莊詩詞間外在形式與內在特質的各種特點。挑選在詞剛興起的時間點，由細處剖析詩詞的關係，可以跳脫先前認知「詩莊詞媚」的緊箍圈，以便客觀的觀察詩詞關係。

　　二、明瞭韋莊詩詞間建構與解構的雙向動態關係。文學發展的意義，表現在文體的演化或遞變的趨勢上，有所傳承與創新，唯有兩者合起觀看，才能呈現文學史流變的完整性。故本文擬深入瞭解韋莊詞所傳承自詩者為何？創新為何？

　　三、探究創作者在創作詩詞時相互影響的原因。除了文體的演變外，文學發展的意義同樣存在一位創作者真誠的創作歷程中，因此其轉折關鍵為何？詩詞互相影響的原因為何？亦是本文探論的重點。

　　四、檢視韋莊詞在花間唯美風格下表現出淡雅風格與詩的關係。探究韋莊在詩詞藝術的相同處，如何造成詞之開創性。

　　五、明瞭晚唐詩詞間傳承與創新的過渡情形。以文學史流變的角度看詩詞的演變，常因清楚劃分詩詞的標舉不同，而導致中間傳承創新地帶的空白或模糊，因此藉由韋莊的詩詞關係研究，可更明白詞的創作過程與詩詞過渡情形等。

第二節　研究範圍與方法

一、研究範圍

　　本文以晚唐正當詩體漸衰詞體漸漸興盛的時代，在這青黃交接階段觀察詩詞如何過渡、如何繼承創新，正是辨析不同體式在相同氣候土壤條件下，取什麼走向的難得機會。並落實觀察韋莊這一位右手寫詩、左手寫詞的作家。本文研究詩詞中的關係，皆以韋莊所創作的詩詞作聯繫考察，之所以不把他的詞與其他詩人的詩作聯繫考察，是為了不要模糊了詩詞同一語料的焦點，除非他的詩詞同時都與這詩作有關，否則在這樣的安排下，他人的詩都不會干擾觀察詩人以詩創作詞

的過程，可更清楚明白一位作家以相同的文學符號，在創作不同文體的作品時如何運用不同的方式表達。以達到單純以作家如何運用處理素材的層面，來切入詩人的創作方式，作韋詞與韋詩的全面關係考察。

　　韋莊詩詞的版本有多種，基於普遍性，本文所引韋莊詩以《全唐詩》〔註51〕所錄韋莊詩 319 首，外加三斷句爲主，另外參考李誼《韋莊集校注》〔註52〕其他等版本互校；韋莊詞也是以《全唐詩》八百九十二卷所收五十四首爲主，另外參考曾昭岷校訂的《溫韋馮詞新校》〔註53〕中的《浣花詞》等其他版本。附錄一明列了韋莊詩詞集的各種版本。

二、研究方法

　　本論文著眼於韋莊詩詞的關係研究，茲將所採取的研究方法與步驟略述如下：

（一）線索掌握

　　首先對詞體起源及其流變概況的縱線掌握，韋莊詞的價值與貢獻意義，尤須在此處彰顯。爲掌握繼承與創新的關鍵，勢不能孤立於時代與文學的潮流之外。故對晚唐詩詞文學的革新趨勢，應有一通盤的橫線了解。最後，以韋莊的士大夫生涯與文學創作的聯繫爲另一條線索，其中所呈現的階段性特色，又與新詞風發展的道路息息相關。以上三條縱線，綜合爲「創作背景」一章。

（二）主體比較

　　在掌握背景資料後，便將韋莊全部的詩詞作品概分爲「內容比較」、「語言比較」、「形式風格比較」三大章，分別探述詞與詩的關係，

〔註51〕　中華書局主編：《全唐詩》（北京：新華書店，1992 年）
〔註52〕　李誼校注：《韋莊集校注》（四川：四川省社會科學院出版社，1986年）
〔註53〕　曾昭岷：《溫韋馮詞新校》（上海：上海古籍出版社，1988 年 12 月第一版）

是為本論文主要之綱目。

　　內容比較方面依相同點與相異點分別論列，相異點由「時間地點」、「情感內容」兩方面予以探討，相同點由「詩詞皆蘊含自身感受」、「晚期詩的焦點轉向佳人閨女」詳加歸繹闡述。

　　語言比較方面，分天文、地理、采色、器物、形體服飾類，比對詩詞用語，再分主題探討詩詞間的相關程度。藝術手法的相同點由「直線敘述」、「符號排列多用中介詞」、「記實特色」四點論述，相異點由關於空間設計的用語談詩詞的不同。

　　形式風格比較方面，分為詩詞「句法」、「平仄聲調」、「用韻」三類比較，風格比較方面，相同點由其中清淡疏朗的風格、晚期的清麗風格探論，相異點由詩詞主要不同風格論述。

（三）綜合歸納

　　歸納韋莊詩詞相互滲透影響的要點。檢視韋莊詩詞內容、風格形成之原因，以及詩詞互通與變異的部分，以明韋詞之詩與詞間的關係，以及晚唐詩詞間傳承與創新的過渡情形。

第三節　前人研究成果與檢討

　　前人有關晚唐詩與詞的關係研究有：袁行霈〈長吉歌詩與詞的內在特質〉，〔註54〕指出李賀歌詩有相當一大部分詩的趣味、情調，其所構成的氛圍已經具有詞的內在特質，並對詞的內在特質的形成產生過影響。萬雲駿〈晚唐詩風和詞的特殊風格的形成及發展〉，〔註55〕也是由艷情綺思、婉曲纏綿、蕩人心魄的的晚唐詩風格，說明詩風如何影響詞風的形成。李宜學《李商隱詩與《花間集》詞關係之研究—

〔註54〕　袁行霈：〈長吉歌詩與詞的內在特質〉《中國詩歌藝術研究》（增訂本）（北京：北京大學出版社，1997年6月初版），頁349～370。

〔註55〕　萬雲駿：〈晚唐詩風和詞的特殊風格的形成及發展〉見華東師範大學中文系中國古典文學研究室編：《詞學論稿》（上海：華東師範大學出版社，1986年9月初版），頁32～40。

—以「女性敘述者」爲主的考察》，〔註56〕此文由女性敘述者角度切入李商隱詩與晚唐五代詞，作詩詞聯繫面的研究。陳枚秀《詞體起源與唐聲詩研究》，〔註57〕此論文主要以音樂與外在形式作詩詞過渡關係的考察。

研究與韋莊同爲花間雙璧──溫庭筠詩詞的關係有：羅宗濤〈溫庭筠詩詞比較研究〉，〔註58〕此文先以詞爲綱，逐首逐句與其詩作相比對；又以詩爲綱，將雷同詞中的詞彙句子作成對照表；再以詞爲主，將其詩以首爲單位，視其與詞之間，關係之疏密，略分爲三等，然後分主題探討詩詞間的相關程度。施寬文〈晚唐詩人溫庭筠爲何以詞名世？──從溫庭筠詩詞藝術的相同處談溫詞之開創性〉〔註59〕一文，亦研究溫庭筠詩詞間麗辭字面、跳躍意象與比興喻託的表現手法，說明溫詩與溫詞具有相同關係。另外遲寶東〈詞「別是一家」：古典詩詞美學特質異趨論──以溫庭筠的詞與綺艷詩爲中心〉，〔註60〕溫庭筠詩詞多寫華美物像、多作冷靜客觀的並列，以跳接方法增大詩歌意境的時空跨度，此文由詩詞擷取的物象具有綺麗華美的特色，排列文章使用隱喻跳接的手法，證明溫庭筠詩詞是有著統一的風格。李恩禧《溫庭筠詩詞中感覺之表現》〔註61〕就唯美主義的詩歌特色來看溫庭筠詩歌的藝術成果，以詩詞中感官經驗的表達，即色、聲、香、味、

〔註56〕 李宜學：《李商隱詩與《花間集》詞關係之研究──以「女性敘述者」爲主的考察》（高雄：國立中山大學中文系碩士論文，1999 年）

〔註57〕 陳枚秀：《詞體起源與唐聲詩研究》（台中：逢甲大學中國文學研究所碩士論文，2000 年 6 月）。

〔註58〕 詳見羅宗濤：〈溫庭筠詩詞比較研究〉，《古典文學》第七集（台北：台灣學生書局，1985 年 8 月），頁 487～528。

〔註59〕 施寬文：〈晚唐詩人溫庭筠爲何以詞名世？──從溫庭筠詩詞藝術的相同處談溫詞之開創性〉，《大陸雜誌》101 卷 3 期（2000 年 9 月），頁 37。

〔註60〕 遲寶東：〈詞“別是一家”：古典詩詞美學特質異趨論──以溫庭筠的詞與綺艷詩爲中心〉，《天津社會科學》（1999 年 5 期）

〔註61〕 李恩禧：《溫庭筠詩詞中感覺之表現》（台北：國立政治大學中文研究所碩士論文，1992 年）

觸的官能感受的表達，觀察藝術思維和審美活動的最基本特點，進行
詩詞間的比較，呈現詩詞之間感覺運用方面的異同。

以五代詩詞全面作比較研究的有：李寶玲《五代詩詞比較研究》，
〔註62〕以五代的詩詞作為比較研究對象，所收集的資料範圍遍及五代
詩集詞集，論文分為兩大部分，一是詩詞總體風格的比較，一是詩詞
個人風格的比較，詩詞總體風格的比較從天文、時令、地理、人事、
形體服飾、稼穡等等十類作全面比較，詩詞個人風格的比較，詩人包
括五代韋莊、張泌、和凝、李後主、歐陽炯、孫光憲、牛嶠、牛希濟、
李珣、顧敻。研究範圍不涉及晚唐，只著眼於五代詩人的詩詞作品作
比較研究。

北宋詞與唐詩關係研究有：王偉勇〈晏殊《珠玉詞》借鑒唐詩之
探析──兩宋詞人大量借鑒唐詩之先驅〉〔註63〕一文，已舉例說明晏
殊為兩宋詞人借鑒唐詩的先驅，王偉勇後又發表〈兩宋詞人取材唐詩
之方法〉、〈賀鑄《東山詞》取材唐詩借鑒唐詩之方法〉、〈「臨川先生歌
曲」借鑒唐詩之探析──王安石為詞壇開啟集句入詞之風氣〉〔註64〕
等論文以及曹淑娟〈宋詞中詩典運用之類型析論〉〔註65〕一文，皆是
就宋詞借用唐詩加以探析與論證。

關於《花間詞》的整體研究，重要書目的有祈懷美《花間集之

〔註62〕 李寶玲：《五代詩詞比較研究》（台北：國立政治大學中國文學研究
　　　　所碩士論文，1990 年 6 月）
〔註63〕 王偉勇：〈晏殊「珠玉詞」借鑒唐詩之探析──兩宋詞人大量借鑒唐
　　　　詩之先驅〉，《東吳中文學報》（第三期，1997 年 5 月），頁 159～210。
〔註64〕 參考王偉勇：〈兩宋詞人取材唐詩之方法〉，《東吳中文學報》第一期
　　　　（1995 年 5 月），頁 223～258。王偉勇：〈賀鑄《東山詞》取材唐詩
　　　　借鑒唐詩之方法〉，《東吳中文學報》第二期（1995 年 5 月），頁 125
　　　　～155。王偉勇：〈「臨川先生歌曲」借鑒唐詩之探析──王安石為詞
　　　　壇開啟集句入詞之風氣〉，《東吳中文學報》第四期（1998 年 5 月），
　　　　頁 215～272。
〔註65〕 曹淑娟：〈宋詞中詩典運用之類型析論〉，《國立編譯館館刊》第 23
　　　　卷第 2 期（1994 年 12 月），頁 119～144。

研究》、〔註66〕廖雪蘭《評述花間集暨其十八作家》，〔註67〕兩者偏重在考證《花間集》的版本、用韻、詞調、校勘方面。歐明俊《花間詞試論》，〔註68〕其論文主要內容是以較為全面的角度關照研究《花間集》所表達的思想內容，並認為《花間集》有柔媚側艷等風格，洪華穗《花間集的主題與感覺》〔註69〕分主題內容、感覺意象兩個研究方向，觀察《花間集》各主題所使用的感覺意象、表現技巧及思想文化。賴珮如《花間集的女性形象研究》〔註70〕以女性形象為專一主題，對花間詞作細緻的觀照，從當時的社會風氣、時代背景及詞作內容觀察女性形象的演變及其在文學史和社會史的意義；張以仁《花間集論集》〔註71〕結集了作者多年研究花間詞的心得，及其曾發表的單篇論文等等。

討論韋莊詞的生平年譜資料的有夏承燾〈韋端己年譜〉、〔註72〕曲瀅生編《韋莊年譜附詩詞全集》、〔註73〕劉星夜〈韋莊生平考訂〉、〔註74〕王水照〈韋莊〉、〔註75〕何壽慈〈韋莊評傳〉、〔註76〕黃震雲〈韋

〔註66〕 祈懷美：《花間集之研究》（師範大學國文研究所碩士論文，1959 年）
〔註67〕 廖雪蘭：《評述花間集暨其十八作家》（文化大學中文研究所碩士論文，1978 年）
〔註68〕 歐明俊：《花間詞試論》（華東師範大學碩士論文，1989 年 7 月）
〔註69〕 洪華穗：《花間集的主題與感覺》（台北：文津出版社，1999 年 12 月）
〔註70〕 賴珮如：《花間集的女性形象研究》（台中：東海大學中文研究所碩士論文，1997 年 5 月）
〔註71〕 張以仁：《花間集論集》（台北：中研院文哲所，1996 年 12 月初版）
〔註72〕 夏承燾：〈韋端己年譜〉《唐宋詞人年譜》（台北，明倫出版社，1970 年 12 月）
〔註73〕 曲瀅生編：《韋莊年譜附詩詞全集》（北平：我輩語叢刊社，1932 年排印本）
〔註74〕 劉星夜：〈韋莊生平考訂〉《光明日報》，《文學遺產》158 期（1957 年 5 月 26 日）
〔註75〕 王水照〈韋莊〉《中國歷代著名文學家評傳（第二卷）》（濟南：山東教育出版社，1983 年 6 月），頁 733～752。
〔註76〕 何壽慈：〈韋莊評傳〉《中國文學季刊》創刊號（1929 年 8 月）

莊生平小考〉、〔註77〕齊濤〈韋莊生平新考〉、〔註78〕陳尚君〈花間詞人事輯〉〔註79〕等。討論韋莊詞作，比較重要的有：施蟄存〈讀韋莊詞札記〉、〔註80〕夏承燾〈論韋莊詞〉、葉嘉瑩《唐宋詞名家論集·韋莊》、葉嘉瑩〈論韋莊詞〉細緻的賞析韋莊詞境情意；日本學者青山宏〈花間集的詞（二）—韋莊的詞〉以統計分類方式，看韋莊詞的用字及主題等；唐圭璋〈溫韋詞之比較〉、〔註81〕鄭騫〈溫庭筠、韋莊與詞的創始〉、〔註82〕吳明德〈溫庭筠、韋莊詞的「語言特徵」與「敘述手法」之比較析論〉、〔註83〕李文鈺〈從女性型態情意的書寫論溫韋詞風之形成〉〔註84〕等從豪放、婉約兩派談溫、韋的影響並論溫、韋特色；孫康宜〈溫庭筠與韋莊——朝向詞藝傳統的建立〉〔註85〕透過語言的分析來探索溫、韋詞的特色等等。

　　研究韋莊的學位論文，有黃彩勤《韋莊研究》、〔註86〕江聰平《韋端己及其詩詞研究》，〔註87〕兩篇皆以韋莊的詩詞作為研究，黃彩勤

〔註77〕　黃震雲：〈韋莊生平小考〉，《唐代文學研究》第四輯（廣西：廣西師範大學，1993 年 11 月）

〔註78〕　齊濤：〈韋莊生平新考〉《文學遺產》1996 年第三期。

〔註79〕　陳尚君：〈花間詞人事輯〉附錄〈花間詞人年表〉，收錄於《唐代文學叢考》（北京：中國社會科學出版社，1997 年 10 月）。

〔註80〕　施蟄存：〈讀韋莊詞札記〉《詞學》第一輯（上海：華東師範大學出版社，1981 年 11 月），頁 189～193。

〔註81〕　唐圭璋：〈溫韋詞之比較〉《詞學論叢》（上海：上海古籍出版社，1986年 6 月）

〔註82〕　鄭騫：〈溫庭筠、韋莊與詞的創始〉《景午叢編上集·從詩到曲》（台北：中華書局，1972 年）

〔註83〕　吳明德：〈溫庭筠、韋莊詞的「語言特徵」與「敘述手法」之比較析論〉《中國學術年刊》22 期（2001 年 5 月）

〔註84〕　李文鈺：〈從女性型態情意的書寫論溫韋詞風之形成〉《中國文學研究》15 期（2001 年 6 月）

〔註85〕　孫康宜：〈溫庭筠與韋莊—朝向詞藝傳統的建立〉《晚唐迄北宋詞體演進與詞人風格》（台北：聯經出版社，1994 年）

〔註86〕　黃彩勤：《韋莊研究》（台中：私立東海大學中文所碩士論文，1988年）

〔註87〕　江聰平：《韋端己及其詩詞研究》（高雄：國立高雄師範大學國文學系博士論文，1997 年）

的論文分別討論詩詞內容，這一部分是江聰平所沒有涉及的，而江聰平以修辭角度分別探討韋莊詩詞藝術，這方面比黃彩勤更爲詳細。另有陳慧寧《韋莊詞新探》，〔註88〕除了研究韋莊評傳、韋莊詞內容概貌外，也試圖從美學角度來討論韋莊詞，以韋莊詞之形象結構、抒情風格、語言辭藻、心靈審美、內容剖析等藝術成就，探討韋莊詞的價值與詞史地位。詹乃凡《韋莊男女情詞研究》，〔註89〕分別探討韋莊生平、韋莊詞之名目與數量、韋莊詞寫作內容分類，研究男女情詞中的內容、風格，而其方式是以韋莊情詞作主題研究，並參酌各家校注本，逐首訓解與賞析韋莊情詞，另外，亦把「男女情詞」當成一條貫穿韋莊與其他《花間》詞人的軸線，觀察他與《花間》作家的關係，討論韋莊情詞的內容、寫作技巧以及詞史上的地位。

由以上資料可以發現，研究晚唐詩與詞關係中，袁行霈〈長吉歌詩與詞的內在特質〉、萬雲駿〈晚唐詩風和詞的特殊風格的形成及發展〉、李宜學《李商隱詩與《花間集》詞關係之研究——以「女性敘述者」爲主的考察》、遲寶東〈詞「別是一家」：古典詩詞美學特質異趣論——以溫庭筠的詞與綺艷詩爲中心〉、施寬文〈晚唐詩人溫庭筠爲何以詞名世？——從溫庭筠詩詞藝術的相同處談溫詞之開創性〉等皆注重從綺艷華美的角度來論詩與詞的關係。且研究韋莊論文者，大多爲韋莊詩或詞作分門別類的特點陳述或主題研究，但卻很少提及詩與詞的關係，本文即立基於前人這些研究成果，進一步對詩詞的互相交涉作分析研究。

而李寶玲《五代詩詞比較研究》論文，雖涵蓋五代詩詞整體，唯涉及層面較廣，難免流於粗淺泛論；固然也有詩詞個人風格的比較，但未能深入了解各個詩人的創作情況，且因其師承羅宗濤〈溫庭筠詩

〔註88〕陳慧寧：《韋莊詞新探》（香港：香港新亞研究所文學組碩士論文，1997 年）
〔註89〕詹乃凡：《韋莊男女情詞研究》（台北：國立台灣大學中國文學研究所碩士論文，2002 年）

詞比較研究〉一文的寫作條例，為免重複未將溫庭筠列入，以及論文只限定五代，對於晚唐的詩詞過渡情況則未論及，故顯得不夠周備。然而此論文作了嘗試性的開始，筆者將以此為基礎，從韋莊開始深入研究，以詳細精入的方式，確實分析個人創作詩詞的交涉關係，以具體呈現晚唐五代詩詞過渡情形。日後再往其他晚唐五代詩人，作全面的詩詞關係探索。北宋詞與唐詩的關係研究，對本論文提供了承先的脈絡，以及提供檢視啓後的線索。晚唐之後的宋代詞壇，詞體觀念逐漸發展，至蘇軾因其詞風變為豪放風格與傳統婉約詞風不同，以詩為詞的討論才漸多，〔註90〕王偉勇研究宋詞壇詞借鑑唐詩，頗有建樹，然本論文即將此詩詞相融的關係，推進到晚唐詞興起的時代，期為此詩詞過渡作一整體性之研究。

　　本論文研究韋莊詩詞關係，預期達到的成果約有以下四點：

　　一、有助於探究詩、詞的跨文類研究。歷來學者大多從「同」的角度，由晚唐綺艷，對詩、詞進行跨文類研究，然作者認為詩至晚唐，吸收了詞體的特質，使詩體內部產生轉變與調整；詞同樣也受到詩體的啓發，乃能形塑其更豐富的內在底蘊，經由這樣相互滲透的歷程，詩、詞才逐漸呈現出其個別的特殊面目。基於此，詩、詞間的跨文類研究應深具探究價值，因此本論文的探討兩種文類在晚唐五代交流中的特質，以掌握文類的藝術價值與傳釋活動。

　　二、有助於填補文學史上的空白。晚唐，是中國一個重要的歷史斷代，也是交疊著詩、詞兩大文類的重要文學時期，本文以韋莊詩詞

〔註90〕陳師道《後山詩話》：「子瞻以詩為詞，如教坊雷大使之舞，雖極天下之工，要非本色。」以詩論詞之說非常多，現代論者如張高評：〈以詩為詞，開創豪放詞風——蘇軾「念奴嬌」「赤壁懷古」鑑賞〉見《國文天地》十六卷第七期總期 187（2000 年 12 月）頁 4～7。劉燕會：〈論東坡「以詩為詞」——以「永遇樂」「念奴嬌」為例〉見《輔仁中研所學刊》第五期（1995 年 9 月），頁 299～300。劉石：〈試論「以詩為詞」的判斷標準〉《中國文化研究所學報》第四期（1995 年），頁 83～100。

為觀察，提出不同文類互動之間的關係，對晚唐、乃至整個文學史具有重要意義。

　　三、有助於對韋莊詩詞的解讀。韋莊詞開創淡雅派詞風，甚至影響到宋詞豪放詞的發展，然其淡雅風格的契機，似與他的詩風有關，本文藉由對詩詞內容、語言、形式、風格的比較研究，以抽繹其關係。

　　四、有助於創作心理學的研究，觀察詩人如何剪裁同樣的文學材料創作作品，以及詩詞運用素材的不同。

第二章　韋莊詩詞的創作背景

　　以文體爲中心，根據產生文體的因素，可以形成一個"放射性"的結構，如圖 1，〔註1〕首先，作爲一種文體結構方式，它與語言相關，並以語言學方法爲其基本方法，這種方法在文本內部描述文體的特徵及其構成，不涉及作者、接受者及社會文化背景。其次，文體的存在方式雖然是語言，但它卻是由作家創造的，因而它還與作家的個性心理以及文體意識相關，從這個角度研究文體就形成了文體學的第二種方法，即心理學方法，它將文體視作作家個性的表現，從個性特徵入手探討文體特徵。第三，文體不僅與創造者相關，也與接收者相關，文體的創造雖歸功於作家，但文體的接收、文體的效果卻必須引入讀者才得解釋。最後，文體不管是作爲語言結構方式、作家的個性表現還是讀者的接受對象，都離不開它賴以存在的社會文化土壤，語言現象本身就是社會文化現象，語言結構（文體）的建構和闡釋都是在文化背景中進行的。本文研究韋莊的詩詞主要著重在作者創作兩種文體中，文學與語言系統之間的建構與解構的雙向動態關係。〔註2〕

〔註 1〕　參考陶東風：《文體演變及其文化意味》（昆明：雲南人民出版社，1994 年 5 月），頁 11～14、89。

〔註 2〕　作爲一種文本的結構方式或文學的話語體式，文體演變的基本存在方式表現爲結構與結構之間以及結構內部的轉化、興替、交叉、變易等等。也就是說表現爲建構與解構的雙向動態活動。"雙向"意謂建構與解構是互爲前提、不可分割的。任何建構都要以對先前結構的解構（程度不等）爲條件，而任何解構都要指向新的建構。孤立的建構與純粹的解構，都是不存在的。見陶東風：《文體演變及其

因此本章首先對於此系統先略作兩種文體歷史演變內在機制的說明，以利之後幾章的研究。另外分別鋪述社會文化的外在因素，其中包含接受者對詩詞兩種文體的期待方面。最後再探討作者的個性心理與創作歷程的自身因素。

圖 1

第一節　詩詞變異的內在機制與進程

　　文體現象是一種語言現象，它的變易呈現為各種語言結構規範之間的歷時替代和轉化。在文體的生成和變異中，一種新文體的產生並不是憑空進行的，而一種舊文體的消失也不是徹底的、乾乾淨淨的，新文體必然產生於對原有文體的創造性轉化中。詞的興起有多種說法，一、詞起源於《詩三百》，二、起於齊、梁樂府，三、起於近體詩，四、與律賦有關，〔註3〕五、起於胡樂等。這些詞的起源說法正是從詩體演變史中各截取一段來說明，但一種文體的形成卻是漸變蛻化而成的，並非說變就變的可以絕對釐清。文體學理論認為，一種新的文體是一般由兩種或兩種以上不同文體之間的交叉滲透而產生的，是多種文體規範之外的對話、交流、相互妥協和相互征服的結果。〔註4〕有些文體的影響是遙遠緩慢的，有些影響是當前即刻的，有些

　　　　文化意味》（昆明：雲南人民出版社，1994 年 5 月），頁 29。
〔註 3〕　曹辛華：〈論唐宋詞體演進與律賦之關係〉，《宋詞文學研究叢刊》第四期（1998 年 12 月），頁 185～199。
〔註 4〕　陶東風：《文體演變及其文化意味》（昆明：雲南人民出版社，1994

影響是年代久遠的傳承，有些影響是迫在眉梢的變新。除了文體內在交雜變化的成長週期外，有時還因外在的環境的影響而加劇變化，詞這種文體的興起也是由內外多種影響交叉、妥協、征服而來，然而文體變異的一個內在規律是文體內部佔支配性的規範的移位。一種特定的文體往往是一個由眾多規範所組成的系統，而標誌其根本特徵的往往又是其中某一個佔支配地位的核心規範。詞體最主要核心規範在於：詩體自身內部的衰敝與音樂外在的立即激盪。

一、詩體內部的流變

王國維在《人間詞話》〔註5〕中提出「文體盛衰」之說：

四言敝而有《楚辭》，《楚辭》敝而有五言，五言敝而有七言，古詩敝而有律絕，律絕敝而有詞。蓋文體通行既久，染指遂多，自成習套。豪傑之士，亦難於其中自出新意，故遁而作他體，以自解脫。一切文體所以始盛終衰者，皆由於此故。故謂文學後不如前，余不敢信。但就一體論，則此說固無以易也。

四言詩衰敝而產生了《楚辭》，《楚辭》衰敝了產生五言詩，五言詩衰敝而產生了七言詩，古詩衰敝了而產生了近體律絕，近體律絕衰敝產生了詞。各種文體替代興衰的原因是，一種文體通行既久，當它「自成習套」之凝固化，即使是很有才華的人也將面臨困境，難以在舊文體中超越而「自出新意」。在這種情況下，只有逃避開來另作他體，才能發揮自己的才情打開新的局面。所有文體的始盛終衰皆是這種緣故，所以文學的發展並非是後代比不上前代。但是如果就一種文體而論，這種說法卻是不能改變的結論。王國維所言的「自出新意」可說是對反文體慣例的自覺，慣例是由文學藝術的各系統構成的，久而久之呈現一種框架結構，個體可以順從反應傳統，也可能以叛逆的方式

年 5 月），頁 15～16。
〔註 5〕　施議對：《人間詞話譯注》（台北：貫雅文化事業公司，1991 年）卷一文體盛衰原因條，頁 166。

反映傳統，布魯姆在其《影響的焦慮》中說：「詩的歷史是無法與詩的影響截然區分的。因為，一部詩的歷史就是詩人中的強者為了廓清自己的想像空間而互相『誤讀』對方詩的歷史」〔註6〕因此詩人與傳統形成了相依賴又相對立的張力狀態，一方面要解構傳統詩學的影響，一方面卻得從傳統中建構新的文體。

　　中國古典詩歌的形式發展，大體上可劃分為五個階段，〔註7〕第一階段是上古歌謠，上古歌謠皆渾樸自然，節奏簡單，字句以二言為主略作增減，句式是參差不齊的。

　　第二階段是四言詩，其代表是《詩經》。《詩經》產生時代大約是在從西周初年到春秋中葉。《詩經》的句式或有二、三、四、五、六、七言句，但主要是四言句，其音節一般是「二‧二」，如二言句的覆疊，〈小雅‧采薇〉：「采薇采薇」；〔註8〕結構相同的二字句組合，如〈衛風‧淇奧〉：「如切如蹉，如琢如磨」；〔註9〕也有完整的四言句，如〈邶風‧凱風〉：「凱風自南，吹彼棘心。棘心夭夭，母氏劬勞。」〔註10〕

　　第三階段是《楚辭》，又稱騷體詩。這是在南方流行的楚歌基礎上，經文人加工創造成的一種新詩體。屈原的〈離騷〉為其傑出的代表，騷體詩從戰國後期流行到漢代。騷體詩的句式大體是五、六、七言句（「兮」字不計入其內）。如〈哀郢〉：「鳥飛反故鄉兮，狐死必首丘」是「二‧三」句式，〈離騷〉：「日月忽其不淹兮，春與秋其代序。

〔註6〕 哈羅德‧布魯姆（Harold Bloom）著、徐文博譯：《影響的焦慮：詩歌理論》（台北：新文藝出版社，1990年），頁3。

〔註7〕 參考趙山林：《詩詞曲藝術論》（杭州：浙江教育出版社，1988年6月），頁5～14。木齋：《唐宋詞流變》（北京：京華出版社，1997年11月），頁1～5。亦簡述了上古到詞的發展概況。

〔註8〕 〔清〕阮元撰：《十三經注疏》（臺北：藝文印書館，1981年）第二冊《詩經》，頁331～334。

〔註9〕 〔清〕阮元撰：《十三經注疏》（臺北：藝文印書館，1981年）第二冊《詩經》，頁127。

〔註10〕 〔清〕阮元撰：《十三經注疏》（臺北：藝文印書館，1981年）第二冊《詩經》，頁85。

惟草木之零落兮，恐美人之遲暮。」句式是「三・三」，〈離騷〉：「朝飲木蘭之墜露兮，夕餐秋菊之落英。」音節為「二、二、三」。騷體詩的句式包括多種，較為靈活，總體屬於雜言。

　　第四階段是五七言詩。就五七古言而言，西漢的民間歌謠與樂府民歌，雖然多雜言，但其中有不少的五言句，如《漢書・外戚傳》的李延年歌：「北方有佳人，絕世而獨立。一顧傾人城，再顧傾人國。寧不知傾城與傾國，佳人難再得。」〔註11〕「寧不知」三個字為歌唱時的襯字，故全篇的基本句型也是五言詩。東漢時代有不少完整的五言詩，如東漢的《古詩十九首》成為五言近體詩成熟的標誌。兩漢樂府或古詩，尚無完整的七言體。柏梁聯句，真偽莫明，〔註12〕七言詩起到了魏曹丕的〈燕歌行〉才正式成立。〔註13〕〈燕歌行〉共十五句，每句用韻，仍屬於「柏梁體」。到劉宋，鮑照致力於七言詩的創作，他的〈擬行路難〉十八首，或以七言為主，或通篇七言，並將"柏梁體"的句句用韻改為隔句用韻，才進一步擴大了七言詩的容量。

〔註11〕　〔漢〕班固撰：《新校本漢書》（臺北：鼎文書局，1979 年）卷九十七上〈外戚傳〉，頁 3951。

〔註12〕　〔梁〕劉孝標注《世說新語》，於排調第二十五王子猷詣謝公條注曰：「東方朔傳曰：『漢武帝在柏梁臺上使群臣作七言詩。』七言詩自此始也。」見〔宋〕劉義慶撰、〔梁〕劉孝標注：《世說新語》，《四部備要》子部（台北：台灣中華書局，1992 年元月七版二刷）卷下之下排調第二十五，王子猷詣謝公條，卷下之下頁九，中華書局據明刻本校刊。顧炎武《日知錄》卷二一柏梁臺詩條曾據此詩序文及官名人名加以考證，認為：元封三年（西元前 108）梁孝王已薨，其孫梁平王則史不載其是年入朝：光祿勳、大鴻臚、大司農、執金吾、左馮翊、右扶風乃太初元年（西元前 104）所更官名，不應預書於元封之時，蓋是後人擬作，剽取武帝以來官名及梁孝王世家乘輿駟馬之事以合之，而不悟時代之乖舛也。見〔明〕顧炎武撰：《日知錄》卷二一柏梁臺詩條，《景印文淵閣四庫全書》（臺灣市：臺灣商務印書館，1985 年）858 卷，子部雜家類，頁 860。

〔註13〕　劉大杰說：「七言體自曹丕完成以後，同時代的詩人，很少有這種作品。……便是兩晉，作這種詩的人也很少見，一直到南北朝，才逐漸發展起來。」見劉大杰：《中國文學發展史》（台北：華正書局，1991 年 7 月），頁 260。

持詞源於漢魏六朝樂府詩之論點者，以詞體參差不齊的外在形式來尋根溯源；然而，就形式上而言，樂府可任意變化，句式可長可短，平仄用韻無須受到限制。但詞的規定卻相當嚴謹，需按譜填詞，有一定的字數規定（除創調時未必如此）；就音樂屬性而言，樂府依附的是清商樂，詞所配合的則是隋唐新興的燕樂，是兩種不同的音樂系統。

自魏晉太康時代，文學日益注意字句形式之美，尤以詩歌爲然。從曹植到潘岳、陸機再到謝靈運，對偶逐漸發展，經過謝朓、庾信等人的努力，對偶之法更臻純熟，爲律詩的產生創造了條件。加以魏晉以來沈約以聲律的研究成果運用在詩歌的創作上，倡「平頭、上尾、蜂腰、鶴膝、大韻、小韻、旁紐、正紐」八病說，於是詩歌除講究對偶工整之外，又曲盡聲韻之美。經過眾人的嘗試與探索，五言律詩在初唐沈佺期、宋之問的時代就已臻成熟，而七言律詩的成熟則等到杜甫的時代。唐代是五七言古體近體詩全面發展的時代。

第五階段是詞，或稱長短句。剛開始唐五代時詩詞之界線甚至相當模糊，在中唐以前，聲詩與詞幾乎無法區分，或以爲聲詩，或以爲詞，或以爲近體律、絕，均無不可，中唐以後，詞與聲詩漸生距離，但時人仍將詞視爲「律詩」，收入律詩卷中，則時人將詩、詞視爲一體可知。有些詞的形式是齊言的，與詩之體制難以區分，如鄒祗謨論詩詞之辨云：

> 詞之〈紇那曲〉、〈長相思〉，五言絕句也。〈小秦王〉、〈陽關曲〉、〈八拍蠻〉、〈浪淘沙〉，七言絕句也。〈阿那曲〉、〈雞叫子〉，仄韻七言絕句也。〈瑞鷓鴣〉，七言律詩也。〈款殘紅〉，五言古體也。體裁易混，徵選實繁。故當稍別之，以存詩詞之辨。〔註14〕

鄒祗謨言詞中齊言的形式似詩的體裁，使詩詞之間的辨別容易混淆。又如張祜〈雨霖鈴〉：

〔註14〕〔清〕鄒祗謨：《遠志齋詞衷》收錄於《詞話叢編》（台北：新文豐出版公司，1988年）第二冊，鄒祗謨論詩詞之辨條，頁1466。

雨霖鈴夜卻歸秦，猶見張徽一曲新。

｜－－｜｜－－（用韻），｜｜－－｜｜－（協平韻）。

長説上皇和淚教，月明南内更無人。

｜｜｜－－｜｜，｜－－｜｜－－（協平韻）。

此詞似（平起平韻偏格）的七言絕句，押眞韻，《全唐詩》收入卷五
一一，〔註15〕張璋、黃畬合編的《全唐五代詞》也收入此作，箋評云：
「此詞本七言絕句聲詩體。」〔註16〕它既是詞又是詩，而且還是聲詩。
〔註17〕且其平仄格律與近體聲詩相同，可以說詞的格律是建立在近體
詩的基礎上。這一點，使詞在宋朝時仍以「五七字句」或「五七言」
代稱詞體，詞與詩在宋人眼中是有共通的地方。

　　詞的句式主要是兩種，一種是五七言，一種是四六言，當然更多
適應入樂的需要而與其他句式交錯使用。詞的文體把雜言、四言與五

〔註15〕《全唐詩》第十五冊，卷五一一（北京：新華書店，1992 年），頁
　　　5844。

〔註16〕張璋、黃畬：《全唐五代詞》（台北：文史哲出版社，1986 年 10 月），
　　　頁 172。

〔註17〕任半塘爲「唐聲詩」下的定義爲：「唐聲詩，指唐代結合聲樂、舞蹈
　　　之齊言歌辭──五、六、七言之近體詩，及其少數之變體：在雅樂、
　　　雅舞之歌辭以外，在長短句之歌辭以外，在大曲歌辭以外，不相混淆。」
　　　見任半塘（又名任中敏）：《唐聲詩》（上海：上海古籍出版社，1982
　　　年）上編，頁 46。黃坤堯定義唐聲詩爲：「凡配合樂曲歌唱的詩，一
　　　律可稱爲聲詩。但現在所論僅限於詞樂的範圍內，包含了大曲和曲
　　　子，其調名未必與詩意有關。歌詞方面，原則上是以近體詩爲主，齊
　　　言，但容許少量有限度的變體，如攤破、或增減字句出現。不過，在
　　　唐五代歌詞的發展過程中，聲詩的樂曲雖受新興詞調的旋律節拍等支
　　　配，但歌詞方面則以近體詩的平仄韻律影響較大，兩者的關係貌合神
　　　離，絕不密切。所以自詞體風行之後，聲情較見和諧統一，聲詩也就
　　　日漸退出歷史舞台了。此其所以僅屬於詞體之濫觴而非所以爲詞體之
　　　處，當有其獨特的時代意義。」見黃坤堯：〈唐聲詩歌詞考〉《香港中
　　　文大學中文研究所學報》13 期（1982 年），頁 120。
　　　陳枚秀參酌任半塘與黃坤堯二位對「唐聲詩」的說法後，重新將「唐
　　　聲詩」定義爲：「唐聲詩是一種結合燕樂，可以入樂歌唱的詩，其時
　　　代自初唐至南唐，偶或配合舞蹈，包含齊言與雜言的歌詞，排除雅
　　　樂及佛曲。」見陳枚秀：《詞體起源與唐聲詩研究》（台中：逢甲大
　　　學中國文學研究所碩士論文，2000 年 6 月），頁 60。

言、七言的句式錯落有致的排列在一起，充分反映了詞的句式長短錯落，富於變化的特點，從而形成一種新文體。

詞逐漸定型後，便漸與詩有了較大的差別，詞和詩在形式上主要不同點如下：

1. 詞是倚聲歌唱的，每首詞都有調名，如〈浪淘沙〉、〈楊柳枝〉，代表其音樂屬性，非詞的題目，又稱「詞牌」。

2. 詞依分段情形而言，有單調、雙調、三疊、四疊之分。單調篇幅短、不分段，又稱單片；雙調包括上片、下片兩個段落，分片依照樂譜規定；三疊有三個段落；分為四個段落者稱為四疊，但此種詞調甚少。

3. 近體詩的押韻主要是平聲韻，且須一韻到底，詞則可押平聲韻或仄聲韻，換韻或不換韻以及押韻的位置因詞調不同而異。

4. 詞的句式以長短句為主，乃是依樂調節拍、曲度來填詞之故。王國維嘗言：「詞之為體，要眇宜修，能言詩之所不能言，而不能盡言詩之所能言。詩之境闊，詞之言長。」〔註18〕頗能說明詩、詞在表達內容上與意境上的不同之處。

中國古典詩歌的發展，大體說來，上古歌謠是雜言的，四言詩是齊言的，騷體詩是雜言的，五七言詩是齊言的，詞曲又是雜言的。句式上是：雜言──齊言──雜言──齊言──雜言，形式上是：不整齊──整齊──不整齊──整齊──不整齊。又有人指出，先秦的風、騷可謂偶言歷程（《詩經》《楚辭》雖說分別以四言、六言為基礎，但基本架構是偶言的），漢代以後，中國詩歌發生了第一次變革，幾乎把所有的四六言句式通通驅入賦體，而詩歌內部則漸次進入五言、七言的奇言歷程。但幾乎在奇言詩成熟當時，產生中國詩歌內部的第二次變革，奇言與偶言相結合的歷程，詞的階段屬於奇言詩成熟當時，萌發了奇偶言結合的歷程。這就是中國詩歌由先

〔註18〕〔清〕王國維原著、滕咸惠校注：《人間詞話新注》（台北：里仁書局，1983 年 11 月初版），頁 65。

秦的詩、騷到唐末五代，大致經歷了：偶言歷程——奇言歷程——奇偶言歷程，〔註19〕三種階段的演變歷程。詩體在事物發展到頂端點後，都要向自己的反面轉化，詩歌發展一直是舊的平衡被打破，新的平衡建立起來，而每一個新起的階段總不會憑空興起，而是吸收、綜合前面的基礎，再創新出一種完全新穎的詩歌形式。詞也是在吸收四言、五言、騷體、賦體、七言乃至駢文的形式，在近體詩的基礎上，突破而出的新形式。

二、音樂與詩體關係的流變

　　自產生中國詩歌的《詩經》到詞體的產生，詩與音樂經歷三次離合。詞是在音樂的配合下才能產生出新的文學樣式，因此音樂對詞的影響可謂是重要因素。

　　宋人王灼對詩與音樂的發展演變，有詳細觀察：

> 古人初不定聲律，因所感發為歌，而聲律從之，唐、虞禪代以來是也。餘波至西漢末始絕。西漢時，今之所謂古樂府者漸興，晉、魏為盛，隋氏取漢以來樂器、歌章、古調，并入清樂，餘波至李唐始絕。唐中葉雖有古樂府，而播在聲律則尠矣。士大夫作者，不過以詩一體自名耳。蓋隋以來，今之所謂曲子者漸興，至唐稍盛。今則繁聲淫奏，殆不可數。古歌變為古樂府，古樂府變為今曲子，其本一也。〔註20〕

上古時代詩、樂、舞是緊密聯繫在一起的。《呂氏春秋・仲夏紀・古樂篇》有這樣的記載：「昔葛天氏之樂，三人操牛尾，投足以歌八闋：一曰〈載民〉，二曰〈玄鳥〉，三曰〈遂草木〉，四曰〈奮五穀〉，五曰

〔註19〕漢代以後，中國詩歌發生了第一次變革，幾乎把所有的四六言句式通通驅入賦體，但幾乎在奇言詩成熟當時，詩歌內部則漸次進入五言、七言，產生奇言與偶言相結合的歷程，產生中國詩歌內部的第二次變革。這次變革，為第三次變革，即白話詩的變革奠定了基礎。參見羅漫：〈詞體出現與發展的詩史意義〉，《中國社會科學》，1995年5期，頁138～151。

〔註20〕〔宋〕王灼：《碧雞漫志》卷一，見唐圭璋編：《詞話叢編》（台北：新文豐出版公司，1988年）冊一，頁74。

〈敬天常〉，六曰〈建帝功〉，七曰〈依地德〉，八曰〈總禽獸之極〉。」〔註21〕這八段表演反映了先民對於天地、祖先、氏族圖騰、氏族首領的崇拜，也反映了他們對於豐收的祈求和對於美好生活的嚮往。是詩歌、音樂、舞蹈相結合的表演形式。古詩與雅樂的結合，遂有《詩經》的產生，所謂「風雅頌」，正是《詩經》按音樂性質不同的分類。風是諸侯各地帶有地方色彩的樂歌，其中大部分是周代民歌；雅是朝廷正聲，是周王朝京都地區的樂歌，大雅多爲朝會宴饗之作，小雅多個人抒情之篇，頌是王室宗廟祭祀的舞曲歌辭。

持詞的起源最早上溯至《詩經》者，認爲《詩經》言調繁促相宣、形式上長短互用，啓後人協律之原。但詞以長短句的形式爲主，《詩經》雖然已出現長短不一的詩句，只是個別的現象，既未形成固定的形式，也未構成確定文體，不能以此偶然現象來解釋全面有系統的長短詞。〔註22〕且詞體不可能起源於遙遠的周代，中間隔了幾百年，遲至晚唐五代才成熟定型。

漢魏六朝時期，優美抒情的清商樂代替了質樸莊嚴的雅頌樂，於是有了樂府詩的產生。這些作品包括民間作品以及經過樂工或文人改編的樂歌，郭茂倩所編的《樂府詩集》一百卷中，將歷代樂府劃分爲郊廟歌辭、燕射歌辭、鼓吹曲辭、橫吹曲辭、相和歌辭、清商曲辭、舞曲歌辭、琴曲歌辭、雜曲歌辭、近代曲辭、雜歌謠辭、新樂府辭等十二類。其中鼓吹曲、相和歌、雜曲裡收有漢代人歌辭，橫吹曲裡收有北朝民歌，清商曲則主要是南朝民歌。

漢祚初興，高祖喜歡楚聲與蜀聲的民歌，於是帝王好之，下益甚焉，民歌遂爲漢樂主流。漢世新聲，即隋唐所謂清樂，其樂以清商三調爲主。《漢書·禮樂志》載：「至武帝定郊祀之禮，……乃立樂府，

〔註21〕〔秦〕呂不韋撰《呂氏春秋·仲夏紀·古樂篇》，見《叢書集成初編》（北京：中華書局，1991 年），第 582 冊，頁 147～148。
〔註22〕持此說者爲林玫儀，見林玫儀：《詞學考詮》〈由敦煌曲看詞的起原〉（台北：聯經出版社，1987 年），頁 32。

采詩夜誦。有趙、代、秦、楚之謳。以李延年爲協律都尉，多舉司馬相如等數十人，造爲詩賦，略論律呂，以合八音之調，作《十九章》之歌。」〔註23〕樂府原采民間詩，最後文人依據俗樂歌曲創作。樂府詩從西漢到南北朝卻繼續流傳與發展。漢清商三調傳至西晉，以荀勗掌理清商，俗樂號爲正聲。逮永嘉亂後，晉室南渡，漢清商始衰，而南朝新聲代起，是所謂吳歌、西曲，然其樂器律度，仍漢魏清商之舊。故吳聲西曲，究係漢魏清商之系。〔註24〕南朝民歌的清商曲辭包含：一、吳聲歌謠，產生於吳地；二、神弦曲，江南一帶民間祭神用的歌曲；三、西曲歌，產生於江漢流域的歌謠。這些歌謠從內容上說以男女戀情爲主，從形式上說以五言四句的短章爲多。

　　主張詞起源於漢魏六朝樂府詩者，或以樂府參差不齊的外在形式、具備音樂性、或文學的趨勢、或就詞調的名稱，來尋求詞與樂府的依附性，如王應麟《困學紀聞》卷一云：

　　　　至唐云古樂府者，詩之旁行也；詞曲者，古樂府之末造也。
　　　　〔註25〕

王世貞《藝苑卮言》云：

　　　　詞者，樂府之變也。昔人謂李太白〈菩薩蠻〉、〈憶秦娥〉
　　　　以爲詞祖，不知隋煬帝已有〈望江南〉詞。蓋六朝諸君臣，
　　　　頌酒賡色，務裁豔語，默啓詞端，實爲濫觴之始。〔註26〕

徐巨源云：

　　　　古詩者，風之遺，樂府者，雅之遺。蘇李變而爲黃初，建
　　　　安變而爲選體，流至齊梁及唐之近體而古詩亡。樂府變爲
　　　　吳趨越艷，……唐人小令尚得其意，則詩餘之作，不謂之

〔註23〕　〔漢〕班固撰：《新校本漢書》（臺北市：鼎文書局，1979 年 2 月 2 版）卷二十二〈禮樂志〉第二，頁 1045。

〔註24〕　張夢機：《詞律探原》（台北：文史哲出版社，1981 年 11 月），頁 74。

〔註25〕　〔宋〕王應麟：《困學紀聞》《四部叢刊續編》本（台北：台灣商務印書館，1966 年），頁 12564。

〔註26〕　〔明〕王世貞：《藝苑卮言》見《詞話叢編》冊一（台北：新文豐出版公司，1988 年），頁 385。

直接樂府不可。〔註27〕

王國維《戲曲考源》云：

　　詩餘之興，齊梁小樂府先之。〔註28〕

不過在內容上樂府是賦題而作的（內容與題名配合），而詞是倚調的。同樣題目的樂府有不同的做法，可是內容都是詠調名，詞則長短形式作法相同，內容與詞調名卻完全不相干。且樂府在形式上是自由，可長可短，平仄協韻也沒有一定規格，平仄叶韻也沒有一定規定。所以與詞還有一段差別。

　　隋唐以來，隨著南北朝時期南北方之間密切的交合，來自北方的燕樂又將傳統的清商樂取而代之。沈括《夢溪筆談》卷五：「唐天寶十三載（中略），以先王之樂爲雅樂，前世新聲爲清樂，合胡部者爲宴樂。」〔註29〕但唐朝雅樂（秦漢前之先王古樂），一則失去古樂的法制；二則與胡樂民歌交雜，舊曲失去原來先王之音；三則聊備宮懸，見鄙於時人，故雅樂不足以影響一代。〔註30〕唐代雅樂清樂（漢魏六朝以來之舊樂）漸淪缺已不爲時所重，且漸融入胡樂之中。魏晉以降，拓跋氏雄據中原，以及唐帝國以決決大國之態，兼容並蓄外來文化，胡樂以是大量東傳。"宴樂"又稱燕樂。燕樂主要是指西域音樂。至唐太宗時，立十部樂爲：燕樂、清商、西涼、天竺、高麗、龜茲、安國、疏勒、高昌、康國。這十部樂中，清商樂是中土固有的傳統音樂，燕樂爲華夷合樂，其餘都是陸續傳入中原的。〔註31〕從廣義而言，這

〔註27〕〔清〕馮金伯：《詞苑萃編》見《詞話叢編》冊二（台北：新文豐出版公司，1988 年）卷一引，頁 1756。

〔註28〕王國維：《戲曲考源》見《王國維先生全集》續編，（台北：台灣大通書局，1976 年），頁 1727。

〔註29〕沈括：《夢溪筆談》卷五，《叢書集成初編》（北京：中華書局，1985 年）冊 281《夢溪筆談》（一），頁 30。

〔註30〕張夢機：《詞律探原》（台北：文史哲出版社，1981 年 11 月），頁 72。

〔註31〕清商樂至魏時已經不完備了。《通志》卷四十九：「自永嘉之亂，禮樂日微日替，暨隋平陳，得其一二，則樂府之清商也。文帝聽而善之，曰：『此華夏正聲也。』乃置清商府，博采舊章以爲樂之所本。」隋得到這些清商樂後，設立了七部樂，至隋煬帝大業中，又增爲九

十部樂也可「總謂之燕樂」。〔註32〕唐代胡人入居五萬口以上，帶來西域文化的盛行，加上君王的提倡，印度的音樂又是七音制，這種新的音樂節奏明快、曲折、又富於變化，胡樂一下子就風靡全國，吸引許多人爲此配作新詞。

　　杜佑《通典・樂典》亦云：「自周、隋以來，管絃雜曲將數百曲。」何況樂工在四宮二十八調之間，又運以移宮犯調，生生不已，變化出令人不暇應接的各種曲調，近五十種樂器的不同演奏，更是繁複多樣。尤其樂曲情調豐富多姿、節奏靈活多變，例如一些資料的記載：

　　自破陣舞以下，皆雷大鼓，雜以龜茲之樂，聲震百里，動
　　盪山谷，……惟慶善樂獨用西涼樂，最爲閑雅。(《舊唐書・
　　音樂志》)〔註33〕

　　水調第五遍五言，調聲最爲愁苦。(《碧雞漫志》引《脞説》)
　　〔註34〕

　　江畔何人唱竹枝，前聲斷咽後聲遲。怪來調苦緣詞苦，多
　　是通州司馬詩。(白居易〈竹枝詞〉)

　　燕樂二十八調，……皆從濁至清，迭更其聲。下則益濁，
　　上則益清，慢者過節，急者流蕩。(《新唐書・禮樂志》)〔註35〕

燕樂的閑雅、豪壯、愁苦、凄惻，剛柔徐疾，跌宕起伏，海內聲調，濟濟一堂，展現出前所未有的魅力，終贏得了人們的普遍喜愛。另外

　　　　部樂；至唐增爲十部樂。見〔南宋〕鄭樵：《通志》(台北：新興書
　　　　局，1965年)卷四十九，樂一，頁626。
〔註32〕「太宗增高昌樂，又造讌樂，而去禮畢曲。其著令者十部：一曰讌
　　　　樂，二曰清商，三曰西涼，四曰天竺，五曰高麗，六曰龜茲，七曰
　　　　安國，八曰疏勒，九曰高昌，十曰康國，而總謂之燕樂。聲辭繁雜，
　　　　不可勝記。」〔宋〕郭茂倩：《樂府詩集》卷七九〈近代曲辭序〉(台
　　　　北：里仁書局，1984年9月)，頁1107。
〔註33〕〔後晉〕劉昫撰：《新校本舊唐書》(台北：鼎文書局，1979年)卷
　　　　二十九〈音樂志〉，頁1060。
〔註34〕〔宋〕王灼：《碧雞漫志》，見唐圭璋編：《詞話叢編》(台北：新文
　　　　豐出版社，1988年)，頁105。
〔註35〕〔後晉〕劉昫撰《新校本新唐書》卷二十二〈禮樂志〉(台北：鼎文
　　　　書局，1979年)，頁473。

審視唐之音樂，有清樂舊曲，有以清樂爲本的而融合胡樂之新聲，有
直接輸入之胡曲，有以胡樂爲本而融合清樂的新聲，此一多元現象，
實醞造了配合各種曲調的節奏而有齊言或雜言多元的音樂文學——
詞者也。〔註36〕

　　在詞興起之前的曖昧期，唐聲詩是入樂可唱的先聲，唐詩所配合
的音樂不再是以清商樂爲主，唐代大部分近體絕、律可入樂歌唱，所
配合的音樂曲調主要是燕樂，燕樂是透過邊疆民族、外國音樂與中原
音樂交流而產生，它具備了風格多樣的樂器和表演形式，提供了新的
旋律、節奏和其他音樂語匯，創新我國音樂的傳統，造成隋唐大批新
曲子產生，換句話說，燕樂配合詩的演唱，從而促進詞的發展。唐聲
詩正介於詩與詞的中介者，陳枚秀探究唐聲詩對詞體的影響，得出如
下結果：〔註37〕

　　1. 以詞牌與詞題形成而言：詩題影響詞題的標注。唐聲詩中如
《雲謠集》中的〈鳳歸雲〉下題〈閨怨〉二字；《唐詩紀事》卷四十
七所載謝良輔、鮑防、呂渭等十二人作〈狀江南〉、〈憶長安〉，調名
雖同，而內容有別，故於調下另立分題，以標明旨意，此附加分題的
作法，可視爲詞題與詞序的先驅。

　　2. 以句式長短而言：唐聲詩由多齊言句變爲多長短句。唐聲詩
多取近體律絕入樂，齊言之調雖不在少數，但唐人律詩的雜律多爲長
短句，是以律詩入樂者，亦有長短句的雜言歌詞，再者，齊言句式往
往難以與樂曲節拍盡合，故漸漸消亡，晚唐五代時雜言聲詩比例大幅
提升，因此齊言消亡，長短句成爲主流，也是由唐聲詩過渡到詞體的
最主要變動。

〔註36〕見林玫儀：〈由敦煌曲看詞的起原〉《詞學考詮》（台北：聯經出版社，
　　　　1993 年 5 月初版第二刷），頁 1～43。
〔註37〕陳枚秀：《詞體起源與唐聲詩研究》（逢甲大學碩士論文，2000 年 6
　　　　月），頁 112～113。此論文主要以音樂與形式的外在方面作詩詞過渡
　　　　關係的考察，而本文則是以詩詞的內在特質與外在形式作詩詞關係
　　　　的考察。

3. 以音樂調譜而言：詞和聲詩兩者具有同樣的音樂背景，主要都是在燕樂風行的環境裡，逐步成熟和定型。且由《花間集》、《尊前集》、《敦煌曲子詞集》等唐五代詞集所錄詞調名與《教坊記》相同者甚眾，大量記載唐聲詩作品的《樂府詩集》中有多首轉爲詞調的現象來判斷，唐代流行的聲詩是早期詞調最主要的來源。

4. 以平仄而言：詞的格律是建立在近體詩已完成的格律的基礎上，從近體詩的平仄譜中去截取、變化，以適應音律的變化。

5. 以用韻而言：唐、五代時，詞沒有可參考的「詞韻」，以作爲倚聲塡詞的依據，乃因在中唐以前，聲詩與詞幾乎無法區分，中唐以後，詞與聲詩漸生距離，但時人仍將詞視爲「律詩」。詞既爲近體之一種，則其用韻自應依近體韻書，大可不必另創「詞韻」。而後才漸至發展出有別於詩韻的方式。

且早期音樂對詞並不具有絕對的控制，很多時候歌詞可以強迫曲調適應自己，如《花間集》中七位詩人的十八首〈河傳〉，共有十二種體式，〔註38〕三位詩人中的四首〈思帝鄉〉，有三種體式，〔註39〕表明了音樂並不是使詞走向長短句的唯一因素，歌詞隨情景需要或作家個人對樂曲音樂的感應程度不同，而須自行調節詞數、詞彙也是主

〔註38〕見羅漫：〈詞體出現與發展的詩史意義〉，《中國社會科學》（1995 年
　　　5 月），頁 143。
　　　《花間集》中〈河傳〉字數排列如下：
　　　溫體：2236725／7353325
　　　韋體：2244473／735473
　　　張泌：（一）444625／735425；（二）244723／735725
　　　顧夐：（一）22447257353325；（二）22443325／7353325
　　　孫光憲：（一）444364／7353325；（二）444625／7353325；（三）2244465
　　　／7353325
　　　閻選：2244732／735725
　　　李詢：（一）2244465／75773；（二）2244465／73563
〔註39〕《花間集》中〈思帝鄉〉字數排列如下：
　　　溫庭筠：25636563
　　　韋莊：（一）33636363；（二）35636353
　　　孫光憲：同溫庭筠 25636563

要的因素之一。早期創作者為求美視美聽，順應自己的創作習慣，追求變異、追求新奇，可以在一定程度上拋開音樂，只要這首歌詞具備悅耳的音樂性、上口的吟唱性即可。

詩體的演變與音樂的關係：

第一階段	第二階段	第三階段	第四階段		第五階段
上古歌謠	四言詩	騷體詩	五七言古詩	五七言近體詩	詞
雜言	齊言	雜言	齊言		雜言
不整齊	整齊	不整齊	整齊		不整齊
	偶言歷程		奇言歷程		奇偶言歷程
不究平仄	不究平仄	不究平仄	不究平仄	平仄押韻	平仄押韻
	風雅頌（雅樂）		清商樂	燕樂、清商樂、多元音樂	燕樂清商多元音樂

由上表可知，唐代燕樂的活潑婉轉及音樂多元融合的外在刺激下，使原來整齊舒緩的奇言詩不合節拍而產生長短不齊的形式。加上詩體內部發展到成熟，在講究押韻、平仄的這些規律的限制下，人們的審美趣味追求創新，產生對既有體制變革的突破。因此兩個變革發展相拍合，或兩者之間相互影響，詞便脫胎於整齊的近體詩而成為一種新興合樂的綜合詩體出來。

第二節　晚唐文壇的綺麗走向

一、文體與接受者——晚唐五代對詩詞的接受態度

唐代自安史之亂起再到黃巢之亂，國力由強盛轉為衰弱，經濟由富庶轉為凋敝，政治由清明轉為黑暗，社會由安定轉為動盪，時代特徵在強力扭變的狀態。由盛而衰的時代轉型，深刻的影響士人的心態，開元時代普遍存在的積極進取、昂揚樂觀的精神驟然消歇，詩人不得不直接面對嚴酷的社會人生問題。處在這樣的社會環境與時代氛圍中，士人縱有大志，亦略無用武之地，因此，儘管他們政治思想與人生態度有別，但那種面對大廈將傾的悲觀心理與絕望情緒則幾乎是

一致的。他們不僅難以產生元和文人那樣投身現實政治以期革除時弊的激切願望，甚至也不再存有寶歷以降文人那種雖無能爲力卻仍希冀有所作爲的矛盾心理，而是「西北鄉關近帝京，煙塵一片正傷情」，〔註40〕「今日亂離俱是夢，夕陽唯見水東流」〔註41〕的哀情，都出現同樣的末世悲情與消沉心態。

大致而言，元和至大中詩壇（公元 805～859），前期著重變異，後者著重復歸。就變異角度而言，元和詩壇的特點不僅在於諸多並立體派的形成及其迥然不同的創作傾向，與開元天寶時代同一趨勢的創作傾向構成鮮明對比，而且更重要的是在於以俗勁與奇險爲主要標誌的「不詩之詩」「以醜爲美」方式，對開元時代形成的主客平衡、情景交融的常態美有意識破壞，繼續承續杜甫詩的創新實踐，構成詩歌變態美的最高程度的表現，如韓孟詩派的創新思想與險怪追求，以瘦影與寒吟爲特色的賈島、姚合。

就復歸而言，寶歷（公元 825）以降詩壇在總體上固然體現元和詩變的自然推展，但其著重承續元和後期詩風內向的轉變趨勢，在重情思想的自覺提倡中，徹底摒除政治功利觀念對文學情感世界的扭曲與干擾，形成對體格聲律、情韻意境的審美化追求，實質上是以常態美的復現體現對變態美的撥正。這種唯美文學的興起，事實上也與政治上的激烈排擠，言論不自由有關，致使文人逃到象牙塔中，研究藝術之美。這種文學外表綺羅香澤，內容月意雲情，色澤艷麗，音節瀏亮，結構完密。這類綺艷詩風常以李商隱、溫庭筠、杜牧爲代表，是對元白一派注重內容形式以平易坦白爲主，遂至直率顯露、不耐尋味的反動。

在晚唐詩壇中，不管有的縱情逸樂，承續晚唐唯美傾向而著重描寫艷情聲色，有的傾向避世歸隱，有的憤世嫉俗，但顯然都可見出同樣性質的歸宿與基點。晚唐詩人人格由「守道」而「順時」的轉變，反映在個體追求上，便是「功名」思想的減弱，和「名利」意識的增

〔註40〕司空圖〈浙上〉二首之二詩。
〔註41〕韋莊〈憶昔〉詩。

強。所謂「功名」是指個人為民建功立業的雄心壯志；而所謂名利，則是指一種以自我私利為核心的權利渴求。晚唐詩人對詩的期望乃是自我私利的展現。

晚唐五代時人以為詞的功用是娛賓遣興的消費商品，只把他當作不足登大雅之堂的「小道」或「小技」，非「經國之大業，不朽之盛事」〔註42〕的載道言志的「雅正」文學。詞由民間興起，這種娛樂的性質，到文人創作的手中發揮的更淋漓盡致。西蜀歐陽炯〈花間集序〉說：

> 則有綺筵公子，繡幌佳人，遞葉葉之花牋，文抽麗錦；舉纖纖之玉指，拍按香檀。不無清絕之詞，用助嬌嬈之態。……有唐已降，率土之濱，家家之香徑春風，寧尋越艷；處處之紅樓夜月，自鎖嫦娥。……昔郢人有歌陽春者，號為絕唱，乃命之為《花間集》。庶使西園英哲，用資羽蓋之歡；南國嬋娟，休唱蓮舟之引。時大蜀廣政三年夏四月日序。〔註43〕

歐陽炯《花間集序》說明詞的功能是「娛賓遣興」的團體活動，是朱門富豪享樂生活的佐料，是於酒筵歌席供佳人歌唱而助其嬌嬈之態，羽蓋之歡的。

孫光憲《北夢瑣言》卷六記載：

> 晉相和凝，少年時好為曲子詞，布于汴、洛。洎入相，專托人收拾焚毀不暇。然相公厚重有德，終為艷詞玷之，契丹入夷門，號為「曲子相公」。所謂好事不出門，惡事行千里，士君子得不戒之乎！〔註44〕

和凝翰林承旨，除戶部侍郎在後晉高祖天福五年（940），這年也是《花間集》結集之時。和凝二十首詞也被《花間集》收錄，但他卻在為相之後，把前期所作的詞焚毀，認為詞作的淫靡側艷玷污自己德厚名

〔註42〕 曹丕：〈典論論文〉，見郭紹虞編：《中國歷代文論選》（香港：中華書局，1979年），頁124～125。

〔註43〕 〈花間集序〉的文字，南宋晁謙之以還，各家刻本略有不同。此依李一氓校：《花間集》（北京：人民文學出版社，1998年3月）。

〔註44〕 〔宋〕孫光憲：《北夢瑣言》（外十二種）（上海：上海古籍出版社，1991年12月）卷六，以歌詞自娛條，頁1036～43。

譽。孫光憲在序言中說「非但垂之空言，亦欲因事勸戒」，可見當時對詞視爲君子不爲的艷科，甚至以作詞聞名是件「惡事」。又《北夢瑣言》卷四亦云知舉成名後，詞不宜官人所唱：

> 唐薛澄州昭緯（薀），即保訓之子也。恃才傲物，亦有父風。每入朝省，弄笏而行。旁若無人。好唱〈浣溪紗〉詞。知舉後，有一門生辭歸鄉里，臨歧獻規曰：「侍郎重德，某乃受恩。爾後請不弄笏與唱〈浣溪紗〉，即某幸也。」時人謂之至言。〔註45〕

詞的這種創作演出型態一直到北宋還是一樣的情況。如：宋歐陽修《近體樂府・西湖念語》：〔註46〕

> 況西湖之勝概，擅東穎之佳名。雖美景良辰，固多於高會；而清風明月，幸屬於閒人。……因翻舊闋之詞，寫以新聲之調。敢陳薄伎，聊佐清歡。

詞的創作必是在美景良辰、清風明月的背景下，閒人士子於是翻舊詞譜寫新詞、聽歌伎唱新歌，在美景的襯托下即興的演出助樂，以不負此刻天清人和的歡愉時光。宋陳世修〈陽春集序〉也說：

> 公以金陵盛時，內外無事，朋儔親舊，或當燕集，多運藻思，爲樂府新詞，俾歌者倚絲竹而歌之，所以娛賓遣興也。
> 〔註47〕

詞的娛樂效果至宋初有更多的變化，吳曾《能改齋漫錄》〈錢文僖賦竹詩唱踏莎行〉云：

> 公在鎮，每宴客，命廳籍分行襪，步行莎上，傳唱〈踏莎行〉，一時勝事，至今稱之。〔註48〕

〔註45〕　〔宋〕孫光憲：《北夢瑣言》（外十二種）（上海：上海古籍出版社，1991 年 12 月）卷四，薛澄州弄笏條，頁 1036～24。

〔註46〕　〔宋〕歐陽修：《近體樂府・西湖念語》，見《歐陽修全集》（台北：世界書局，1991 年 10 月五版）下冊，頁 1055。

〔註47〕　〔宋〕陳世修：〈陽春集序〉，見〔南唐〕馮延巳：《陽春集》（台北：世界書局，1982 年 4 月三版），頁 2。

〔註48〕　〔宋〕吳曾：《能改齋漫錄》，見《景印文淵閣四庫全書》（台北：台灣商務印書館，1985 年），冊 850，頁 717。

錢惟演宴客聽歌，爲融入詞題內容，而分襪踏莎，歌唱娛樂的型態、活動因詞的盛行而多方變化，可見在唱詞在當時配合肢體動作，以融入詞的內容性質，娛樂效果十足，也顯示出詞在當時的風靡情況。

　　詞的演唱者是女聲歌伎，詞句創作者是文人士子，聽眾者是同屬男性集團的朋僚親舊。文人除了扮演創作者，也是詞的欣賞接受者，而女性的表演者則爲兩者身分互爲服務，就詞的創作而言，女性爲掩飾當時文人不敢放在廟堂之上的創作作品而服務。在女性開口演唱的掩護下，「爲情色而情色」的男性慾望可以盡情在這「陰性文類」中徹底解放，「男性不僅消費歌曲，也消費歌曲中的女性。故詞中的女性情色意象不可避免地被商品化，被賦予情色之外的意義，具有 Karl Marx 所說的商品拜物（commodity fetishism）的眩誘魅力，﹝註49﹞以滿足消費者的男性對女性情色更深層的慾望與幻想。」﹝註50﹞葉嘉瑩也說到當他們嘗試仿傚女子的口吻來寫那些相思怨別之情的時候，產生兩種現象，其一即是男性慾望的渴望性，「他們大多把那些戀情中的女子加上了一層理想化的色彩，一方面極寫其姿容衣飾之美，一方面則極寫其相思情意之深，而卻把男子的自私和負心以及由此而引起的女子的責怨，都隱藏起來而略去不提。」﹝註51﹞使女子成爲一個忠貞而摯情男性的美與愛的化身。其二則是雙性人格之表現，「由於『逐臣』和『棄

﹝註49﹞ Karl Marx, Capital: A Critiquie of Political Economy（1867），trans.Samuel Moore and Edward Aveling, ed.Frederick Engels,Vol.1（New York: Modern Library, 1906）。也可參考吳家駟譯：《資本論》（台北：時報文化出版公司，1990 年），第一卷，頁87～101。馬克思所謂之「商品拜物」，是指勞動產品一旦以商品的形式出現，便成了可感覺而又超感覺的物，具有一種如魔法妖術般神秘性質與誘惑魅力。故在消費文化的論述中，商品拜物與性戀物被從「魅惑」（seduction）的觀點相題並論，都刺激起人的慾望。

﹝註50﹞ 張淑香：〈男性情色幻想的美典——溫庭筠詞的女性再現〉，《中國文哲研究集刊》第十七期（2000 年 9 月），頁 72～73。

﹝註51﹞ 葉嘉瑩：〈論詞學中之困惑與《花間》詞之女性敘寫及其影響（上）〉，收錄在《詞學古今談》（台北：萬卷樓圖書館，1992 年 10 月），頁 370～471。

妻』在中國舊社會中倫理地位相似，以及『棄婦』之辭在中國詩歌中
所形成的悠久之傳統，因此當那些男性的詩人文士們在化身為女子的
角色（persona）而寫作相思怨別的小詞時，遂往往於無意間就竟然也
流露出了他們內心中所蘊含的，一種如張惠言所說的『賢人君子幽約
怨悱不能自言之情』。」〔註52〕這種在遊戲中無意識的情感抒發，不用
背負言志載道的神聖反而讓創作者感到輕鬆餘快；就詞的接受者而
言，詞的這種自由與叛逆性，不必背負載道言志的包袱，使觀眾者可
以從唱的內容中及女性表演者的感官、感情上得到愉悅，「詞內詞外的
女性彷彿重疊，製造了一種幻想成真的現場娛樂效果」。〔註53〕古典詞
對當時的人具有解除壓力的娛樂功能，正如現今流行音樂的功能，阿
多諾（Theodore W. Adorno）在談到流行音樂的製作與消費時，認為人
們在轉向娛樂時，必然是想逃離日常生活與工作的壓迫，流行音樂迎
合這種心理需要，能夠轉移人們對於現實負擔的注意力，使人在放鬆
之中，可以完全就能享受到娛樂的快感。〔註54〕「詞本是歌筵酒席間

〔註52〕 葉嘉瑩：〈論詞學中之困惑與《花間》詞之女性敘寫及其影響（上）〉，
收錄在《詞學古今談》（台北：萬卷樓圖書館，1992 年 10 月），頁
370～471。「雙性人格」是葉嘉瑩先生引用卡洛琳・郝貝蘭（Carolyn
G. Heilbrun）在其《朝向雌雄同體的認識》（Toward a Recongnition of
Androgyny）一書中，所提出的「雌雄同體」（androgyny）之觀念，
其字乃是結合了 andro（男性）與 gyn（女性）兩個字而形成的一個
辭語，本意原指生理上雌雄同體的一種特殊現象，但郝氏之提出此
一辭語，則意指性別的特質與兩性所表現的人類的性向，本不應做
強制的劃分，因此就郝氏之說而言，此「androgyny」一辭，也可將
之譯為「雙性人格」。《花間集》中之小詞確實含有此種「雙性人格」，
男性詞作家者在徵歌看舞的遊戲之作中，展示了深隱於男性心靈中
的女性化的情思，
〔註53〕 康正果：《風騷與艷情——中國古典詩詞的女性研究》（台北：雲龍
出版社，1991 年），頁 284～285。書中也提到詞為艷科的特徵之一
是強調「女樂」的「聲色之樂」，「聽眾對女音的偏好與迷戀美色是
混雜在一起的，而歌妓的表演也含有色情服務的性質。」
〔註54〕 參考 Theodor W. Adorno, "On Popular Music", in John Storey（ed.），
Cultural Theory and Popular Culture: A Reader（London: Harvest
Wheatsheaf, 1994），pp. 202～214。阿多諾所討論的流行音樂雖然是

供人歌唱的曲辭，則詞就不僅是一種文學體類，而是在當時直接涉及一種公開的娛樂方式，一種消費行為與經濟現象。」〔註 55〕歌樓聽眾可以說是以消費行為來獲得娛樂的消費者。

創作者為因應佳人歌聲的婉轉美妙，也為了突破傳統詩教的牢籠，男性作家故意代為女聲言情，在符合觀眾席上的需求，依據女子嬌嗔柔婉的聲音優點創作詞的內容，以達到聲情達辭的效果，結果詞在這接受者主導的傾向下，表現出男女愛戀的輕浮淫靡色彩。且由於與歌者接觸是才子詞人一項重要的生活內容，因而了解得以加深，自然而然，歌者的命運就成了人們筆下的題材。另一方面，歌者的活動處於當時媒體的中心，歌者往往有很高的知名度，以她們為題材，容易使自己作品受到人們歡迎。〔註 56〕

在當時接受者對於詞抱持著娛樂心態下，韋莊創作詞的態度，顯

一種資本社會的現象，但僅就其作為商業化的娛樂與消費者的心理需求此一互動關係而言，則阿多諾的觀點實具有普遍的意義與效應，故可以挪用以觀照不同的流行音樂歌曲。

〔註 55〕張淑香：〈男性情色幻想的美典──溫庭筠詞的女性再現〉，《中國文哲研究集刊》第十七期（2000 年 9 月），頁 71。

〔註 56〕吳相洲：《唐代歌詩與詩歌──論歌詩傳唱在唐詩創作中的地位和作用》（北京：北京大學出版社，2000 年 5 月），頁 220。中晚唐以來，由於人們觀念的改變，關心婦女命運的文學作品越來越多，中唐的愛情傳奇就是表現女子的喜怒哀樂的。而這一觀念，也往往表現在詩歌當中，白居易的〈琵琶行〉、李紳的〈鶯鶯歌〉、劉禹錫的〈真娘詩〉等都是這類作品。這種局面的出現，除了人們觀念上的原因之外，特殊的生活環境也是一個重要的原因。由於與歌者接觸是才子詞人一項重要的生活內容，因而了解得以加深，自然而然，歌者的命運就成了人們筆下的題材。另一方面，歌者的活動處於當時媒體的中心，歌者往往有很高的知名度，以她們為題材，容易使自己作品受到人們歡迎。

的輕鬆從容，不同於創作詩時的嚴謹莊重，故於酒筵歌席中創作的詞，表現出陰柔淫靡的風格。

二、晚唐綺艷詩風籠罩花間詞壇

　　通過五代時期詩詞兩體作者、作品數量及其在整個唐五代文學史階段所占比例表格，可明白文學的轉折與新變，〔註57〕五代時期詩體無論是作家或作品已明顯少於前代、詞體比起以前繁盛的多的證明。這種詩詞數量的變化，說明了中晚唐的社會文化環境的某些因素影響了詩人的創作焦點的轉移。

　　以《全唐詩》爲據統計出來唐五代詩創作概況：

項目（詩）	全唐五代	五代	五代所占比例
時間（年）	342	52	15.2%
作家（人）	2200	130	5.9%
作品（卷）	900	33	3.6%

　　以林大椿輯《唐五代詞》爲據統計出來的唐五代作家概況：

項目（詞）	全唐五代	五代	五代所占比例
時間（年）	342	52	15.2%
作家（人）	84	34	40.4%
作品（首）	1148	775	67.5%

　　五代詩卷數在整個唐五代詩壇上，所占比例只有 3.6%，而五代的詞首數卻在唐五代詞壇上佔了 67.5%，五代詩作家在也只有佔全部唐五代的 5.9%，而詞作家卻佔了 40.4%，雖然說唐詩作品的卷數未能完整呈現詩的數目，一些似詩又似詞的作品如何分類，許總皆未交代，然因五代詩卷數目遞減或詞首數目遞增的落差如此之大，所以值得探討。

〔註57〕以《全唐詩》爲據統計出來唐五代詩創作概況表格，與由林大椿輯《唐五代詞》爲據統計出來的唐五代作家概況表格，皆參考許總：《唐詩史》（南京：江蘇教育出版社，1994 年 6 月）（下），頁 511～512。

就時代背景而言，盛唐時代的雄放外向、昂揚樂觀，在「元和中興」消失之後，時代精神已無可挽回地由外向漸轉爲內向，由雄豪奔放漸轉向沉潛幽微，由樂觀昂揚漸變爲感傷乃至悲傷：一代作家的審美情趣也由政壇風雲、疆場血火轉向酒邊花前、庭院閨房，由大漠孤煙、長河落日轉向煙柳畫橋、清溪曲澗。到了唐末五代，更是干戈四起，亂象如沸，唐帝國如同沉入地面的夕陽，黑暗失望蔓延大地。一代文人士子學士、詩人詞客苟全性命亂世，無路進取功名，除少數人還在那裡徒然無功地激昂呼喊，熱心外部世界的戰爭外，大多遁入平康巷陌的朱樓畫閣中，沉醉聲色，應歌徵辭，以求得心靈的慰藉與解脫。孫映逵主編的《全唐詩流派品匯》中說：

> 初盛唐充滿激情，主客體、理想與實踐相統一；中唐浮躁矯激，激情逐漸消歇，或轉化爲怪誕、或轉化爲衰苦、或平易，主客體、理想與實踐相分離，晚唐尤其是後期激情衰微而至冷淡，主客體分離，理想破滅。〔註58〕

初盛唐詩氣象漸趨渾厚；至盛唐則把雄渾氣象推到極致；中唐則由主氣轉向主意，主「氣」表徵著人的一種自然外放、外向的生存狀態，相對而言，主「意」則表徵著人的一種相對內斂、內向的生存狀態，中唐轉向主意而詩中氣勢猶存；到晚唐則氣愈薄而意愈重，渾厚之風漸失，以至筋骨畢露。初盛唐較傾向古典主義，盛唐傾向浪漫主義，中唐傾向寫實主義，晚唐則具有唯美主義傾向。韋莊正是處於激情衰微而至冷淡，主客分離、理想破滅、唯美主義下的哀惋之聲、詩中主

〔註58〕 孫映逵：《全唐詩流派品匯》（太原：北岳文藝出版社，1998 年 9 月）導論，頁 21。盛唐詩主「氣」，中晚唐詩由主「氣」向主「意」蛻變。「氣」的核心意指作爲感性欲望充盈人體內的 "生理的生命力" 在藝術創作中昇華出來的審美力量。主 "氣" 之詩直接以 "氣" 之表現爲直接目的，是 "氣" 之直接的發舒方式；主 "意" 之詩以 "意" 之傳達爲直接目的， "氣" 是通過傳達一定之 "意" 間接表現出來的，是 "氣" 之間接的發舒方式。以李白爲代表的豪放飄逸詩派和以高岑爲代表的邊塞軍旅詩派（尤其岑參邊塞詩）中，盛唐詩主 "氣" 的特質得到了最高程度的表現。

意而氣勢內斂的晚唐詩壇。

正是唐帝國的衰亂影響了詩人的胸懷志氣，剛才說過了中唐階段之後詩體氣勢漸衰，由極度興盛的高峰走向逐漸衰敝的狀態。且就創作技巧而言，晚唐的詩人只能接受和利用已經發展的爛熟，格律風調表現手法都已十分完備的那些詩歌體式，已經難以再創新格和自出新意。陸游說：「唐自大中後，詩家日趨淺薄，其間傑出者，亦不復有前輩閎妙渾厚之作，久而自厭，然桔於俗尚，不能拔出。會有倚聲作詞者，本欲酒間易曉，頗擺落故態，適與六朝跌宕意氣差近。」〔註59〕唐自大中後，詩家「桔於俗尚，不能拔出」，詩意難以超過盛唐的桎梏中，一些晚唐詩人擺落創作格律詩的高尚故態，以拓落的開放心胸，逐漸轉向創作在酒樓歌伎中新興的俗樂長短句，希冀以作新體而實現藝術上的創造。「故歷唐季五代，詩愈卑而倚聲者輒簡古可愛。蓋天寶以後，詩人常恨文不逮；大中以後，詩衰而倚聲作。」〔註60〕陸游認為詩的風氣愈走向卑微，詞就以「簡古可愛」與「跌宕意氣」的新特色，成為大多數文人的新歡。因為晚唐詩的政教地位卑微，興起追求美艷的詩學創作，結果這唯美詩風就把詞引進青樓狹邪去了，使原本清澈的詞，摻進了無數脂粉香味。

晚唐詩風，日趨縟麗，（這是中唐韓、孟詩派尚奇險、參議論而詩味較遜的一種詩風的反動）如：李商隱「沉博艷麗」（朱鶴齡《箋注李義山詩集序》）、〔註61〕溫庭筠「才思艷麗」（孫光憲《北夢瑣言》）、

〔註59〕陸游：《渭南文集》卷三十《跋〈花間集〉》二，見《景印文淵閣四庫全書》（台北：台灣商務印書館，1985 年）冊 1163，集 102，頁541。

〔註60〕陸游：《渭南文集》卷三十《跋〈花間集〉》二，見《景印文淵閣四庫全書》（台北：台灣商務印書館，1985 年）冊 1163，集 102，頁542。

〔註61〕〔清〕朱鶴齡〈李義山詩集注序〉：「中酉之歲，予箋注杜工部詩于紅豆山莊，既卒業有友人謂予曰：『玉溪生詩沉博絕麗，王介甫稱為善學老杜……』」見《景印文淵閣四庫全書》（台北：台灣商務印書

〔註 62〕杜牧「輕倩秀艷」（李調元《雨村詩話》），皆善於麗語艷情，晚唐唯美詩風與詞之風格的形成，因此有密切的關係，田同之《西圃詞話》說：「詩、詞風氣，正自相循，貞元、開元之詩，多尚淡遠。大歷、元和後，溫、李、韋、杜，漸入香奩，遂啓詞端，金荃、蘭畹之詞，概崇芳艷。」〔註 63〕前期李賀、杜牧、李商隱、溫庭筠詩就已出現艷情描寫或彩繪表現，越來越至唐末則不僅表現爲參與創作的人數眾多，而且往往可見一種創作走向的追尋。〔註 64〕晚唐詩也有四特點與詞的本質相似：〔註 65〕

（一）這些詩歌具有濃厚的都市色彩的背景，用語遣字多綺艷。那種眼花撩亂、紛至沓來、光怪陸離的感官印象的凸現，他們和秦樓楚館的燈紅酒綠的筵席非常合拍。杜牧〈遣懷〉：「落魄江南載酒行，楚腰腸斷掌中輕。十年一覺揚州夢，贏得青樓薄倖名。」反映了城市生活和狎妓冶遊的靡爛生活。李商隱〈清夜怨〉：「含淚坐春宵，聞君欲渡遼。綠池荷葉嫩，紅砌杏花嬌。曙月當窗滿，征雲出塞遠。畫樓終日閉，清管爲誰調？」首聯標明時間、地點、人物、事件；頷聯純寫園中景物：池、荷、砌、杏花，皆爲近景；頸聯乃人物當窗所見，與懸想所得之景，是爲遠景；尾聯則以個人感慨設問作結。我們在頷

館，1985 年）冊 1082，集 21，頁 81。

〔註 62〕 《北夢瑣言》卷四溫李齊名條：「溫庭雲、字飛卿，或云作筠字，舊名歧，與李商隱齊名，時號曰溫李，才思艷麗，工於小賦，每入試，押官韻作賦。」見〔宋〕孫光憲：《北夢瑣言》，《叢書集成初編》本（北京：中華書局，1985 年）冊 2841，頁 30。

〔註 63〕 〔清〕田同之：《西圃詞說》見《詞話叢編》（台北：新文豐出版社，1988 年），冊二，詩詞風氣相循條，頁 1452。

〔註 64〕 許總：《唐詩史》（南京：江蘇教育出版社，1994 年 6 月初版），頁 456。

〔註 65〕 袁行霈曾歸納詞的本始內在特質爲：一、詞是一種都市的娛樂性的文學；二、詞是女性的軟性的文學，三、詞是抒情細膩的文學；四、詞是感情低迴感傷的文學。見袁行霈：〈長吉歌詩與詞的內在特質〉《中國詩歌藝術研究》（增訂版）（北京：北京大學出版社，1997 年 6 月初版），頁 349～370。

聯之中，明顯可以透過想像組合出一個精緻的小庭院，然而，人物對此並未加留心，她只寧願坐在畫樓之中，甚且是「終日」關閉，這正顯示樓閣與世隔絕，人物杜門不出。而這精緻的庭院、畫樓大概都是城市中的秦樓楚館的描寫，待在屋內的則是思念郎君的紅樓女。李賀〈殘絲曲〉「垂楊葉老鶯哺兒，殘絲欲斷黃蜂歸。綠鬢少年金釵客，縹粉壺中沈琥珀。花臺欲暮春辭去，落花起作迴風舞。榆莢相催不知數，沈郎青錢夾城路。」這首詩寫一群男女的暮春冶遊，詩人用濃墨重彩繪出都市的街景，紀錄了他的感官印象，這首詩重頭到尾洋溢著都市的情調，正適合秦樓楚館的歌唱。

　　（二）對女性有特殊的描寫。李賀筆下的女性不但多，而且她們不僅僅是宮女和村姑，而多有城市中的妓女出現，顯出更多的誘惑性。如〈洛姝真珠〉：「真珠小娘下青廓，洛苑香風飛綽綽。寒鬢斜釵玉燕光，高樓唱月敲懸璫。蘭風桂露灑幽翠，紅弦裊雲咽深思。花袍白馬不歸來，濃蛾疊柳香唇醉。金鵝屏風蜀山夢，鸞裾鳳帶行煙重。八驄籠晃臉差移，日絲繁散暈羅洞。市南曲陌無秋涼，楚腰衛鬢四時芳。玉喉窱窱排空光，牽雲曳雪留陸郎。」詩先描寫真珠如天仙一樣美麗，頭上玉釵映輝、歌聲琴奏裊裊，周圍的蘭風桂露也點綴著一片幽翠的環境。但她心理卻惦念著白馬少年不再歸來，以致她蛾眉深鎖、香唇微醺，夢境中也縈繞巫山雲雨、卻又感到步履沉重，而天終究拂曉，溫暖的日光透射進來，羅帳的網點繁絲將這些思念收藏在黑夜，末四句寫市南曲巷歌妓們的熱鬧生活，在那裡沒有秋天涼意，四季都是賓客盈門，熱鬧滾滾，她們以輕盈的姿態、美妙的歌聲挽留冶遊的男子。李賀以驚訝的眼光看著女性的光怪陸離的美麗世界，並把他們寫入詩裡，從而使他的詩歌帶上了詞的情趣。韓偓《香奩集》一卷全寫閨情，〈倚醉〉：「倚醉無端尋舊約，卻憐惆悵轉難勝。靜中樓閣深春雨，遠處簾櫳半夜燈。抱柱立時風細細，繞廊行處思騰騰。分明窗下聞裁翦，敲遍闌干喚不應。」寫倚醉尋思的詩人想念著她，於廊柱欄杆間惆悵徘徊，細雨微風襯托著遠處的昏燈，讓他恍惚記得當

時她在窗下裁翦之聲，可是現在敲遍欄杆呼喚她，卻徒留空蕩蕩的聲響。宋嚴羽《滄浪詩話》：「香奩體，韓偓之詩，皆裾裙脂粉之語。有《香奩集》。」；〔註66〕杜牧〈贈別〉云：「娉娉裊裊十三餘，豆蔻梢頭二月初。春風十里揚州路（一作郭），卷上珠簾總不如。」描寫柔靡的戀情，描寫相別時候對於豆蔻梢頭的清秀少女愛戀不捨。

（三）抒情的濃郁性。詞難以敘事為主，而唯長於抒情，且能傳達詩所難言盡言之情。以詩抒情早已累積了豐富的經驗，但以詞抒情仍有其獨到之處，就是用婉約之筆抒隱曲之情，而且其婉約與隱曲的程度有非常人所可想像者。如李賀的〈江樓曲〉寫思婦之情，便很有詞的趣味：「樓前流水江陵道，鯉魚風起芙蓉老。曉釵催鬢語南風，抽帆歸來一日功。鼉吟浦口飛梅雨，竿頭酒旗換青苧。蕭騷浪白雲差池，黃粉油衫寄郎主。新槽酒聲苦無力，南湖一頃菱花白。眼前便有千里愁，小玉開屏見山色。」詩寫思婦懷遠之情，幾乎全是以思婦所見景物來明喻或暗示，第一句點題，第二句暗示青春將老，三四句一面梳妝一面托南風捎口信給駕帆遠去的他抽一日回來；擔心他怎樣度過這惱人的梅雨季節，想將那遮雨的黃粉油衫寄去。末四句寫無力解愁的鬱悶像傳染病一樣遍佈眼前的景物，斷斷續續的酒滴聲像在呻吟、南湖上菱花慘白一片，眼前的景色已使自己相思不斷，推開屏風見到遠外的山色，更增添了愁緒。又如李商隱〈和張秀才落花有感〉：「晴暖感餘芳，紅苞雜絳房。落時猶自舞，掃後更聞香。夢罷收羅薦，仙歸敕玉箱。回腸九回後，猶有剩回腸。」以艷體比花，是一般常調也。此似嘆秀才下第而歸，情終不能忘耳。此詩以花比婦女，又以婦女的「夢罷」、「仙歸」比秀才的落第而不能忘情，比之又比，曲而復曲。李商隱的〈無題〉一類的抒情詩篇如「昨夜星辰昨夜風，畫樓西畔桂堂東。身無彩鳳雙飛翼，心有靈犀一點通。隔座送鉤春酒暖，分曹射覆蠟燈紅。嗟余聽鼓應官去，走馬蘭台類斷蓬。」似有真實的情

〔註66〕〔宋〕嚴羽：《滄浪詩話》見《叢書集成初編》（北京市：中華書局，1985 年）冊 2571，頁 15。

感，卻又以無題名之，影影綽綽，像蘊藏了許多的東西似的。又如其
〈錦瑟〉：「錦瑟無端五十弦，一弦一柱思華年。莊生曉夢迷蝴蝶，望
帝春心托杜鵑。滄海月明珠有淚，藍田日暖玉生煙。此情可待成追憶，
只是當時已惘然。」一詩，劉貢父、黃庭堅、蘇軾等人試解之，然終
莫得其要旨。元好問〈論詩絕句〉云：「望帝春心託杜鵑，佳人錦瑟
怨華年，詩家總愛西崑好，獨恨無人作鄭箋。」詩歌抒情之情晦澀難
解，常常使人捉摸不定。

（四）低迴感傷的情調。這種情調恰恰成為詞的一個帶有普遍性
的特點。無論晚唐五代的溫庭筠、韋莊、馮延巳、李煜，北宋的晏殊、
歐陽修、柳永、秦觀、周邦彥，還是南宋的李清照、姜夔、吳文英、
王沂孫，莫非如此。李賀以「冷、凝、咽、啼、垂、寒、幽、死、淚、
老」等詞語極力創造一個寒冷的、幽暗的、悲涼的、朦朧的、凝重的
境界，表達一種無可奈何的、無所適從的意緒，如〈雁門太守行〉：「霜
重鼓寒聲不起」、〈洛妹真珠〉：「紅弦裏雲咽深思」、〈靜女春曙曲〉：「粉
窗香咽頰曉雲」、〈梁臺古愁〉：「芙蓉凝紅得秋色，蘭臉別春啼脈脈」。
又如李商隱〈促漏〉：「舞鸞鏡匣收殘黛，睡鴨香爐換夕熏」從「舞鸞」
一句，點明女性敘述者的身份。鏡匣中映照的只是殘黛；香爐已熄，
換上的只剩夕熏而已。舞鸞對殘黛，暗示羨慕鸞鳳雙飛之情；夕陽對
應香爐，則暗示著時間的流轉。這聯是詩中女子自言長日永夜，孤居
無聊之情景。由上句的「殘」字看來，人物的哀傷情感極為深重，因
此，她所感受到的並不是「睡鴨香爐」應具有的溫暖感，而是漸漸清
冷的夕熏。香爐在此並不能發揮暖、香的特質，反而輕易被夕熏所替
代，徒有燃香之用途，卻籠罩在一片清冷的夕陽之中，逐漸冷卻。在
富貴的意象中，反而流露出清冷的感覺，從而造成冷涼的意象。〈和
友人戲贈二首〉：「猿啼鶴怨終年事，未抵熏爐一夕間。」在這一聯詩
中，女子自言此刻、當下的相思，可以抵得上終年無止盡的想念。「啼
猿鶴怨代表的是另一形態的感情，……三峽哀猿，風夜唳鶴，也一直
是文人宣哀的共相，他們所代表的，自然也是一種沈潛鬱結的哀情，

可是義山在這裡卻給輕輕否定掉了；這種爲人所共認的悲哀，與一夕相思對比之下，已被奪走了他固有的地位，然則其相思之深，實已到了蝕骨焚心的地步了。」〔註67〕

詞是一種都市的娛樂性的文學，是女性的軟性的文學，是抒情細膩的文學，是低迴感傷的文學。晚唐詩中的一大部分詩的趣味、情調，其所構成的氛圍，與詞內在特質的相近。晚唐五代詩詞在這種過渡時期的轉變下，剛興起的詞也受晚唐綺艷詩影響偏向此風格，於是詞與詩存著若即若離的關係，在晚唐綺艷詩風的籠罩下，詞也受其影響。以上幾點晚唐詞的特色，也正是直接從綺艷詩風承繼而來的詞的特色。

三、晚唐溫庭筠詩詞綺艷風格的直接相通

在晚唐詞壇中，首先溫庭筠綺艷詩的精神就直接貫穿到詞中去，成爲詞壇的引導先鋒，後來的詞家沒有不受其影響的。從溫庭筠詩作內容題材所涉及的範圍來看，凡前代重要詩人所曾有的主要類型、時事、政治、民生、行旅、友誼、情愛，乃至自然風光、宗教生活、隱逸情趣，都有題詠，但在多種創新變化中論其意義和影響之大，莫過於對心靈世界和綺艷題材的開拓。在晚唐綺艷風氣搧風點火，及晚唐冶遊歡樂的人生態度下，因此引導詞壇傾向溫馨熱烈、濃艷綺麗甚至是淫靡流蕩的香風。

溫庭筠詩的語言以穠麗最爲特色，常常與李商隱並稱，《新唐書》卷九十一《溫大雅傳》附〈庭筠傳〉云：「彥博裔孫庭筠，少敏悟，工爲辭章，與李商隱皆有名，號溫、李。……又多作側辭艷曲。」，《唐才子傳》卷八亦云：「庭筠，……側詞艷曲，與李商隱齊名，時號溫、李。才情綺麗，尤工律賦。」〔註68〕溫李二人之詩皆提倡晦昧朦朧，

〔註67〕陳文華：〈比較與翻案──論義山七律末聯的深一層法〉，收於國立中山大學中文學會主編：《李商隱詩研究論文集》（臺北：天工書局，1984年9月），頁659。

〔註68〕辛文房：《唐才子傳》卷八，溫庭筠條，見《叢書集成初編》（北京：中華書局，1991年北京第一版）第3380冊，頁107。

精微繁縟之作風，清人賀裳於《載酒園詩話》中，以爲溫庭筠的詩善於「矜飾」，〔註69〕以致後人學習極富雕飾麗藻的詞，也認爲當學溫庭筠詩歌字面，如張炎：「賀方回、吳夢窗皆善於練字面，多於溫庭筠、李長吉詩中來。」〔註70〕沈義父：「要求字面，當看溫飛卿、李長吉、李商隱及唐人諸家詩句中字面好而不俗者，采摘用之。」〔註71〕可見其艷麗詩句成爲後來詞家的模仿之本。

　　溫庭筠的詞也與其詩一樣具有穠麗的特色，羅宗濤〈溫庭筠詩詞比較研究〉一文曾觀察溫庭筠詩詞間有很多相似或相同的詞句。〔註72〕施寬文〈晚唐詩人溫庭筠爲何以詞名世？──從溫庭筠詩詞藝術的相同處談溫詞之開創性〉一文也說：「溫庭筠藉以名於後世的詞作，在藝術表現方面，多與其詩有相同者。」〔註73〕他以同樣的表現手法，運用在新的文類中，成爲新闢之蹊徑，起著導夫先路的作用，成爲以詞名世的詩人。據李淑芳《溫庭筠及其詩歌研究》一書指出，溫庭筠前期穠麗的詩風至會昌、大中之間即轉入詞的創作之中，至大中四年（850）末爲新宰相令狐綯假手代作〈菩薩蠻〉之時達到詞作成熟的頂峰。〔註74〕可知溫庭筠是先有穠麗的詩風，再

〔註69〕　〔清〕賀裳：《載酒園詩話》，見郭紹虞編《清詩話續編・上》（台北：木鐸出版社，1983年初版），頁372。

〔註70〕　〔清〕張炎《詞源》字面條，唐圭璋：《詞話叢編》（台北：新文豐出版公司，1988年台一版）冊一，頁259。

〔註71〕　〔宋〕沈義父《樂府指迷》要求字面當看唐詩條所論，見唐圭璋：《詞話叢編》（台北：新文豐出版社，1988年台一版）冊一，頁279。

〔註72〕　見羅宗濤：〈溫庭筠詩詞比較研究〉，《古典文學》七集（台北：台灣學生書局，1985年8月），頁487～530。

〔註73〕　施寬文：〈晚唐詩人溫庭筠爲何以詞名世？──從溫庭筠詩詞藝術的相同處談溫詞之開創性〉《大陸雜誌》101卷3期（2000年9月），頁37。

〔註74〕　李淑芬：《溫庭筠及其詩歌研究》（台北：國立台灣大學中國文學研究所碩士論文，2000年6月），頁128。溫庭詩歌藝術風格隨著年歲的增加有所改變，溫庭筠早期在太和、開成時二度抱著遠大的志向抱負，至京應舉，落第後至邊塞求用，因此創作出了雄豪的詩篇。太和與開成之交，在首次應舉失利後，轉而回到江南進行樂府詩的

進而有穠麗的詞。溫庭筠詩詞的語言特色是穠艷綺麗，徐柚子也歸
納溫庭筠詩詞穠麗的原因說：「其一，溫庭筠的相當一部分樂府詩和
絕大多數詞是用來描寫女性生活或男女情愛的，這一題材本身就具
有艷麗的色彩。其二，溫庭筠不僅對婦女的悲慘命運充滿同情和悲
愴之心，而且對女性具有愛憐和贊美之意，這就必然表現為對女性
形象美的描繪和禮贊，因此，他往往採擷華麗的辭藻，濡染濃艷的
色彩，來描繪他筆下的女性形象，為他們增添美的光彩。」〔註75〕
溫庭筠的詩詞以穠麗為詩詞相通的特點已為大家所認同。而詩詞間
的語言也在實際作品的觀察下，得知是存在著相當關係，陳廷焯《白
雨齋詞話》觀察歷來詞的作法之後總結云：「詩詞一理，然不工詞者
可以工詩，不工詩者，斷不能工詞也。故學詞貴在能詩之後，若於
詩有立足處，遽欲學詞，無未見有合者。」〔註76〕提出了能詩後才
能作出美好的詞。詞既然奠基在作詩的基礎上，詞的風格自然多少
會受到詩的影響，從而可知溫庭筠詩的綺艷特色影響到詞。

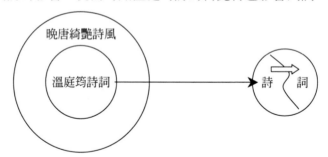

晚唐綺艷詩風影響溫庭筠詩詞創作　溫庭筠穠麗詩影響詞創作

創作，詩中展現出穠麗的詩篇。至京應試與至邊塞求用都是特殊的
情況，溫庭筠的詩歌創作大多展現閒雅自然的風格。當然，在唐代
末期普遍講求華美語言的大環境裏，閒雅自然的風格與完全趨向用
語平淡的自然還是有些許的不同。

〔註75〕　劉尊明：《唐五代詞史論稿》（北京：文化藝術出版社，2000 年 10
月初版），頁 219。

〔註76〕　〔清〕陳廷焯：《白雨齋詞話》，見唐圭璋：《詞話叢編》（台北：新
文豐出版社，1988 年台一版）冊四，頁 3936，學詞貴在能詩之後條。

溫庭筠詩影響詞圖示：

（溫庭筠前期以太和六年（832AD）到會昌元年（841AD）十年，後期爲會昌元年至咸通七年（866AD）卒，約有二十五年之久）

第三節　韋莊詩詞創作的自身因素

　　劉勰說：「夫情致異區，文變殊術，莫不因情立體，即體成勢也。」〔註77〕意思是說作者的感情不同，因而創作的手法也各有不同的變化，爲了使情感發揮順暢，沒有不依造作者的情感來確定作品的體制，就著體制形成一種語體、文勢。錢鍾書說：「『心畫心聲』，本爲成事之說，實少先見之明。然所言之物，可以飾僞：巨奸爲憂國語，熱中人作冰雪人，是也。其言之格調，則往往流露本相：猖急人之作風，不能盡變爲澄澹，豪邁人之筆性，不能盡變爲嚴謹。文如其人，在此不在彼也。」〔註78〕錢鍾書對元好問所言的：「心畫心聲總失眞」〔註79〕作家主觀世界與其作品內容的不能符稱上有所補充，他認爲從作品中的文體風格上還是可以感受「文如其人」、「詩品出於人品」的

〔註77〕劉勰：《文心雕龍注》（台北：開明書店，1993年5月十七版）卷六定勢，頁24。

〔註78〕錢鍾書：《談藝錄》（北京：中華書局，1984年），文詞風格足以微見性情，163頁。

〔註79〕元好問：〈論詩絕句三十首〉「心畫心聲總失眞，文章寧復見爲人？高情千古〈閒居賦〉，爭識安仁拜路塵！」是說晉朝的潘岳，此公驅炎附勢，爭名奪利，但這樣的一個人居然可以寫出〈閒居賦〉、〈秋興賦〉等作品故作清高雅潔，這就表說明"文如其人"的說法往往不表現在作家主觀世界與其作品內容的符稱上。

相應性，錢鍾書所說的格調、作風、筆性，與作品的風格有關，作品的內容可以造僞，可是作家的思想、性格、氣質、情趣、情感方式、思維方式等等，是不易作僞的，這些主體性制約著作品變異的重要因素。

一、詩詞創作的內在歷程

　　文學的創作是生活中深刻的事件與心靈交會的閃光，加以想像鑄造的藝術創作，正如康德所說「想像力作爲一種創造性的認識能力，是一種強有力的力量。它從實際自然所提供的材料中，創造出第二自然來。」〔註80〕自然環境提供材料中，人類的創造能力可以根據已有的意象作材料，把他們加以剪裁、綜合，成爲多種新式。例如溫庭筠詩詞都有詠柳的作品，單就詞就有楊柳八首（一作楊柳枝）詩同樣以楊柳作爲題材的也有〈題柳〉、〈原隰荑綠柳〉二首。同樣的題材有不同的展現，可見創作心理的靈活多變，處理韋莊詩詞的內在相關性，了解詩詞創作的內在歷程，可幫助我們理解詩詞的各種內在特質的形成。詩詞創作的內在歷程可就詩歌的創作心理過程、創作個性的形成與就傳統的創作意識而言。

　　就詩歌的創作過程而言，《文學創作心理學》〔註81〕認爲首先是：一、題材的確定，題材的確定有幾種情況，1. 靈感：主體無意中突然從腦中閃過一片形象 2. 尋覓：又可分爲三點（1）主體在生活信息的背景上作無規則的探索，先獲得思想和意念，再按此思想和意念尋覓形象，而確立題材。（2）主體在生活信息的背景上作無規則的探索，先產生有關形象，對此關形象作分析，覺得能表達某種思想，再依此思想去改變組合原先的形象，使改動了的形象能適合反映這一思想，題材便確立。（3）觸景生情：主體在主客體交互作用過程中，發現客

〔註80〕〔德〕康德：《判斷力批判》（台北：台灣商務印書館，1964 年），頁 49。

〔註81〕許一青：《文學創作心理學》（上海：學林出版社，1990 年 12 月），頁 229～231。

體的某部份或某層次能作爲詩的題材。二、情節的安排，三、剪裁佈局，四、描寫規劃，五、文字排列，六、修改。詩的創作不一定都要明顯地經歷上述各個過程，但在文學創作的運思過程中，記憶的功能由題材的確定到修改的步驟，卻爲作者提供源源不斷的參考導向。

　　詩人對生活中事件的敏感，開始並不受明顯的理性的制約，它迅捷的在大腦皮層構成鮮明突出的審美初象，敏銳地將刺激感受力直覺的、迅速的作出形象的感受、定形與判斷，一時捕捉的直感，由此而飛躍地展開系列性的審美聯想，透過類似聯想或接近聯想，〔註82〕於是連結出一大片藝術的創作素材。「記憶的基本過程是識記、保持、回憶和認知，記憶的種類可分爲形象記憶、邏輯記憶、情緒記憶和運動記憶。從詩歌創作的審美過程來看，詩的審美主體的記憶主要是形象記憶與情緒記憶」，〔註83〕詩人所縈繞或銘刻於心的是，通過藝術感情的觀察得來的生動鮮明的外部印象，和那種特定的情緒、氣氛與氛圍。在相同的情緒和當時週遭環境相應的氛圍中，詩人對曾經建構的詩歌字句，因爲記憶的連接，也會再次出現。

〔註82〕聯想是一種最普遍的作用，通常分爲兩種。一種是類似聯想，例如看到菊花想起向日葵，因爲他們都是花，且都是黃色，在性質上有類似點。一種是接近聯想，例如看到菊花想起中山公園，又想起陶淵明的詩，因爲我在中山公園裏看過菊花，在陶淵明的詩裏也常遇到提起菊花的句子，兩種對象雖不同，而在經驗上卻曾相接近。這兩種聯想有時混在一起，例如看到菊花想起陶淵明，一方面是一種接近聯想，因爲陶淵明常作菊花詩；一方面也是一種類似聯想，因爲菊花有高人、節士的氣概，和陶淵明的性格很類似。見朱光潛：《文藝心理學》（台北：金楓出版有限公司，1987 年 8 月），頁 103。第三章美感與聯想。白靈對想像手法分爲接近聯想、類似聯想、對比聯想。接近聯想，爲所述對象均爲相近的事物或同一類事物，如「風聲牽回來叮嚀一聲駝鈴」。類似聯想，所述對象之間非爲同類而爲某種性質相似者，如「當風的彩旗像一片被縛住的波浪」。對比聯想，二事物間因大小、強弱、色彩、時間、空間、是非、善惡……等成對比者，如「就在昨天／凱薩的一句話還能抵擋住全世界」。見白靈：《一首詩的誕生》（台北：九歌出版社，1991 年），頁 28。

〔註83〕李元洛：《詩美學》（台北：東大圖書公司，1990 年 2 月），頁 24。

　　就創作個性的形成而言，《文體與文體的創造》認為受客觀因素與主觀因素影響，客觀因素有時代、階級、文化等因素，主觀因素又分為先天因素、人格因素、審美因素，先天因素有資質、氣質、感受性等因素，人格因素有世界觀、性格、生活經驗等因素，審美因素有審美體驗、審美趣味、審美理想等因素，這些主客觀共同形塑創作個性。〔註84〕

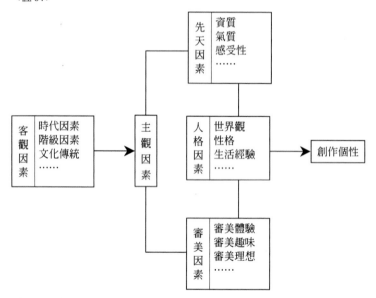

　　當一個作家在創作的客觀因素與主觀因素相同時，雖然面對詩詞兩種文體，在同樣的創作背景下，所創作出來的作品風格，可能有相異的情形，但也不能說沒有相同或相近的情形。

　　就傳統的創作意識而言，「傳統是文化歷史的積澱和慣性作用。對往昔的追憶、複製或改造或許是人類的天性。極為重視歷史的縱向聯繫，以求得歷史的連續和延伸而不致斷裂，這是我們民族固有的文化心理。它造成了一種意識，即傳統意識。這種意識甚至變成本能，變成潛意識。但中國人的傳統意識並不是一味向後看，它是前行中的

〔註84〕　參考童慶炳：《文體與文體的創造》（昆明：雲南人民出版社，1994年5月第一版，1995年7月第二次印刷），頁219。

回顧。在過去和現在之間尋找平衡，既不背叛過去也不拘泥於過去。從先輩文化中汲取一切有益的東西來指導和調整自己，以期獲得最大的動力。古人講『師古』也講『變古』。」〔註85〕大致上詩句的完成都難免要經過一番內省工夫，所謂「內省」白靈認為或可分為「內容的內省」與「語言的內省」，內省時先由內容的內省開始，再次及語言，略有所得後，發覺不滿意，可轉回內容再重新觀察，於是煎出一首詩的過程為：〔註86〕

題材—→ 詩的內容—→ 詩的語言—→ 詩的內容—→ 詩的語言—→……

　　我們把創作出一首詩的過程當作創作新詞的過程，則在反覆的內省過程中，詞的內容與語言的反覆斟酌，使它在基於有著吸收新成分、新內容的本能，又能通過吸收補充文學高峰的豐滿果實，來實現自身的完善。興盛後的衰亡，高潮之後的低落，自信心的喪失在另一層意義上說是自信心的建立。因為對過去的自慚形穢是對模仿過去的否定，否定了徒勞無功的模仿（晚唐詩的靡弱），必然導致去創另一座豐碑（詞的興起），而這豐碑的奠基石卻能從過去中尋覓。於是詩的語言會經由日益精進的效應干擾影響到詞的語言，詩詞之間的文學語言就有了「師古」與「變古」的微妙關係了。

　　以下由韋莊生平經歷來了解其創作的思想、格調、作風、筆性等背景，以探究其創作產生的個體心境因素。

二、韋莊的個性

　　韋莊，字端己，京兆杜陵（今陝西省西安市東南）人，是韋待價、韋應物的裔孫。〔註87〕韋氏一家，在隋末唐初是世家大族，〔註88〕

〔註85〕李劍國：《唐五代志怪傳奇敘錄》（天津：南開大學出版社，1993年12月），頁12。

〔註86〕白靈：《一首詩的誕生》（台北：九歌出版社，1991年），頁42～43。

〔註87〕見夏承燾：《唐宋詞人年譜》（台北：明倫出版社，1970年），頁1。
　　〔宋〕尤袤的《全唐詩話》（卷五），韋莊條，見《叢書集成初編》

曾顯赫一時，據《新唐書‧宰相世系》表，韋氏定著九房，韋莊屬於
消遙公房，韋見素、韋待價、韋應物等都是有名的人物，深得李唐王
朝的重用。但是到了韋莊出世的晚唐，這家族已經敗落。他主要生活
在晚唐的宣、懿、僖、昭四朝及五代初期。這一時期正是中國歷史上
空前繁榮昌盛的唐朝由衰微滅亡，進入五代十國分裂動亂的時代。

　　韋莊的傳記，正史中無記載，但在其他書中，都提到他具有疏曠
灑脫、大方無拘的落拓性格，而這個性也使他在詩作表現上大多直言
所見，無一點扭捏做作，如：《唐詩記事》、《全唐詩話》、《十國春秋》
皆載：「莊疏曠，不拘小節。」〔註89〕且韋莊在蜀其間與貫休常往來，
貫休「風騷之外，精於筆札，舉止眞率，誠高人也。然不曉時事，往
往詆訐朝賢，他亦不知己之是耶非耶。」〔註90〕這樣率眞性情的人與
韋莊有幾分相像。

　　另外韋莊的節儉樸實性格，也是許多人所提及的，韋莊生於王孫
沒落的後代，貧窮的家境卻使他不能不過著節儉樸實的生活。但有些
人認爲他太吝嗇，如《太平廣記》一六五吝嗇類引《朝野簽載》：

　　韋莊頗讀書，數米而炊，秤薪而爨，炙少一臠而覺之。一
　　子八歲而卒，妻斂以時服，莊剝取以故席裹尸。殯訖，擎
　　其席而歸。其憶念也，嗚咽不自勝。唯慳吝耳。〔註91〕

　　　　冊 2557（北京市：中華書局，1985 年），頁 107。〔清〕吳任臣撰、
　　　　徐敏霞、周瑩點校：《十國春秋》（北京：中華書局，1983 年 12 月）
　　　　卷四十，頁 592～594。
〔註88〕韋氏定著九房，一曰西眷、二曰東眷、三曰消遙公房、四曰勛公房、
　　　　五曰南皮公房、六曰駙馬公房、七曰龍門公房、八曰小消遙公房、
　　　　九曰京兆公房，韋氏共宰相十四人。韋見素、韋待價、韋應物等屬
　　　　於消遙公房。〔宋〕歐陽修撰：《新唐書》卷七十四上〈宰相世系表〉
　　　　見〔清〕紀昀等總纂：《景印文淵閣四庫全書》（史部唐書卷七十四
　　　　上）（台北：臺灣商務印書館，1970 年）頁 273～612～637。
〔註89〕〔宋〕計有功：《唐詩記事》（台北：木鐸出版社，1982 年）卷六十
　　　　八韋莊條，頁 1020。
〔註90〕〔宋〕孫光憲：《北夢瑣言》卷二十，休公眞率條，見《叢書集成初
　　　　編》（北京：中華書局，1985 年），冊 2842，頁 158～159。
〔註91〕〔宋〕李昉：《太平廣記》（臺北：西南出版社，1983 年），頁 1210。

《唐才子傳》亦云：

少孤貧力學，才敏過人，……性儉，秤薪而爨，數米而炊，達人鄙之。〔註92〕

其實由上面書中所舉的例子言，他是對自己及家人吝嗇，卻非對外人，且韋莊在自己詩中對自己的奴僕的描寫，總有一份愛惜之意，如〈僕者楊金〉：「努力且爲田舍客，他年爲爾覓金魚。」、〈女僕阿汪〉：「他年待我門如市，報爾千金與萬金。」把韋莊歸爲慳吝一類，是過於責備。夏承燾也對《太平廣記》所引文來自《朝野僉載》有疑問，認爲《朝野僉載》之作者張鷟爲武周時人（四庫提要一四〇引桂林風土記，定爲天寶以前人），應不及見韋莊。且提要謂其書凡闌入中唐後事者，乃僉載補遺之文，另是一書，非鷟所作，其書不名撰人，又多啁噱荒怪之說，近於笑林，卓異。貫休《禪月集》十二〈和韋相公式閒臥詩〉云：「修補烏皮几，深藏子敬氈。」謂其好儉而已，不致過情若爾。〔註93〕由韋莊對自己嚴律節儉的另一方面想，更證實了他經歷了下層生活的貧窮折磨，所以對人民的困苦感受特別深，詩中也就不禁朝向諷刺朝政的無能、埋怨戰亂的侵擾，並且這種水深火熱的生活，特別堅定他在科舉中的求得官位的毅力。據夏承燾〈韋莊年譜〉及陳慧寧的《韋莊詞新探》〔註94〕記載，統計韋莊進京赴考的次數，一、韋莊於唐懿宗咸通三年（862）是年應舉，落第。二、咸通七年（866）率弟妹到虢州定居，是年春應試落第。三、咸通十一年（870）韋莊居虢州第四年，應試落第。四、乾符六年（879），由虢州赴長安

一六五吝嗇類，韋莊條。
〔註92〕〔元〕辛文房撰、周本淳校正：《唐才子傳校正》（台北：文津出版社，1988 年 3 月），頁 301～302。
〔註93〕見夏承燾：《唐宋詞人年譜》（台北：明倫出版社，1970 年）〈韋端己年譜〉，頁2。
〔註94〕夏承燾〈韋端己年譜〉，收錄在夏承燾：《唐宋詞人年譜》（台北：明倫出版社，1970 年）。陳慧寧：《韋莊詞新探》（香港：香港新亞研究所文學組碩士畢業論文，1997 年 7 月），頁 17～19。

應舉，落第，《唐才子傳》卷十稱「莊應舉，正黃巢犯闕」〔註95〕，
廣明元年（880），韋莊回長安，回到長安的那一年冬天，黃巢軍破潼
關，直逼京師。夏承燾〈韋莊年譜〉：「莊陷兵中，大病，與弟妹相失。
直到僖宗中和元年（881）始在兵中遇弟妹。」〔註96〕至此真是歷經
人生最悲慘的遭遇，此時長安以為賊寇所佔據，洛陽又殘破不堪，韋
莊只好往江南避亂。五、昭宗景福二年（893），<u>再度入京應試</u>，可惜
仍未及第。六、直至昭宗乾寧元年（894）的<u>春試</u>，才進士及第釋褐
校書郎。綜觀韋莊三十二年的歲月，據記載至少有六次都在應試、落
第、逃難中渡過，直到晚年才好不容易當了校書郎，因此詩中不難想
像其鬱悶不得志的消極感。

　　韋莊也具備賢能相國的治國才能。他曾以翩翩雄才以斡旋於兩王
相爭，化險為夷，如：《十國春秋》記載韋莊輔佐王建憑恃機敏，使
梁王不敢入蜀，成功擁立王建即皇帝位以抗梁，為蜀王稱制，又使梁
王與王建互通友好、稱兄道弟。因而吳任臣論曰：韋莊為翩翩藝苑之
雄也。〔註97〕

　　他大公無私、愛惜人民的賢能政治，也表現在輔佐王建固國強家
的功勞上。如：

> 武成二年，正月，祀南郊，御樓肆赦。以韋莊為吏部侍郎，
> 張格為中書侍郎，并平章事。因謂曰：「不恃權、不行私，
> 惟正是守，此宰相之任也。」（《蜀檮杌》）〔註98〕

〔註95〕 傅璇琮主編，《唐才子傳》第四冊（北京：中華書局1990年9月），
　　　　頁324。

〔註96〕 夏承燾，《韋莊詞校注》（北京：中國社會科學出版社，1981年4月），
　　　　頁45。黃巢起義軍入長安前後（877～887）中，據夏承燾之說，乾
　　　　符三年（876）前，韋莊居虢州十載，約876前，由虢州移居鄠社，
　　　　乾符四年（877）由鄠州往湖南一帶。

〔註97〕 〔清〕吳任臣撰、徐敏霞、周瑩點校：《十國春秋》（北京：中華書
　　　　局，1983年12月）卷四十，頁592～594。

〔註98〕 〔宋〕張唐英撰：《蜀檮杌》卷上，見《景印文淵閣四庫全書》（臺
　　　　北：臺灣商務印書館，1984年）第464冊，頁225。

莊爲王建管記時，一縣宰乘時擾民，莊爲建草牒云：「正當
凋瘵之秋，好安凋瘵；勿使瘡痍之後，復作瘡痍」（《唐詩記
事》卷六十八）〔註99〕

據以上零星書籍上的記載，大致可了解韋莊是一個疏曠落拓、不拘小
節的人。早年貧窮生活的磨練，使韋莊恪守樸實節儉的習慣，且深刻
了解人民生活的痛苦，使他晚年憑著機敏的政治手腕，有了輔佐蜀王
治國的能力時，也謹守著賢政愛民的道德原則。

三、韋莊的生平經歷

　　兩《唐書》、《五代史》均未爲韋莊立傳。曾對韋莊生平做過考察
的有王國維、陳寅恪，由於敦煌遺書的發現，王國維因得巴黎所藏天
復五年張龜寫本，復以倫敦藏梁貞明五年安友盛寫本校之，得〈秦婦
吟〉一詩，〔註100〕爲此寫〈唐寫本秦婦吟跋和又跋〉，他依據《浣花
集》、《北夢瑣言》考證了韋莊在中和三年（883）後的出處經歷，但
中和三年（883）以前只以「莊遇黃寇之亂，寓居洛中，旋客江南。」
〔註101〕未作深入探討。陳寅恪〈韋莊秦婦吟校箋〉〔註102〕著重探索
了韋莊自長安至洛陽以及自洛陽東奔兩段路程，以及黃永年〈《浣花

〔註99〕　〔宋〕計有功：《唐詩記事》卷六十八韋莊條（台北：木鐸出版社，
　　　　　1982 年），頁 1020。
〔註100〕王國維：〈唐寫本秦婦吟跋和又跋〉收錄在顏廷亮、趙以武　輯：《秦
　　　　　婦吟研究彙錄》（上海：上海古籍出版社，1990 年 7 月），頁 3～5。
　　　　　王國維是中國最早見到敦煌遺書中的〈秦婦吟〉寫本，他在檢讀日
　　　　　本狩野直喜於 1912 年歐游時所錄斯坦因部分盜卷時，見到〈秦婦
　　　　　吟〉寫卷錄文，但此錄文原卷前後均沒有篇題及撰人姓名，據《北
　　　　　夢瑣言》中記載「內庫燒爲錦繡灰，天街踏盡公卿骨」考證此詩爲
　　　　　〈秦婦吟〉一詩。（《唐詩記事》卷六十八亦有〈秦婦吟〉片段紀錄：
　　　　　「內庫燒爲錦繡灰，天街踏盡公卿骨」，《唐才子傳校正》：「內庫燒
　　　　　爲錦繡灰，天街踏盡卻重回」）1902 年他在所撰〈敦煌發見唐朝之
　　　　　通俗詩及通俗小說〉（《東方雜誌》第十七期第八期）中公布於市。
〔註101〕王國維：〈唐寫本秦婦吟跋和又跋〉收錄在顏廷亮、趙以武　輯：《秦
　　　　　婦吟研究彙錄》（上海：上海古籍出版社，1990 年 7 月），頁 3～5。
〔註102〕陳寅恪：〈韋莊秦婦吟校箋〉收錄在顏廷亮、趙以武　輯：《秦婦吟
　　　　　研究彙錄》（上海：上海古籍出版社，1990 年 7 月），頁 78～89。

集》和秦婦吟〉〔註103〕對於韋莊在廣明元年（879）至中和三年（883）
的行迹有詳細的考察。其他還有紀爾斯〔註104〕、曲瀅生〔註105〕、夏
承燾〔註106〕、劉星夜〔註107〕、黃震雲〔註108〕、陳尚君〔註109〕、齊
濤〔註110〕七位對韋莊生平做過考定，在詹乃凡《韋莊男女情詞研究》
中有詳細的分析，〔註111〕此不再贅言。以上各家說法大部分還是以
夏承燾〈韋端己年譜〉說法爲主，夏承燾依據韋莊卷首詩前小注，此

〔註103〕 黃永年：〈《浣花集》和秦婦吟〉，《唐代史事考釋》（台北：聯經出
版事業有限公司，1998 年），頁 555～586。

〔註104〕 夏承燾：〈韋端己年譜〉引到紀爾斯對秦婦吟的考證與校釋，認定
韋莊的中舉那年 20 歲，「西人紀爾斯對秦婦吟之考證與校釋（燕京
學報第一期譯自通報二十四卷四、五合期），定端己僖宗廣明元年
舉秀才，並假定其年爲二十。」據此則韋莊生年爲 861。

〔註105〕 曲瀅生的說法，見於夏成燾〈韋端己年譜〉後記二，此爲顧君肇節
錄曲瀅生之說而寄給夏氏之信。見夏承燾：《唐宋詞人年譜》（台北：
明倫出版社，1970 年 12 月），頁 31。另外劉星夜〈韋莊生平考訂〉
中引用了曲瀅生的〈韋莊年譜〉，見劉星夜：〈韋莊生平考訂〉，《光
明日報》，1957 年 5 月 26 日。

〔註106〕 夏承燾：〈韋端己年譜〉《唐宋詞人年譜》，頁 1～34。

〔註107〕 劉星夜：〈韋莊生平考訂〉，《光明日報》，1957 年 5 月 26 日。

〔註108〕 黃震雲：〈韋莊生平小考〉，《唐代文學研究》第四輯（桂林：廣西
師範大學出版社，1993 年 11 月）

〔註109〕 陳尚君的說法見〈花間詞人事輯〉附錄〈花間詞人年表〉，收錄於
《唐代文學叢考》（北京：中國社會科學出版社，1997 年 10 月。）
此文初稿成於 1986 年 9 月，1993 年 11 月二稿。

〔註110〕 齊濤：〈韋莊生平新考〉，《文學遺產》（1996 年第 3 期）；齊濤：〈韋
莊詩繫年〉，《山東大學學報》（1996 年第 2 期）。

〔註111〕 此七位說法在詹乃凡的《韋莊男女情詞研究》中已詳細分析過。此
七家推得韋莊生平結論爲：
紀爾斯：861～910，得年 50 歲（1927 年發表）
曲瀅生：851～910，得年 60 歲（1932 年發表）
夏承燾：836～910，得年 75 歲（1934 年發表）
劉星夜：847～910，得年 64 歲（1957 年發表）
黃震雲：832～910，得年 79 歲（1993 年發表）
陳尚君：837～910，得年 74 歲（1993 年發表）
齊濤：849～910，得年 62 歲（1996 年發表）
見詹乃凡：《韋莊男女情詞研究》第二章韋莊生平與詞作，頁 22～
33。

注明言此卷詩之年代或事緣、地點（僅第一卷與第七卷下無注），夏承燾考察大致與韋莊行實無不符合，〔註 112〕較其他編年爲完整詳實，故多爲人所依據。這些小注依次爲：

> 庚子年冬大駕幸蜀後作。（卷二卷首）
>
> 時大駕在蜀，黃寇未平，洛中寓居作。（卷三卷首）
>
> 浙西作。（卷四卷首）
>
> 已後自浙西游汴宋路至陳倉迎駕，卻過昭義相州路歸金陵作。（卷四卷中）
>
> 時在婺州寄居作。（卷五卷首）
>
> 自三衢至江西作。（卷六卷首）
>
> 甲寅年自江南到京後作。（卷八卷首）
>
> 及第後出關作。（卷九卷首）
>
> 時在華州駕前奉使入蜀作。（卷十卷首）

這些注腳，似有分別詩歌創作時間的用意，本文即以夏承燾〈韋端己年譜〉爲主要的依據，並參酌史料、其他人看法、與詩歌相對照來論述韋莊生平。

　　在分期方面，齊濤以史事爲經緯爲韋莊其人其詩分爲五個時期：〔註 113〕

　　第一時期爲 879 年之前，黃巢起義軍尚未攻下關中，韋莊由貴公子而孤貧力學。

　　第二時期爲 880～883 年間，唐王朝飄搖不定，韋莊亦顛沛流離，寫下了傳世名篇《秦婦吟》。

　　第三時期爲 883～887 年間，韋莊依托藩鎮，成爲幕僚文人。

〔註 112〕夏承燾以此詩題下小注對勘史書所載端己行實，無不符合，故《浣花集》所非詳細編年，然先後實有次序。見夏承燾：〈韋莊年譜〉（修訂）附記（二）收錄於李誼：《韋莊集校注》（成都：四川省社會學院出版社，1986 年），頁 631。

〔註 113〕齊濤：〈論韋莊與韋莊詩〉，《文史哲》1996 年 5 期（總 236 期），頁 46～52。

第四時期爲 887～892 年間，韋莊失去藩鎭依託，漂泊江南，詩作詩風趨於成熟。

第五期爲 892～910 年間，韋莊第進士，入蜀爲相，政治上臻於頂點，詩歌創作則趨於尾聲。

詹乃凡《韋莊情詞研究》第二章〈韋莊生平與詞作〉〔註 114〕中根據夏承燾的年譜爲韋莊生平及其詩作，及其大致旅遊蹤跡，分爲四個階段：

第一階段爲黃巢陷長安（879）年之前，是韋莊幼年（836）到四十四歲（880）居長安這一段時間。

第二階段爲黃巢陷長安之後，韋莊居於洛北，是他四十四歲（880）到四十八歲（883）這段時間。

第三階段避亂江南，是他四十八歲（883）到五十八歲（893）這段時間。

第四階段是回京應舉到入仕西蜀以終，是他五十八歲（893）至七十五歲（910）這段時間。

齊濤、詹乃凡兩人分期對照表：

	齊　濤		詹乃凡
第一時期	879 年之前	第一時期	836～880
第二時期	880～883	第二時期	880～883

〔註 114〕 詹乃凡：《韋莊情詞研究》第二章〈韋莊生平與詞作〉，頁 33～52。齊濤的〈論韋莊與韋莊詩〉依據史事爲韋莊其人其詩分爲五個時期。齊濤以史事爲經緯爲韋莊其人其詩分爲五個時期：第一時期爲 879 年之前，黃巢起義軍尚未攻下關中，韋莊由貴公子而孤貧力學；第二時期爲 880～883 年間，唐王朝飄搖不定，韋莊亦顛沛流離，寫下了傳世名篇《秦婦吟》；第三時期爲 883～887 年間，韋莊依托藩鎭，成爲幕僚文人；第四時期爲 887～892 年間，韋莊漂泊江南，詩作詩風趨於成熟；第五期爲 892～910 年間，韋莊第進士，入蜀爲相，政治上臻於頂點，詩歌創作則趨於尾聲。然其對於韋莊的出生年意見不同於夏承燾，其分期以紀年爲主，不提及韋莊歲數。見齊濤：〈論韋莊與韋莊詩〉《文史哲》1996 年第 5 期（總 236 期），頁 46～52。因此本文以詹乃凡分期爲主。

第三時期	883～887	第三時期	883～893
第四時期	887～892		
第五時期	892～910	第四時期	893～910

　　齊濤、詹乃凡兩者差異在第三第四時期是否分期。中和三年（883）完成秦婦吟南下江南，光啓二年（886）夏初，韋莊奉周寶之命北上迎駕，〔註115〕大約在光啓三年（887）初，韋莊返回金陵時，本年二月，周寶被亂兵所逐，後被殺。韋莊於光啓三年（887）年間遂舉家在江南一帶留連。齊濤將投靠周寶時與周寶被殺後兩階段分期，然這兩階段韋莊大部分還是在江南。這時期早年韋莊雖投靠周寶當門客得受賞識，不過此時周寶並不勵精圖治，荒淫歌樂，這與韋莊心目中的王道者有相違背，幾年之後周寶就被殺了。韋莊仍舊過著流離江南的生活。《浣花集》卷四首卷〈上元縣〉下注曰：「浙西作」，所集韋莊詩大概都是在浙江江南之地所作，並沒有詳分周寶死前與死後，況且韋莊詞提到地點大都以「江南」「洛陽」一詞來概括那時期的生活，因此為了配合韋莊詩詞比較的方便，我們分期上大致以韋莊流離的地方為主配合其生平史事作為分類，因此在江南時就不詳分兩期。〔註116〕

　　韋莊詞中透露時間與地點的作品比詩少的多，因此本文採用夏承燾系年的〈韋莊年譜〉，加以史事補充與其他家的考訂相參校；以韋莊詩的分期階段為主，再以韋莊詞作補充，以下就各階段分述：

　　韋莊生於唐文宗開成元年（836），卒於蜀高祖武成三年（910），

〔註115〕　齊濤認為奉密命去長安向襄王勸進。見齊濤：〈韋莊生平新考〉《文學遺產》1996 年第 3 期：《韋莊詩繫年》，《山東大學學報》1996 年第 2 期。

〔註116〕　有關韋莊詩歌繫年，除可參考夏承燾《韋莊年譜》之外，也可參考陳慧寧：《韋莊詞新探》（香港：香港新亞研究所文學組碩士畢業論文，1997 年 7 月）附錄的〈韋莊年譜新編〉，該譜以夏承燾所編的《韋莊年譜》為基礎重新作整理，分時事、生活、作品及備考四方面，綜合他的時代背景及其生活、行蹤、交遊、創作並按年次編成，綜合更多的史料與時代背景的交代。

享年七十五歲。韋莊各期的生活、思想如下：

（一）第一期（836～880）

　　韋莊幼年（836）到四十四歲（880）居長安這一段時間。
　　黃巢入長安廣明元年（879）十二月以前，韋莊曾居於長安、
　　鄠杜、〔註117〕虢州。

　　夏承燾在〈韋莊年譜〉（以下簡稱夏譜）中表示「卷一各詩，皆
黃巢入長安前之作。」〔註118〕因此這階段以《浣花集》卷一詩為分
析內容，配合其他卷詩中所提及此一階段的作品作補充。這一期的韋
莊主要是為生計、為科舉前途奔波。

　　韋莊是京兆杜陵人，〔註119〕其早年家境尚好，幼曾居於長安禦
溝之側的下邽，詩中提及禦溝的有：〈塗次逢李氏兄弟感舊〉：「禦溝
西面朱門宅，記得當時好弟兄。」〈洪州送西明寺省上人遊福建〉：「記
得初騎竹馬年，送師來往禦溝邊。」

　　乾符四年（877），夏承燾認為韋莊自鄠杜移居虢州。也就是由長
安處移居自河南靈寶。至乾符六年（879）才回到長安應舉。夏承燾
認為韋莊曾在河南三年，〔註120〕齊濤認為韋莊父親亡去之後，家道

〔註117〕柳宗元〈遊南亭夜還敘志七十韻〉：「……卜室有鄠杜，名田占灃澇。
磻溪近余基，阿城連故濠。……」亦提到樗杜，因此地名應作樗杜
而非樗社。

〔註118〕見李誼：《韋莊集校注》中附錄修訂過的夏承燾〈韋莊年譜〉（四川：
四川省社會科學院出版社，1986年），頁606。

〔註119〕《浣花集》、《蜀檮杌》、《唐才子傳》、《十國春秋》、《唐詩記事》、《新
唐書‧宰相世系表》四上皆載。

〔註120〕齊濤認為韋莊曾待在虢州十年，主要根據韋莊〈冬日長安感志寄獻
虢州崔郎中二十韻〉的「霧雨十年同隱遁，風雷何日振沈潛」句，
參考齊濤〈韋莊詩系年〉《山東大學學報》（哲學社會科學版）（1996
年第二期），頁40～41。然而吳在慶認為端己曾居虢州十年之說有
誤，他認為從「霧雨十年同隱遁」句，只能說韋莊與虢州崔郎中以
前曾有同隱十年的經歷，而決不能因崔郎中現任虢州刺史，也就認
為他們此前同隱之地即在虢州。見吳在慶：〈韋莊生年及“嘗居虢
州十載”獻疑〉《文學遺產》（1998年第003期），頁90～91。我也
認同吳在慶的說法，韋莊雖曾在虢州，可是卻不能因〈冬日長安感

中衰，陷入孤貧之中，爲了「生計」，韋莊帶著弟妹到虢州定居十年。
〔註 121〕在虢州過著恬靜、悠閒的鄉村生活。居於河南幾年此說雖有
異議，但曾居於河南，卻不容置疑。

　　這時期的遊蹤在延興門（〈延興門外作〉）、青龍寺（〈下第題青龍
寺僧房〉）、嘉會里（〈嘉會里閒居〉）、曲江（〈曲江作〉）等大部分都
在長安附近，其次在虢州，如虢州澗東村（〈虢州澗東村居作〉）、盤
豆驛（〈題盤豆驛水館後軒〉）、三堂（〈三堂東湖作〉）（〈三堂早春〉）
等，也就是河南靈寶縣附近，另外有山西省夏縣北（〈柳谷道中作卻
寄〉）、湖南省耒陽縣（〈耒陽縣浮山神廟〉）、黃河及函谷關等地（〈關
河道中〉）。唐中葉發生的「安史之亂」，對當時北方地區經濟的破壞
相當嚴重，而南方相對安寧，成爲中央政府財賦的主要供應地。北方
經濟已經不佔優勢，中國的經濟重心轉移到南方。元和年間與天寶年
間相比，江南諸道（除劍南道外）戶口增加的，共有九州，增幅最多
的是襄州、鄂州，而減幅最大的州集中在劍南一道（四川附近）。江
南人口的增加和相對的穩定，使江淮流域的農業發達，據統計，江淮
流域的農田水利工程在天寶以前興修了四十餘項，安史之亂後則興修
了六十餘項。江南地區遂成爲「安史之亂」後唐中央政府的財賦來源。
唐憲宗元和二年（西元 807 年），宰相李吉甫撰《元和國計簿》明確
指出，〔註 122〕唐朝中央每年的賦稅收入，主要依賴浙江東西、宣歙、
淮南、江西、鄂岳、福建、湖南等八道，這八道的全部地區，大致包
括今天的浙江、江西、福建、湖南四省的全部，兼有今天江蘇、安徽
兩省淮河以南和湖北省東部區。江南地區的物產經濟都較北方來的豐
富發達，因此江南的安定，吸引了許多人口，韋莊應也爲了尋找安定

　　志寄獻虢州崔郎中二十韻〉的「霧雨十年同隱遁」證明韋莊居虢州
　　十年之久。
〔註 121〕齊濤：〈論韋莊與韋莊詩〉，《文史哲》1996 年第 5 期（總 236 期），
　　頁 46。
〔註 122〕轉引自姚大中：《中國世界的全盛》（台北：三民出版社，1983 年 1
　　月初版），頁 422。

生活與經濟依靠而到江南。如韋莊詩中描寫虢州村居時豐收的秋季，〈虢州澗東村居作〉：「試望家田還自適，滿畦秋水稻苗平。」寫出在恬淡的自然景色中，看顧自家田地稻苗欣欣向榮的情景。

　　然而韋莊干名之心卻未見衰減，韋莊一路上奔波流離，科舉卻常落第，未能行大道於天下，於是他開始對時光匆促感到憂心如焚，如〈秋日早行〉：「行人自是心如火，兔走烏飛不覺長。」〈關河道中〉：「往來千里路長在，聚散十年人不同。但見時光流似箭，豈知天道曲如弓。」這一時期的詩作，大都以自我為中心，關心個人的情感為主，如〈下第題青龍寺僧房〉：「千蹄萬轂一枝芳，要路無媒果自傷。」對科舉放榜時的興奮之情溢於言表，如〈放榜日作〉：「一聲天鼓闢金扉，三十仙材上翠微。葛水霧中龍乍變，緱山煙外鶴初飛。鄒陽暖艷催花發，太皞春光簇馬歸。迴首便辭塵土世，彩雲新換六銖衣。」從放榜之初、到登第者的榮耀，都覺得意氣風發的令人羨慕。但其詩作大多還是記載落寞多於愉悅的情緒，卷一中，大多是奔波旅程中的記遊寫景，而記遊寫景的紀錄除了伴隨著求仕志願，也紀錄了心中的落第遺恨，韋莊的〈關河道中〉：「槐陌蟬聲柳市風，驛樓高倚夕陽東。往來千里路長在，聚散十年人不同。但見時光流似箭，豈知天道曲如弓。平生志業匡堯舜，又擬滄浪學釣翁。」很能說明此時矛盾的心情。在長途跋涉之後，時光的消磨加上天道的不公，原來一生想奉行的堯舜之道，此時意念開始動搖，浪跡滄波間的逃避想法迸出。且對於奔波行旅的目的感到茫然，因此興起懷歸的意思，如〈途中望雨懷歸〉：「滿空寒雨漫霏霏，去路雲深鎖翠微。牧豎遠當煙草立，飢禽閒傍渚田飛。誰家樹壓紅榴折，幾處籬懸白菌肥。對此不堪鄉外思，荷蓑遙羨釣人歸。」對於草青田綠、榴熟菌肥的清爽舒朗的環境中，對照他一身的落魄飄搖，他想起家鄉的舒適，不由得羨慕可歸家的釣翁。〈對酒〉：「何用巖棲隱姓名，一壺春酎可忘形。伯倫若有長生術，直到如今醉未醒。」這首詩也是以醉生夢死來反映其不得意。經過多次科舉的失敗，有難以抑制之悲，但他並不氣餒，〈和薛先輩見寄初秋寓懷即事

之作二十韻〉：「水深龍易失，天遠鶴難尋。……夜蟲方唧唧，疲馬正駸駸。」可見深夜苦讀，如馬奔馳，疲而不息。他雖十年未第，仍不願歸隱山林，如〈漁塘〉：「長歸又未能」，「長歸」在此寓歸隱之意。〈寄從兄遵〉：「相逢莫話歸山計」。〈寄獻虢州崔郎中〉：「恥將新劍學編笘」都是不甘於歸隱煙波山林之意，寧願奔波於科舉之間。

（二）第二期（880～883）

四十五歲（880）到四十八歲（883），韋莊遭逢黃巢之亂後、到江南之前，居洛北。

《浣花集》十卷本，卷二卷首詩篇下小注為：「庚子（廣明元年庚子，西元880）季冬大駕幸蜀後作。」卷三卷首詩篇下小注為：「時大駕在蜀，黃寇未平，洛中寓居作。」故卷二與卷三屬於此時期的作品較多。這一時期韋莊在長安身陷災難，險些病死，嚐盡苦頭，最後奔出到洛陽設法南逃。

乾符六年己亥（879）韋莊居長安。黃巢陷湖南荊渚。亂勢一發不可收拾，甚至侵襲到京城權力中心，這攸關到政權的更替與新的改革即將爆發，身為晚唐仕子甚至是唐代顯赫家族的後代子孫，對此威脅唐王朝生存的動亂，絕對是驚天動地的。韋莊詩中，於此唐朝危機時刻，由關注自身進取之小眼界，轉而注意社會大眾與現實政局了，出現了許多關於憂心國家時事的詩作。如〈又聞湖南荊渚相次陷沒〉詩云：「幾時聞唱凱旋歌，處處屯兵未倒戈。天子只憑紅旆壯，將軍空恃紫髯多。屍塡漢水連荊阜，血染湘雲接楚波。莫問流離南越事，戰餘空有舊山河。」根據詩題〈又聞湖南荊渚相次陷沒〉，再據《新唐書‧僖宗本記》記載黃巢於乾符六年（879）十月入潭澧，十一月入江陵，陷湖南荊渚等地，此詩可能作於乾符六年（879）末。當時連南方農業之地也遭受黃巢侵襲，等於是將北方經濟來源的臍帶切斷，全國陷入慌亂之中，於是許多人為了逃離京城荒災與即將到來的黃巢人禍，便相爭逃離到南方去。而天子大軍卻憑恃著體面的軍隊矜傲，而未能及早平亂，韋莊只怕到時只空剩殘山剩水，而生靈早已塗炭。

廣明元年庚子（880）韋莊在長安應舉，「莊應舉時，值巢寇犯闕。」
〔註123〕十二月黃巢陷長安，韋莊陷兵中，大病，又與弟妹相失，韋
莊詩有〈賊中與蕭韋二秀才同臥重疾二君尋愈余獨加焉恍惚之中因有
題〉：「與君同臥疾，獨我漸彌留。弟妹不知處，兵戈殊未休。」。此
時韋莊肉體身負病魔之折騰，又受兵戈侵襲，在兵中與弟妹相失，人
離家散的慌亂，身心雙重消磨，為韋莊一生中最悲慘的時刻。

廣明元年庚子（880）十二月甲申，僖宗聞黃巢賊至「與諸王、
妃、后數百騎，自子城由含光殿金光門出幸南，文武百官僚不之知，
並無從行者，京城晏然‧是日晡晚，賊入京城」。〔註124〕壬辰「十三
日，賊巢僭位，國號大齊，年稱金統」〔註125〕黃巢僭位後，沒多久
大肆掠奪焚燒，殺人滿街，不異於盜賊，「陷京師，入自春明門，升
太極殿，宮女數千迎拜，稱黃王……賊見窮民，抵金帛與之‧尚讓即
妄曉人曰：『黃王非如唐家不惜而輩，各安毋恐‧』甫數日，因大掠，
縛箠居人索財，號『淘物』‧富家皆跣而驅，賊酋閱甲第以處，爭取
人妻女亂之，捕得官吏悉斬之，火廬舍不可貲，宗室侯王屠之無類矣‧」
〔註126〕黃巢軍攻破潼關，直逼京師，「僖宗撥遷，舉子星散」，黃巢
軍以暴力搜括長安人民膏脂，斬殺人民官吏無數，長安一片悲慘聲。

中和元年辛丑（881）「正月庚戌朔，僖宗車駕在興元（今漢中南
鄭），（六月）丁卯次成都。」中和元年四月，「鄭畋傳檄天下藩鎮，
合兵討賊，時天子在蜀，詔令不通，天下謂朝廷不能復振，及得畋檄，
爭發兵應之，賊懼，不敢復窺京西」〔註127〕四月，諸軍進薄長安，

〔註123〕宋‧計有功：《唐詩記事》卷六十八，頁 1020。

〔註124〕〔後晉〕劉昫撰：《新校本舊唐書》（臺北：鼎文書局，1979 年）卷
十九下〈僖宗本紀〉，頁 709。

〔註125〕〔後晉〕劉昫撰：《新校本舊唐書》（臺北市：鼎文書局，1979 年）
卷二百下〈黃巢列傳〉，頁 5393。

〔註126〕〔宋〕 歐陽修撰：《新校本新唐書》（臺北市：鼎文書局，1979 年）
卷二百下 〈黃巢列傳〉，頁 6458 。

〔註127〕余衍福：《唐代藩鎮之亂》（台中：聯邦書局，1980 年 9 月）上卷〈第
五章唐帝國之衰亡〉，頁 882。

壬午，黃巢帥眾東走，「坊市民喜，爭讙呼出迎官軍，或以瓦礫擊賊，或拾箭以供官軍」〔註128〕但宗楚恐諸將分其功，不報鳳翔、鄜夏，軍士釋兵入第舍，掠奪金帛妓妾，因官軍不整，且諸軍不相繼，所以「巢伏野……時軍得珍賄，不勝載，聞賊至，負重不能走，是以甚敗……巢復入京師，怒民迎王師，縱擊八萬人，血流於路可涉也，謂之洗城。諸軍退保武功，於是中和二年二月也。」〔註129〕韋莊的〈辛丑年〉：「九衢漂杵已成川，塞上黃雲戰馬閒。但有羸兵填渭水，更無奇士出商山。田園已沒紅塵裏，弟妹相逢白刃間。西望翠華殊未返，淚痕空溼劍文斑。」即描寫血流漂櫓、羸兵填溝，田園橫著死屍的社會慘狀，刀光劍影間韋莊幸遇弟妹，但是西去的皇帝還未回來，安定的希望還能寄託在皇朝嗎？傷心無奈的韋莊如同當時人民信心稀微，還是拿出斑駁的劍自求多福吧！

　　中和二年壬寅（882）春，韋莊離長安。居洛陽。由於中和元年春間，黃巢大舉進入長安，長安以東戰事較少，朝士皆往來同、華間，襄漢路方向則十分緊張，中和二年壬寅（882）二月，朱溫攻取鄭州後，此路梗阻不通，且當時由長安往江南者，最便捷的路多經洛陽取汴宋路，不得已方走襄漢路，陳寅恪先生〈校箋〉〔註130〕對此已有所考證，中唐時李翱《李文公集》卷一八〈來南路〉就曾記載走汴宋路的日程，自洛陽到潤州，經汴梁口、汴流、河陰、汴州、陳留、雍丘、宋州、永城、埇口、泗州、楚州、揚州、潤州，走此河水道凡二千二百七十里，約用三十幾天，〔註131〕這在當時已是較快的速度了。

〔註128〕余衍福：《唐代藩鎮之亂》（台中：聯邦書局，1980 年 9 月）上卷〈第五章唐帝國之衰亡〉，頁 883。

〔註129〕〔宋〕 歐陽修撰：《新校本新唐書》（臺北市：鼎文書局，1979 年）卷二百二十五下 〈黃巢列傳〉，頁 6459。

〔註130〕陳寅恪：〈韋莊秦婦吟校箋〉收錄在顏廷亮、趙以武 輯：《秦婦吟研究彙錄》（上海：上海古籍出版社，1990 年 7 月），頁 79。

〔註131〕中唐時李翱《李文公集》卷一八〈來南路〉 ：「元和……四年正月己丑（即正月十二日）自旌善第（弟）以妻子上船於漕。乙未（十八日）去東都。……明日（十九日）及故洛東。……戊戍（二十一

因此韋莊東行至洛陽走汴宋路也就順理成章。〔註 132〕韋莊到洛陽後，汴宋路也因徐州時溥與泗州于濤的戰事而趨於緊張，對此陳寅恪先生〈校箋〉〔註 133〕據兩《唐書・僖宗紀》、〈時溥傳〉、《通鑑》以及崔致遠《桂苑筆耕集》中代高駢所作書牒已作出精確的考證，即中和元年八月武寧軍兵變，牙將時浦奪支詳節爲留後，詳爲牙將陳璠所殺，時浦表璠爲宿州刺史旋又殺璠，同時，又藉口泗州舊屬武寧軍而與泗州刺史于濤爭戰〔註 134〕，武寧軍節度治所徐州雖非汴路所經，所屬宿州、所侵泗州則均當汴路要衝。韋莊在〈秦婦吟〉中也寫道：「仍聞汴路舟車絕，又道彭門自相殺。」故韋莊在洛陽稍停留。此時在洛陽，韋莊對唐代朝廷的節節挫敗，感傷時事之作格外多了起來，如韋莊的〈洛北村居〉：「十畝松篁百畝田，歸來方屬大兵年。……無人說得中興事，獨倚斜暉憶仲宣。」曾經在河南過著農田生活的韋莊，此次再回到此地，卻也是到處兵亂連連，無人對中興抱持希望，韋莊

日）……暮宿於鞏。庚子（二十三日）出洛下河，止汴梁口，遂泛汴流，通河於淮。辛丑（二十四日）及河陰。乙巳（二十八日）次汴州。……二月丁未朔（二月一日）宿陳留。戊申（二日）……宿雍丘。己酉（三日）次宋州。……壬子（六日）至永城。甲寅（八日）至埇口。丙辰（十日）次泗州，見刺史假舟。庚申（十四日）下汴渠入淮。……壬戌（十六日）至楚州。丁卯（二十一日）至揚州。……辛未（二十五日）濟大江至潤州。……自洛川下黃河汴梁過淮至淮陰一千八百有三十里，順流自淮陰至劭伯三百有五十里，逆流自劭伯至江九十里。」李翱：《李文公集》卷一八〈來南路〉據《四部叢刊》影印明成化刻本。日月干支之換算據陳垣：《中西回史日曆》（台北：藝文，1972 年）黃永年先生認爲除中間訪友登眺、病寒召醫外實足用三十幾天即一個月零幾天的時間。見黃永年：《唐代史事考釋》〈《浣花集》和秦婦吟〉，頁 579。

〔註 132〕見齊濤：〈論韋莊與韋莊詩〉，《文史哲》1996 年第 5 期（總 236 期），頁 47。

〔註 133〕陳寅恪：〈韋莊秦婦吟校箋〉收錄在顏廷亮、趙以武 輯：《秦婦吟研究彙錄》（上海：上海古籍出版社，1990 年 7 月），頁 82～83。

〔註 134〕此徐、泗爭戰事兩《唐書》、《通鑑》失記，惟見《桂苑筆耕集》中代高駢致時溥、于濤諸人書牒，又《文苑英華》卷 809 李磎〈泗州重修鼓角樓記〉亦有此項記載。

能深深感受到王粲離家思歸的悲哀。

中和三年癸卯（883）三月，韋莊在洛陽，作〈秦婦吟〉，〈秦婦吟〉首兩句：「中和癸卯春三月，洛陽城外花如雪」，中和三年四月李克用已入京追討黃賊，收復京師，〔註135〕韋莊必於四月前離開洛陽到長安去。又〈秦婦吟〉末兩句云：「願君舉棹東復東，詠此長歌獻相公。」游江南獻〈秦婦吟〉詩於鎮海節度使周寶。〈秦婦吟〉藉著一名被俘虜的婦女自述，對黃巢軍的罪行加以控訴，對官軍的暴行也深表憤慨，生動描寫千萬人民遭受的深重苦難。韋莊此時詩作內容主要紀錄了在洛陽當時所見所聞，描寫戰亂造成滿目瘡痍的景象，歷歷在目述說人民的災難。由以上所舉的詩可知，韋莊將所遭遇的兵慌馬亂的情況，人民悲慘哀嚎的遭遇，全部借詩筆真實記錄，具有以史補闕、褒貶資鑑的鋒芒。

（三）第三期（883～893）

四十八歲（883）到五十八歲（893），韋莊在江南時期。

中和三年（883），韋莊投謁鎮海軍節度使周寶，居其幕下三年有餘。此時期前階段韋莊繼續關心朝廷動向，「熱血騰湧的唐人也不能再像盛唐那樣，把現實社會當成理想的天國隨心所欲，他們開始學會根據現實可能修正自己的人生追求和審美理想。」〔註136〕晚唐是一種歷經滄桑，看破人生百態的沉重心理負擔，親身經歷的苦難逼迫人們不得不面對殘酷史實。經歷晚唐戰亂的韋莊，在一種匡扶社稷的主體道德力量支配下，對整個今昔盛衰的不適應感，以紀錄現實殘酷的

〔註135〕中和三年「四月丁酉朔‧庚子，沙陀、忠武、義成、義武等軍趨長安，賊悉眾拒之於渭橋，大敗而還；李克用乘勝追之‧己卯，黃巢收其殘眾，由藍田關而遁‧庚辰，收復京城」見〔後晉〕劉昫撰《新校本舊唐書》（臺北市：鼎文書局，1979 年）卷十九下〈僖宗本紀〉，頁 714 。故夏承燾認為韋莊必在收復京師之前就已到江南，見夏承燾：《唐宋詞人年譜》（台北：明倫出版社，1970 年 12 月），頁 12。
〔註136〕張松如：《隋唐五代詩歌史論》（吉林：吉林教育出版社，1995 年 12 月），頁 245。

景象，表達著對戰亂的譴責。國家的動亂加上仕途的不順，韋莊只有
投靠強有力的鎮海軍節度使周寶，以及在較不捲入災難破壞中心之外
的江南地方，才有展現自己的機會。所以在周寶門下時，韋莊個人憑
恃著周寶的欣賞，對於政治選擇的方向傾向更為積極的態度，為了這
個目標韋莊經歷奮鬥奔走過程。

　　韋莊在周寶幕下，頗受重用，韋莊也有用世之意，如韋莊〈官莊〉
詩下注：「江南富民悉以犯酒沒家產，因以此詩諷之，浙帥遂改酒法
不入財產。」浙帥就是周寶，乾符六年（879）十一月，周寶檢校尚
書左僕射，兼潤州刺史、鎮海軍節度、浙江西道觀察等使，〔註137〕
當韋莊察覺人民所受不合理刑罰時，以文諷之，促使周寶修改法令，
而周寶也頗賞識韋莊，聽而改之。當時黃巢之亂已經動搖了大半山
河，僖宗也逃往成都，只有東南一帶還有可為，但是周寶卻耽於逸樂，
雖號稱赴難，時則擁兵觀望。〔註138〕「周寶中和二年（882），進同
中書門下平章事，兼天下租庸副使，封汝南郡王。寶和裕，喜接士，
以京師陷賊，將赴難，益募兵，號『後樓都』。明年寶子璵統後樓都，
屢不能馭軍，部伍橫肆‧寶亦稍惑色，不卹事」〔註139〕於是韋莊投
靠節度使周寶時，對於周寶鋪排享受美食佳餚、欣賞歌妓舞樂感到不
安，便於詩中故意對大舉畋遊、奢侈夜宴的情景上誇大描繪，以諷刺
當時浪費的情形，如〈觀浙西府相畋遊〉：「歸來一路笙歌滿，更有仙
娥載酒迎。」〈陪金陵府相中堂夜宴〉：「……因知海上神仙窟，只似
人間富貴家。……卻愁宴罷青蛾散，楊子江頭月半斜。」俞雲陛《詩
境淺說》評〈陪金陵府相中堂夜宴〉曰「作者不為諛頌語，以悅貴人，
而作當頭棒喝，為酬酢詩中所僅見。韋夙著才名，府客招致詞客，本

〔註137〕　〔後晉〕劉昫撰《新校本舊唐書》（臺北：鼎文書局，1980 年）卷
　　　　　十九下〈僖宗本紀〉，頁 704。
〔註138〕　江聰平：《韋端己及其詩詞研究》第二章韋端己的生平事蹟（高雄：
　　　　　國立高雄師範大學國文學系博士論文，1997 年 6 月，頁 51。
〔註139〕　〔宋〕歐陽修撰：《新校本新唐書》（臺北市：鼎文書局，1979 年）
　　　　　卷一百八十六〈周寶列傳〉，頁 5416～5417。

以張其盛會，而得此冷落之詞，能無敗興耶？」〔註140〕以酬酢詩描寫其誇大華美的排場，暗諷周寶紙醉金迷的生活，韋莊無畏府客的勇氣與治世的決心，由此可見一般。

　　韋莊剛到江南後，黃巢軍就被擊退出長安。長安由於殺戮慘烈，殘破荒涼，糧道斷絕，物質短缺，無食物可維生，因此黃巢兵勢漸衰，部將開始鬆動，朱溫在此時求降，且駐綏遠一帶的沙陀軍也受召進攻黃巢「中和三年（883）四月丁酉朔，庚子，沙陀、忠武、義成、義忠等軍驅長安，賊悉眾拒之於渭橋，大敗而還，李克用乘勝追之。己卯，黃巢收其殘眾，由藍田關而遁。庚城，收復京城。」〔註141〕中和三年（883）各軍終於共同擊退黃巢，收復京城。當時黃巢東走後，與蔡州節度史〔註142〕秦宗權合縱，變本加厲，合攻陳州（今河南淮陽），中和三年六月「時黃巢與宗權合從，縱兵四掠，遠近皆罹其酷。時仍歲大饑，民無積聚，賊俘人為食，其炮炙處謂之「舂磨寨」，白骨山積，喪亂之極，無甚於斯。」〔註143〕韋莊〈秦婦吟〉也記了當時北方飢餓缺糧而吃人的史實：「四面從茲多厄束，一斗黃金一升粟。尚讓廚中食木皮，黃巢機上刲人肉，東南斷絕無糧道，溝壑漸平人漸少」黃巢被李克用打敗後，黃巢之亂乃告結束。但黃巢餘黨如秦宗權又往今江西一帶繼續殺人搶劫。

　　僖宗光啟元年（885）三月黃巢亂定，僖宗還京，十二月李克用因為鹽池利益，率兵南下進逼長安，田令孜又挾持禧宗逃往鳳翔（今

〔註140〕　俞雲陛：《詩境淺說》（台北：台灣開明書局，1962 年 11 月台三版）
　　　　　丙編，頁 79。蕭滌非等撰寫：《唐詩鑑賞辭典》（上海：上海辭書出
　　　　　版社，2001 年 1 月第 23 次印刷），頁 1297～1298。也是認為這個
　　　　　愁，也是愁家國憂民之感。
〔註141〕　〔後晉〕劉昫撰：《新校本舊唐書》見楊家駱撰：《新校本二十五史‧
　　　　　舊唐書》（臺北市：鼎文書局，1979 年）卷十九下〈僖宗本紀〉中
　　　　　和三年，頁 714。
〔註142〕　蔡州，今河南汝南。
〔註143〕　〔後晉〕劉昫撰：《新校本舊唐書》（臺北市：鼎文書局，1979 年）
　　　　　卷十九下〈本紀〉，頁 717。

陝西鳳翔）。

　　光啓二年（886）正月，僖宗車駕在鳳翔（今陝西鳳翔），戊子，田令孜請僖宗再逃往興元，僖宗不肯。庚寅，田令孜趁朝臣不知情的情況下逼迫僖宗到寶雞（今陝西寶雞）。於是人人都對田令孜感到憤怒，朱玫和李昌符也轉追田令孜，欲請僖宗回長安。三月丙申，田令孜又挾持僖宗從寶雞逃往興元（今陝西南鄭）。朱玫、李昌符與留在鳳翔的一部分大臣共擁立襄王李熅（唐肅宗之玄孫）監國，回長安，朱玫自爲宰相，討好各道藩鎮，於是少數尚向朝廷進納財賦的藩鎮將貢賦送到長安而不至興元，僖宗在興元幾乎維持不下去。〔註144〕此時韋莊可能奉周寶之命，在光啓二年（886）丙午，聞僖宗再幸梁洋之後，韋莊夏初自浙江遊汴宋路至陳倉迎駕。（五月，襄王李熅僭即皇帝位。）有詩爲證：〈夏初與侯補闕江南有約，同泛淮汴西赴行朝，莊自九驛路先至甬橋，補闕由淮楚續至泗上，寢病旬日，遽聞捐館，回首悲慟，因成長句四韻吊之〉此詩下注曰：「已後自浙西遊汴宋路至陳倉迎駕，卻過昭義相州路歸金陵作」甬橋扼汴路，爲舳艫交會之處，走汴宋路必先經過泗州、甬橋。此詩直接應題寫本與侯補闕同約在江南走汴宋路至天子宮門進謁皇帝，侯補闕卻不幸捐館。韋莊西赴行朝晉見僖宗時，在甬西見到了當地人民遭受戰爭荼毒的現實慘狀，詩中祥實地紀錄了人民的悲慘生活，如〈旅次甬西見兒童以竹槍紙旗戲爲陣列，主人叟曰斯子也，三世沒于陣，思所襲祖父仇，余因感之〉：「已聞三世沒軍營，又見兒孫學戰爭。見爾此言堪慟哭，遣予何日望時平。」唐末爲募兵制，祖孫三代都戰死於軍中，連剩下無縛雞之力年幼的兒孫也以竹槍紙旗爲戲，不久將赴戰場，韋莊以對話的方式表現聞見事實的親身感受。還有如〈汴堤行〉：「朝見西來爲過客，暮看東去作浮屍。」描寫西行走汴宋路時見到浮屍遍野的景象。過河南省內黃縣時，也看到到處是受戰亂破壞的蕭肅景象，如〈過內黃縣〉。這些寫實詩可顯示

韋莊對於皇帝、朝政與黃賊的一舉一動都相當關心。

　　光啟三年（887）丁未，春正月，僖宗車駕在興元府。二月，周寶被牙將劉浩所逐。「十月丁未，朱全忠陷濮州。甲寅，封子陞爲益王。杭州刺史錢鏐陷常州。丁卯，鏐殺周寶。」〔註145〕丁未秋，韋莊自陳倉卻過昭義相州路歸金陵。韋莊來金陵既失舊主，乃避地江南各地。僖宗文德元年（888）韋莊客婺州，當時有幾首詩是寄給在浙江婺州的弟弟，如〈寄湖州（今浙江省吳興縣治）舍弟〉〈夏口（今湖北省黃岡縣西黃鵠山）行寄婺州諸弟〉可見當時韋莊避地越中時，其家人也一併南逃居婺州，在此隱居立家，卷五有〈婺州屏居蒙右省王拾遺車枉降訪病中延候不得因成寄謝〉、〈將卜蘭芷村居留別郡中在仕〉這些詩紀錄了韋莊曾避居婺州江頭的事蹟，然韋莊在〈江上題所居〉一詩中雖說「永嘉時代不如閒」，寧願過此閒適清淡的生活，然事實上是反襯對朝廷狀況、現實生活的不滿，韋莊在江南是貧病交迫、生活困苦的，常以酒醉解愁，如〈遣興〉：「如幻如泡世，多愁多病身。亂來知酒聖，貧去覺錢神。」〈江上題所居〉：「青州從事來偏熟，泉布先生老漸慳。」〈和鄭拾遺秋日感事一百韻〉：「卒歲貧無褐，經秋病泛漳。」韋莊流落江南時，時時興起思鄉的情緒，〈婺州屏居蒙右省王拾遺車枉降訪病中延候不得因成寄謝〉：「三年流落臥漳濱，王粲思家拭淚頻」，甚至想和陸諫議到宮闕晉謁皇帝，如〈和陸諫議避地寄東陽進退未決見寄〉、〈婺州和陸諫議將赴闕懷陽羨山居〉，在夢中也入關歸去，如詩中有〈夢入關〉，韋莊在此時是抑鬱不得志。

　　文德元年（888）二月，僖宗返京後卒去，昭宗即位，史稱昭宗「體貌明粹，有英氣，喜文學，以僖宗威令不振，朝廷日卑，有恢復前烈之志，尊禮大臣，夢想賢豪，踐阼之始中外忻忻焉。」〔註146〕

〔註145〕〔宋〕歐陽修撰：《新校本新唐書》（臺北：　鼎文書局，1980 年）卷九〈僖宗本紀〉第九，頁 280。

〔註146〕見（宋）司馬光撰；（元）胡三省音注：《資治通鑑》卷257，見《景印文淵閣四庫全書》（臺北：臺灣商務印書館，1985 年）冊 310，頁 38。唐僖宗文德元年三月癸卯。

韋莊也許感受到朝廷的翻新氣象，因此急於尋找仕進之途。據卷六第一首〈不出院楚公〉下注「自三衢至江西作」，昭宗龍紀元年（889）韋莊自三衢至江西，韋莊在江西宜春、南昌、九江一帶留連，活動頻繁，如曾在此寫下〈送福州王先輩南歸〉、〈洪州（今江西省南昌縣）送西明寺省上人遊福建〉、〈泛鄱陽湖〉、〈九江逢盧員外〉、〈訪潯陽（今江西省九江縣）友人不遇〉、〈東林寺（今江西省九江縣南廬山麓）再遇僧益大德〉、〈題袁州（今江西省宜春縣）謝秀才所居〉詩中不再言及避世退隱，而是表現對故鄉長安的思念與仕進之心，就算遇到僧益大德，也是告訴他說：「若向君門逢舊友，爲傳音信到雲霄」。

　　昭宗大順元年（890）庚戌，韋莊秋入蜀，旋返江西。大順二年（891）辛亥，韋莊在江西。秋由信州返婺州。齊濤認爲韋莊久滯江西，是與爲了在此求貢於有司以薦己入京應試有關，〔註147〕此時的南昌自鍾傳爲江西觀察使，〔註148〕留意積政，兵強食足，文風鼎盛，當時，「五代史補：鍾傳雖起于商販，尤好學重士，時江西士流有名第者，多因傳薦，四遠騰然，謂之曰英明．諸葛浩素有詞學，嘗爲泗州管驛巡官，仰傳之風，因擇其所行事赫赫可稱者十條，列于啓事以投之．十啓凡五千字，皆文理典贍，傳覽之驚嘆，謂賓佐曰：「此啓事每一字可以千錢酬之．」遂以五千貫贈，仍辟在幕下，其激勸如此．」〔註149〕「諸州多不以時貢士，唯鍾傳孜孜以薦賢爲急務，雖州里白丁，片文只字，求貢於有司者，莫不盡禮接之。……時舉子有以公卿關節，不遠千里而求首薦者，歲常不下數輩。」〔註150〕因此韋莊密切來往於江西，很

〔註147〕　齊濤：〈論韋莊與韋莊詩〉《文史哲》（1996 年第 5 期總 236 期），頁49。

〔註148〕　「中和三年，傳逐江西觀察使高茂卿，遂有洪州，僖宗擢傳江西團練使，俄拜鎮南節度使，……洪爲其所擒，被害于廣陵市，時唐天復二年也」《新校本舊五代史》（臺北：鼎文書局，1980 年）卷十七〈梁書十七・杜洪鍾傳〉，頁 231。

〔註149〕　《新校本舊五代史》（臺北：鼎文書局，1980 年）卷十七〈杜洪鍾傳〉，頁 231。

〔註150〕　（宋）司馬光撰；（元）胡三省音註：《資治通鑑》卷 257，見（清）

有可能是受當地文風盛行及有司薦舉的積極鼓勵而來。

　　韋莊此行江南間流露出對局勢傷感與落魄的惆悵。江南曾是南朝政權逐鹿的地方，韋莊行至江南，身處古代曾是爭戰的歷史環境中，情緒與記憶觸物傷情，受制於現實的刺激而有所觸發，進行個體與社會、自我與對象間深刻的思考反省，於是容易藉史事抒發今昔對照後的失落感，如〈上元縣〉「南朝三十六英雄，角逐興亡盡此中」；〈台城〉：「江雨霏霏江草齊，六朝如夢鳥空啼」。昔日南朝英雄曾為爭奪政權，相互爭逐南方之地，如今卻空餘江草蔓延、天空飄著霏霏陰雨的荒蕪狀況，不免使身在江南的韋莊聯想到當時朝政的起伏，也要步上前塵走向衰敝的狀態。

　　集六集七兩卷，皆記贛湘鄂蜀四省行跡。大抵自浙之贛，次之湘之鄂，復由贛返浙。〔註151〕如浙江〈桐廬縣作〉，江西〈袁州作〉，湖北〈齊安郡〉，湖南〈湘中作〉，韋莊此時多紀行詩，在此次行游中不少描寫了江南的水鄉美景與清淡的閒適生活，對大自然的觀察多了起來。如〈西塞山下作〉：「西塞山前水似藍，亂雲如絮滿澄潭。」〈桐廬縣作〉：「潭心倒影時開合，谷口閒雲自卷舒。此境只應詞客愛，投文空吊木玄虛。」韋莊在江南總是表現出瀟灑、疏曠的態度，〈撫州江口雨中作〉：「江上閒衝細雨行，滿衣風灑綠荷聲。金羈掉尾橫鞭望，猶指廬陵半日程。」描繪闊壯自然景色有細緻平緩的情韻，如〈建昌渡暝吟〉：「市散漁翁醉，樓深賈客眠。隔江何處笛，吹斷綠楊煙。」江南夜晚的悠悠笛聲，於開闊的江上透露出幾分的幽遠。

　　昭宗景福二年（893）癸丑，韋莊入京應試落第。〈寄江南諸弟〉：「萬里逢歸雁，鄉書忍淚封。吾身不自保，爾道各何從。」〈投寄舊知〉：「卻將憔悴入都門，自喜青霄足故人。萬里有家留百越，十年無路到

<hr />

　　　紀昀等總纂：《景印文淵閣四庫全書》（臺北：臺灣商務印書館，1985年）。

〔註151〕夏承燾依陳思說排比各詩如下：〈撫州江口雨中作〉、〈袁州作〉、〈題袁州謝秀才所居〉、〈是春在贛〉，卷七有〈湘中作〉，見夏承燾：《韋端己年譜》《唐宋詞人年譜》（台北：明倫出版社，1970年），頁16。

三秦。」韋莊此時已經五十八歲了，應試又落第，實讓他灰心失望。

（四）第四期（893～910）

五十八歲（893）以後，回長安應舉，之後入蜀。

昭宗景福二年（893）癸丑，韋莊入京應試落第。夏居絳州，依詩題〈絳州過夏留獻鄭尚書〉而推測。昭宗乾寧元年（894）甲寅，第進士，為校書郎，韋莊中第很是興奮，詞中〈喜遷鶯〉兩首或許是在當年中舉時所作。但當時的朝廷是令人無法安身立命的，唐朝的藩鎮悍臣恃功驕寵，各各欲意爭權奪利擴大自己的勢力，從黃巢亂平之後的唐朝，外有強藩割據，內有宦官掣肘，昭宗又缺少撥亂反正的人才，於是唐皇朝的威信一步步走向被權臣強藩擺弄的命運。朝廷討伐李克用這強藩失敗，楊復恭叛亂，乾寧二年（895）王行瑜、李茂貞還率兵入京欲劫持昭宗，兩軍為劫持天子，在長安發生混戰，最後昭宗逃出長安，至石門鎮。此時唐朝政權無所作為，內亂不暇，韋莊一個小小的校書郎也只能到處遊蕩，在陝西之地到處拜訪朋友，也或者是中舉之後的心境顯的開放，所以欲覓安土安家安身之處，以擺脫朝廷內鬥爭戰的戰局，他曾到陝西的宜君卜居，如〈宜君縣比卜居不遂，留題王秀才別墅二首〉本期在宜君與友高臥林丘逍遙飲酒，也曾到汧陽縣，如〈題汧陽縣馬跑泉李學士別業〉：「九霄岐路忙於火，肯戀斜陽守釣磯。」透露欣羨李學士清閒自適的生活。詩作也較具遊戲的味道，無昔日「詩教」性格的嚴謹態度，乾寧三年（896）丙辰，韋莊在寒食日客鄜州，〈丙辰年鄜州遇寒食城外醉吟五首〉就描寫了當時寒食節時女孩打秋千、春遊踏青、築氣毬、掃墓等風俗活動，韋莊醉吟以觀察女性的活動來寫寒食，心境顯的非常活潑與輕佻，如其中一首：「馬驕風疾玉鞭長，過去唯留一陣香。閒客不須燒破眼，好花皆屬富家郎。」此好花似暗喻美女，則男女冶遊的情事就太明白了。就算在病中，也不免以詩戲進士醉酒之樂，如〈病中聞相府夜宴戲贈集賢盧學士〉：「滿筵紅蠟照香鈿，一夜歌鐘欲沸天……尊前莫話詩三

百，醉後寧辭酒十千。無那兩三新進士，風流長得飲徒憐。」

　　乾寧三年（896）七月，鳳翔節度使李茂貞逼進京師，將宮室市肆，焚毀幾盡，華洲節度使韓建迎昭宗至華州，韋莊隨駕而往。但韓建遂挾持控制昭宗，甚至引兵圍昭宗行宮，威脅昭宗以順己意，韓建移檄諸道，自專為政，誣奏群臣，破亂綱紀。乾寧四年（897）西川王建與東川顧彥暉相攻，韋莊以判官的身份隨諫議大夫李詢宣諭兩川，詔建罷兵。韋莊卷十第一首，〈過樊川舊居〉下注曰：「時在華州駕前奉使入蜀作。」《唐詩紀事》也記載：「李詢為兩川宣諭合協使，辟（韋莊）為判官。」〔註152〕《新五代史》六三前蜀世家，本年「五月，王建自將攻東川，昭宗遣諫議大夫李詢，判官韋莊，宣諭兩川，詔建罷兵。」〔註153〕韋莊去兩川時，有詩紀經舊游之處，如〈過樊川舊居〉：「千桑萬海無人見，橫笛一聲空淚流。」〈過渼陂懷舊〉：「多少亂離無處問，夕陽吟罷涕潸然。」詩中盡是悲泣傷心的情緒，無人見與無處問的孤寂，表現了韋莊對昭宗被挾、朝廷失序、悍臣驕縱，心有難言的痛苦。六月，韋莊至梓州，見王建於張把砦，王建不奉詔，大敗顧彥暉，并有兩川之地。大概在此次入川中，韋莊得到王建的賞識。

　　光化元年（898）八月，昭宗返回京師。光化三年（900），韋莊除左拾遺，又轉左補闕，七月，韋莊的詩選集《又玄集》成。韋莊的《又玄集》，蓋以繼姚合《極玄集》之選，所選範圍大於《極玄集》，就連女郎、女道士、倡妓的詩也都收，因此所收人數較多。所選詩人大部分以晚唐詩人最多，共選了一四二人〔註154〕二九七首詩，以五

〔註152〕　〔宋〕計有功：《唐詩記事》卷六八，韋莊條，見（清）紀昀等總纂：《景印文淵閣四庫全書》（臺北：臺灣商務印書館，1984年）1479冊，頁949。

〔註153〕　〔宋〕歐陽修撰：《新五代史》前蜀世家第三，卷六十三，見（清）紀昀等總纂：《景印文淵閣四庫全書》（臺北：臺灣商務印書館，1984年）279冊，頁449。

〔註154〕　依據傅璇琮編選：《唐人選唐詩新編》，頁580～581，所補缺考核之後的數目而定。

律居多，七律次之，題旨以贈答、別離、遊覽、婦女類居多，〔註155〕雖較《極玄集》更多的是似屈原宋玉愛國懷鄉、憤世嫉俗之感，風格沈鬱頓挫，或豪邁飄逸，或沈雄悲涼之類的作品，然而他特別提出選錄標準爲「清詞麗句」這類清奇淡雅類作品。這代表著韋莊在晚年發現詩歌一貫的詩教精神，表現士人理想總是讓人感到沉重的，反而無關痛苦的清詞麗句的詩歌受更多人家喜歡，因使他對詩歌產生另一層覺悟。光化三年（900）十二月，韋莊奏請追賜李賀、黃甫松、李群玉、陸龜蒙等進士及第，皆贈右補闕。韋莊有「乞追贈李賀皇甫松等進士及第奏」文，云：

> 詞人才子，時有遺賢。不霑一命於聖明，沒作千年之恨骨。據臣所知，則有李賀、皇甫松、李群玉、陸龜蒙、趙光遠、溫庭筠、劉德仁、陸遘、傅錫、平曾、賈島、劉稚珪、羅鄴、方干，俱無顯遇，皆有奇才。麗句清詞，遍在詞人之口；銜冤報恨竟爲冥路之塵，伏望追賜進士及第，各贈補闕、拾遺。見存惟羅隱一人，亦乞特賜科名，錄升三級。

亦取於諸人之「麗句清詞」，韋莊認爲當時遍在時人之口的是這些清麗之句，而詩人最希望的不就是自己的詩廣爲流傳，甚至被引用等，大眾的審美標準其實是會影響詩人的創作風格，因此詩壇上「唯美」文風的風起雲湧，也影響了韋莊對自己詩作風格的轉移。復次，韋莊題許渾詩卷亦曰：「字字清新句句奇。」〔註156〕許渾詩中透露出寂薄恬淡的人生觀，及山水林泉中的清淡自然觀照，〔註157〕這種有清新的風致也爲韋莊所欣賞；另外韋莊在述及自己詩作的轉變〈寄湖州舍

〔註155〕呂光華：《今存十種唐人選唐詩考》（台北：國立政治大學中國文學研究所碩士論文，1984 年），頁 218～219。

〔註156〕〈題許渾詩卷〉：「江南才子許渾詩，字字清新句句奇。十斛明珠量不盡，惠休盧作碧雲詞。」韋莊《浣花集》卷三，見李誼：《韋莊集校注》（四川：四川省社會科學院出版社，1986 年），頁 186。

〔註157〕羅時進：《唐詩演進論》（南京：江蘇古籍出版社，2001 年 9 月），頁 151。

弟〉亦云：「何況別來詞轉麗，不愁明代少知音。」〔註158〕且其詞作
中亦多首是在入蜀後所作，可見晚期韋莊的創作風格轉以清麗淫靡。

　　光化三年（900）此時，唐王朝的局勢更加混亂。次年一月，宦
官劉繼述等人發動宮廷政變，囚昭宗，立太子，中外紛然。次年初，
宰相崔胤等又迎昭宗反正，不停的動亂，韋莊對唐王朝徹底的失望，
且在昭宗天復元年（901）王建聘韋莊為官，《十國春秋》記載韋莊入
蜀之後便留蜀：「高祖（王建）為西川節度副使，昭宗命莊與李洵宣
諭兩川，遂留蜀，同馮涓並掌書記」〔註159〕《唐詩記事》六八：「李
詢為兩川宣諭和協使，辟（韋莊）為判官。以中原多故，潛欲依王建，
建辟為掌書記，尋召為起居舍人，建表留之。」〔註160〕於是韋莊至
此終身仕蜀。在唐末全國動盪中，蜀地因地理環境的屏障，可算是較
安定的地方。且王建雖出身軍旅，多智詐、善待士，頗善經營，對內
安撫百姓，對外以進為守，一方面扼守劍門之險，一方面則兵向梁洋，
與李茂貞時戰時和，使之不敢輕窺兩川。故「蜀恃險而富，當唐之末，
士人多欲依建以避亂」〔註161〕四川成了文人薈萃的地方，除了韋莊
外，還有牛嶠、毛文錫、貫休等人。據五代史卷六三記載「……（王
建）善待士，故其僭號所用皆唐名臣世族，莊見素之孫，格瀣之子也，
建謂其左右曰：『吾為神策軍將時，宿衛禁中見天子夜召學士出入無
間，恩禮親厚如寮友，非將相可比也』故建待格等恩禮尤異其餘。」

〔註158〕　〈寄湖州舍弟〉：「半年江上憶離襟，把得新詩喜又吟。多病似逢秦氏
　　　　　藥，　久貧如得顧家金。雲煙但有穿楊志，塵土多無作吏心。何況別
　　　　　來詞轉麗，不愁明代少知音。」韋莊《浣花集》卷七，見李誼：《韋
　　　　　莊集校注》（四川：四川省社會科學院出版社，1986年），頁349。
〔註159〕　《十國春秋》卷四十。見（清）紀昀等總纂：《景印文淵閣四庫全
　　　　　書》（臺北市：臺灣商務印書館，1984年）第465冊，頁373。
〔註160〕　〔宋〕計有功：《唐詩記事》卷六八，韋莊條，見（清）紀昀等總
　　　　　纂：《景印文淵閣四庫全書》（臺北市：臺灣商務印書館，1984年）
　　　　　1479冊，頁949。
〔註161〕　《新五代史》前蜀世家第三，卷六十三，見（清）紀昀等總纂：《景
　　　　　印文淵閣四庫全書》（臺北市：臺灣商務印書館，1984年）279冊，
　　　　　頁449。

〔註 162〕王建因善待相臣，且韋莊為唐名臣之後的關係，特別禮遇他並重用他，使韋莊在蜀地如魚得水，得以實踐治國相君的理想。且蜀地在王建的愛才愛民之下，國家漸漸平靜安寧，無兵戈武馬之苦擾，甚至於開始可以農業生產「武成三年，下詔勸農桑曰：『昔劉先主入蜀，武侯勸其閉關息民十年，而後舉兵震搖關內，朕以猥眇托於人上，爰念烝民久罹干戈之苦，而不暇力於農桑之業，今國家漸寧，民用休息，其郡守縣令務在惠綏，無侵無擾使我赤子樂於南畝而有豳風七月之詠焉。』」韋莊於蜀地之時，正是一生中最安定的時候。

　　天復二年壬戌（902）韋莊於浣花溪尋得杜公部舊址，天復三年（903）四月，為蜀使唐，修好於朱全忠。《十國春秋》云：「天復間，高祖遣莊入貢，亦修好於梁王全忠，談言微中，頗得全忠心，隨使押牙王殷報聘。」〔註 163〕韋莊的政治手腕是頗為機敏的，在之後天佑二年（天復五年，905）朱全忠欲覬覦蜀地，遣司馬卿宣諭蜀土，韋莊為王建作教，答梁使司馬卿，結果司馬卿也惶懼而返。天佑三年（天復六年，906）韋莊與諸將擁立王建立位，率吏民哭三日，即皇帝位。凡開國制度皆其由韋莊所訂，沒多久，梁復通好於蜀王，可見韋莊政治才能之高超與機巧敏捷，這些正是長久歷練所造成的，加上王建的伯樂識人之前瞻，得以使在官場污泥中打滾多年的韋莊，展露光芒。

　　天復三年（903）宦官與朝臣爭鬥，宦官失敗，至此唐代宦官之禍結束，卻也加速朱全忠統治朝廷的野心。天祐二年（天復五年，905）李茂貞近逼京畿，朱全忠挾昭宗遷都洛陽，昭宗本不願離開，但受制於朱全忠，遂秘密遣使向西川節度使王建求救，王建派兵準備搶救昭宗，西川兵到了興平（今陝西興平），被宣武兵所阻，乃退回西川。昭宗又秘密將昭書寫在絹帕上，向淮南節度使楊行密、河東節度使李克

〔註162〕《新五代史》前蜀世家第三，卷六十三，見（清）紀昀等總纂：《景印文淵閣四庫全書》279 冊，頁 449。

〔註163〕《十國春秋》卷四十，頁 5。見（清）紀昀等總纂：《景印文淵閣四庫全書》第 465 冊，頁 373。

用、西川節度使王建等求救。可見當時西川節度使王建是頗有勢力，且誠心效忠皇朝的，韋莊投靠於此也表示了他對於唐朝的向心力是不變的。天祐二年（天復五年，905）八月，昭宗被弒。太子即位，為昭宣帝。天復六年（906）韋莊仕至安撫副使，次年九月，勸王建稱帝，遷左散騎常侍、判中書門下事，定開國制度。韋莊漸至吏部侍郎、同平章事。天祐四年（天復七年，907）昭宣帝禪讓給朱全忠，四月朱全忠在大梁（即汴州，今河南開封）即皇帝位，國號大梁，至此李唐王朝滅亡。武成三年（910）八月，韋莊卒於成都花林坊，諡文靖。

四、韋莊對杜甫、溫庭筠的崇仰與學習

　　韋莊在晚唐這樣的創作環境中，是承續元白一派政教文學觀而著重描寫民生疾苦并指陳時弊。唐代詩壇對韋莊影響有許多重要的人物，要約而言，韋莊詩的核心思想以受杜甫影響為主。

（一）杜甫影響韋莊的人生與詩學態度

　　杜甫的詩歌是「安史之亂」前後這一時代的歷史鏡子，而韋莊的詩歌是「黃巢之亂」前後這一時代的歷史鏡子，兩者都具有反映社會的寫實特點，其人生信念與政治理念則有相同的特點。

1、致君堯舜

　　太宗時代的貞觀之治、開元時期的政治開明、國家安定，人民安居樂業，那正是杜甫所希望堯舜時代的政治理想，經歷過唐代的豐衣足食的盛世之後，安史之亂的昏亂敗壞使人警覺到盛世不再，憂患意識也萌生而起，杜甫為一介士人，卻以筆為劍，採取諷諫皇帝的積極手段、以紀錄現實離亂的詩歌為職，這皆源於他忠君愛國的思想意識。杜甫具有強烈的忠君意識表現在詩句中，例如〈自京赴奉先縣詠懷五百字〉：「葵藿傾太陽，物性固莫（一作難）奪」、〈柳司馬至〉：「戀主寸心明」、〈散愁二首〉之二：「戀闕丹心破」，可見杜甫「尊君」精神，然而此君是能行於正道，致力於堯舜政治理想的君主，因此對於無道的君主則加以批判。堯舜時代一直是杜甫仰

慕的政治理想,肅宗是杜甫的中興之主,如〈奉贈韋左丞丈〉:「致君堯舜上,再使風俗淳。」、〈可歎〉:「死爲星辰終不滅,致君堯舜焉肯朽。」、〈暮秋枉裴道州手札率爾遣興寄近呈蘇渙侍御〉:「致君堯舜付公等,早據要路思捐軀。」可見致君堯舜是杜甫畢生志業,也是他勉勵後人的箴言。

致君堯舜也是韋莊的志業,韋莊的〈關河道中〉:「平生志業匡堯舜,又擬滄浪學釣翁。」頗受到杜甫影響,郝天挺釋此詩云:「以我循念生平,嘗欲致君於堯舜,而乃負其初願,擬向滄浪長作漁翁以沒世也,外此將復合求哉!」〔註164〕韋莊的用世是相當熱切的,以此積極的態度卻受到幾經應試的挫折,才會稍亂方寸,而萌生退卻之心,事實上,韋莊常以〈長年〉:「大盜不將爐冶去,有心重築太平基。」推崇國家太平正道爲己志的,就算在唐皇最後的幾年,他相信在有生之年還是可以看到天下安定的一天,如〈與東吳生相遇(及第後出關作)〉「且對一尊開口笑,未衰應見泰階平。」

2、詩史精神

唐代孟棨《本事詩・高逸第三》:「杜(甫)逢(安)祿山之難,流寓隴蜀,畢陳於詩,推見至隱,殆無遺事,故當時號爲『詩史』」。從「開元盛世」到天寶年間,唐王朝漸衰微,安史之亂起,天下大亂,兵連禍接,杜詩被稱爲詩史,是指杜詩反映當時的國家社會現況,把發生的政治社會現實眞實的紀錄下來。杜甫對國家、人民懷有強烈的責任感和使命感,產生強烈的憂患意識,所以更能洞察國家、人民的隱患痛苦。元稹〈樂府古題序〉說:

> 自風雅至於樂流,莫非諷興當時之事,以貽後代之人。沿襲古題,唱和重復,於文或有短長,於義咸爲贅剩。尚不如寓意古題,刺美見事,猶有詩人引古以諷之義焉。曹、劉、沈、鮑之徒時得如此,亦復稀少。近代唯詩人杜甫《悲

〔註164〕見〔元〕郝天挺註〔元〕廖文炳解:《唐詩鼓吹箋註》(台北:新文豐出版公司,1979年10月),頁592。

陳陶》、《哀江頭》、《兵車》、《麗人》等，凡所歌行，率皆
即事名篇，無復倚旁。〔註165〕

自《詩經》、漢樂府以來，就有諷刺當時之事的詩歌，有沿襲古題，
實以描寫今事爲諷刺內容，也有人引用古事來嘲諷今事，至六朝時，
雖然曹操、劉楨、沈約、鮑照仍是承襲寫實傳統，但以社會寫實爲詩
歌內容還是佔少數，唐代時唯有杜甫於浪漫詩風下以寫實手法寫詩，
因爲杜甫曾親身經歷戰爭災難，接近過百姓妻離子散、家破人亡的悲
慘生活，所以才使他的詩歌冷酷的反映戰爭的肆虐與人民的悲痛，元
稹推崇杜甫「諷興當時之事」，是直接就當時情況寫當時之事，可見
杜甫大膽直接的書寫正氣，與其背負正史明書的眞實精神。

　　黃巢之亂時，韋莊親睹戰況之激烈，所以創作了不少關懷國家命
運，同情百姓疾苦的詩篇，韋莊詩是傳承「詩史」的精神，以百姓觀
點用詩闡述歷史眞相，〈辛丑年〉描述當時黃巢攻陷長安，而君主逃
奔西處，長安城內人心惶恐的情形；〈喻東軍〉中詩人對朝中無賢臣，
及藩鎮擁兵觀望遲遲不救駕的憤慨，溢於言表，且其著名詩篇〈秦婦
吟〉描述了逃離黃巢之亂時親眼所見人民悲慘的遭遇，皆是史才與詩
筆會通。

　　韋莊崇拜、模擬杜甫的線索有許多方面：

（1）草堂重整

　　杜甫早年壯游，晚年飄泊，名山大川皆留下其行蹤遺跡，其中最
著名的就是成都的杜甫草堂。據莫礪鋒在《杜甫評傳》後所附錄的〈杜
甫簡譜〉〔註166〕杜甫在棄官後乾元三年／上元元年（760）春，時年
四十九歲，于成都浣花溪畔建草堂。〔註167〕杜甫待在四川總共五年

〔註165〕〔唐〕元稹《元氏長慶集》見《四部叢刊初編集部》（上海：商務印
　　　　書館縮印江南圖書館藏明嘉靖刊本）卷二十三〈樂府古題序〉，頁83。
〔註166〕莫礪鋒：《杜甫評傳》（南京：南京大學出版社，1993年10月），頁
　　　　424。
〔註167〕其間在成都待了兩年多〔唐肅宗乾元二年（759）歲末──唐代宗
　　　　寶應元年（762）秋末〕，之後寶應元年（762）秋曾舉家至梓州（今

（760～765）之久，在這期間創作了四百三十首詩，〔註168〕約佔杜甫集總數的三分之一，此時正是杜甫接近中晚年之時，官場生活也告一段落的平凡安定期，他來四川是希望覓得一個能免於飢寒的安身之所，此時詩人的心情較爲平靜疏放，有興致以觀賞的心態寫日常生活的情景，故能創作較多的詩作。

　　據夏承燾年譜考察韋莊于天復二年（902），時年六十七歲，於浣花溪尋得杜工部舊址。《浣花集》序：「辛酉春〔註169〕應聘爲西蜀奏記。明年，浣花溪尋得杜工部舊址，雖蕪沒已久，而柱砥猶存。因命芟夷結茅爲一室。蓋欲思其人而成其處，非敢廣其基構耳。」〔註170〕自杜甫興建草堂之後，經過了137年，重新獲得韋莊的整理，才幸得保留下來，〔註171〕今天研究杜甫晚年成都生活，可身處其境，一窺堂廡之妙，不得不歸功於韋莊先見之明，建立了由唐延續到今的歷史線索，讓人們得時時瞻仰杜甫的身觀言教，可見當時韋莊即對杜甫傾慕信仰之至。

四川三台）、閬州（今四川閬中）避亂，因廣德二年（764）三月嚴武復鎮蜀，來書相邀，杜甫乃攜家返成都，爲嚴武幕職，但永泰元年（765）四月嚴武卒，於是秋末杜甫乃攜家東下，此後至東南地方等處，未再回四川成都，大曆五年（770）冬，時年五十九歲，杜甫便卒於舟中。

〔註168〕莫礪鋒：《杜甫評傳》（南京：南京大學出版社，1993年10月），頁145。

〔註169〕唐昭宗天復元年辛酉（901）春韋莊應聘爲西蜀奏記。

〔註170〕韋莊〈浣花集序〉，見《四部叢刊·初編》集部《浣花集》（上海：商務印書館，1932年）。

〔註171〕莫礪鋒說：「杜甫離蜀後，草堂一度荒蕪傾廢。到五代前蜀時，詩人韋莊覓得舊址重結茅屋，草堂勝跡得以保存下來。北宋元豐年間（1078～1085）呂大防知成都府時，重建草堂，並繪杜甫像于壁，從此草堂就成了紀念杜甫的祠宇。至南宋、元、明、清各代，草堂曾經多次修葺。在清嘉慶十六年（1811）大修后，主要建築和園林布局保存到今。1955年，在草堂成立杜甫紀念館，不但整飾園林，而且廣搜杜集版本及有關文物收藏於內。1980年，在草堂成立杜甫研究學會，次年又創辦了《草堂》（後更名爲《杜甫研究學刊》）。1985年，紀念館更名爲杜甫草堂博物館。」莫礪鋒：《杜甫評傳》，頁415～416。

（2）浣花集名的由來

天復三年（903）六月，韋莊弟韋藹集韋莊詩成《浣花集》，韋藹
序：「藹便因閒日，錄兄之藁草中，或默記於吟詠者，次爲□□□，
目之日浣花集，亦杜陵所居之義也。餘今之所製則俟爲別錄，用繼於
右。時癸亥年六月九日，藹集。」〔註172〕韋莊於天復二年（902）於
浣花溪尋得杜工部舊址，對於杜甫言行甚爲推崇，故以詩集名爲《浣
花集》以紀念杜甫。

（3）又玄集的選詩與配置標準

《又玄集》是韋莊自選唐詩之集。韋莊的《又玄集》選詩標準，
於自序云：

> 自國朝大手名人，以至今之作者，或百篇之內，時記一章；
> 或全集之中，唯微數首。但掇其清詞麗句，錄在西齋；莫
> 窮其巨脈洪瀾，任歸東海。總其記得者，才子一百五十人；
> 誦得者，名詩三百首。〔註173〕

可見韋莊的選詩標準是「清詞麗句」。韋莊之重「清詞麗句」，論者謂
與杜甫不無關係，杜甫欣賞孟浩然詩云「清詩句句盡堪傳」，〔註174〕
且杜甫《戲爲六絕句》之五即云：「不薄今人愛古人，清詞麗句必爲鄰。」
實即莊所謂「清詞麗句」之所出。〔註175〕今存唐人選詩，僅韋莊《又
玄集》收有杜詩，雖然其他詩選集不收杜詩，並非是因爲杜詩在唐代
詩壇受到冷落，〔註176〕然而就韋莊選了一四二家〔註177〕二九七首詩

〔註172〕韋藹〈浣花集序〉，見四部叢刊初編集部《浣花集》（上海：商務印
書館，1932年）。

〔註173〕韋莊《又玄集》及其序收錄在《唐人選唐詩新編》。傅璇琮編撰：《唐
人選唐詩新編》（西安：陝西人民教育出版社，1996年7月初版），
頁579。

〔註174〕杜甫〈解悶〉十二首：「復憶襄陽孟浩然，清詩句句盡堪傳。即今
耆舊無新語，漫釣槎頭縮頸（一作項）。」見〈全唐詩〉，卷二三○
「杜甫十五」，「解悶」十二首之六。

〔註175〕呂光華：《今存十種唐人選唐詩考》（台北：國立政治大學中國文學
研究所碩士論文，1984年），頁217。

〔註176〕參閱陳尚君：〈杜詩早期流傳考〉《唐代文學叢考》（北京：中國社

中，以杜甫、李白、王維置於卷首，顯寓尊崇。其中杜詩列爲第一，入選有七首之多，也是集中之最，韋莊顯然以杜甫爲唐詩之極選。

（4）韋莊信口朗誦杜詩的記載

據《十國春秋·韋莊傳》〔註178〕載：「武成三年（910），（韋莊）卒于花林坊，葬白沙之陽，是歲，莊日誦杜甫『白沙翠竹江村暮，相送柴門月色新』之詩，吟諷不輟，人以爲詩讖焉。」

（5）詩句詩意的模仿

韋莊對杜甫人格的欣賞與喜愛，還表現在韋莊作詩時引用杜詩的語言上。如：整句引用杜甫的〈軍中醉飲寄沈八劉叟〉：

酒渴愛江清，餘甘漱晚汀。軟沙敧坐穩，冷石醉眠醒。
野膳隨行帳，華音發從伶。數杯君不見，醉已遣沈冥。

韋莊詩集中的第七卷詩題爲〈酒渴愛江清〉：

酒渴何方療，江波一掬清。瀉甌如練色，漱齒作泉聲。味
帶他山雪，光含白露精。只應千古後，長稱伯倫情。

詩題與杜甫的〈軍中醉飲寄沈八劉叟〉第一句完全一樣。兩首詩皆寫因飲酒而渴，引清江水解渴，杜甫寫解醉後獨醒的樂趣，韋莊寫酒渴以水解的甘美之趣，疑是韋莊讀了杜甫之詩，深有體會，續成另作，然皆各有巧妙。

另外還有化用杜甫詩句的，明·胡震亨《唐音癸籤》卷十一〈評彙〉七云：

韋莊詩：「靜極卻嫌流水鬧，閑多翻笑野雲忙」，本於老杜『水流心不競，雲在意俱遲』，但多著一嫌字、笑字，覺非眞閑，眞靜耳。〔註179〕

會科學出版社，1997年10月），頁307～337。

〔註177〕依據傅璇琮編選：《唐人選唐詩新編》（西安：陝西人民教育出版社，1996年7月初版），頁580～581，所補缺考核之後的數目而定。

〔註178〕〔清〕吳任臣撰，徐敏霞、周瑩點校：《十國春秋》（北京：中華書局，1983年12月）卷四十〈前蜀六·列傳〉韋莊傳，頁593。

〔註179〕〔明〕胡正亨：《唐音癸籤》（台北：木鐸出版社，1982年7月）卷十一〈評彙七〉，頁109。

杜甫的〈江亭〉：「坦腹江亭暖（一作臥），長吟野望時。<u>水流心不競，雲在意俱遲</u>。寂寂春將晚，欣欣物自私。故林歸未得，排悶強裁詩。（一作江東猶苦戰，回首一顰眉。）」寫暮春時萬物欣欣向榮、自然化成的秩序，杜甫以自在從容的心境觀賞，末句卻由景生情，想到自己無法回歸的落成，則心生悶傷。韋莊的〈山墅閑題〉：「邐迤前岡厭後岡，一川桑柘好殘陽。主人饙餾炊紅黍，鄰父攜竿釣紫魴。<u>靜極卻嫌流水鬧，閑多翻笑野雲忙</u>。有名不那無名客，獨閉衡門避建康。」韋莊詩不如杜甫所描寫的閒逸，是因其所描寫境界不同，韋莊詩較活潑豐富，主人忙著炊飯、鄰父攜著魚竿、水鬧雲忙，勾畫出殘陽美景；杜甫寫靜觀水流雲在，而人自得之態。韋莊則寫夕陽下山時，忙碌一天後豐收休息的快樂時光，所以以「嫌」代表興奮的稚氣，以「笑」來代表輕鬆的心態，故覺非真閒、非真靜也。然而韋莊學杜甫用水流、雲飛，「以動襯靜」、「以忙襯閒」來襯托心境自得安適之意念，則不容置疑。

　　另外韋莊〈寓言〉：「爲儒逢世亂，吾道欲何之。」與杜甫〈秦州雜詩二十首〉之四：「萬方聲一概，吾道竟何之。」此處疑是韋莊化用杜甫詩句，兩者皆對儒道不行於世，胸中大道無處履行，而發出深深慨嘆。清余成教《石園詩話》曾評韋莊：

　　……及〈憶昔〉、〈陪金陵府相中堂夜宴〉、〈題姑蘇凌處士莊〉、〈過內黃縣〉、〈南昌晚眺〉、〈投寄舊知〉、〈咸陽懷古〉、〈長安清明〉、〈古離別〉、〈立春日作〉、〈寄江南逐客〉、〈離筵訴酒〉、〈台城〉、〈燕來〉、〈令狐亭〉、〈虎迹〉諸詩，<u>感時懷舊，頗似老杜筆力</u>。〔註180〕

韋莊除了力行杜甫精神，在詩文字句、情感意境上亦模仿杜甫，余成教所舉的這些韋莊詩，大多似杜甫感時懷舊之作。杜甫與韋莊經歷過戰亂，親睹戰況之激烈，所以創作了不少關懷國家命運，同情百姓疾

〔註180〕轉引自李誼校注：《韋莊集校注》（成都：四川省社會科學出版社，1986 年），第四部份附錄（二、諸家評韋莊詩），頁 647。

苦的詩篇，兩者都具有反映社會的寫實特點，甚至人生信念與政治理念也相同，致君堯舜是他們的終身責任，因此不惜採取諷諫皇帝的積極手段、以紀錄現實離亂的詩歌為職，期以「詩史精神」以詩補史，褒貶勸懲，經世資鑑。唯韋莊在晚唐大樓將傾的時代，已經無似杜甫般熱烈激昂的情緒了。胡震亨《唐音癸籤》卷十說：「少陵變化閎深，如陟崑崙，泛溟渤，千峯羅列，萬彙汪洋。」，〔註 181〕可見其氣勢之雄，胡應麟《詩藪》內編卷四說：杜詩「吳楚東南坼，乾坤日夜浮」在氣象上超過孟浩然的「氣蒸雲夢澤，波撼岳陽城」，杜詩「星垂平野闊，月湧大江流」在骨力上超過李白的「山隨平野盡，江入大荒流」，〔註 182〕氣力的充沛，造成迴旋紆折，從而在層層盪漾的波濤中，強化和深化沉鬱的結構，〔註 183〕杜詩的沉鬱，既表現情感的深厚、濃鬱，又表現為閱歷的豐富、深廣。

韋莊詩則多採用樸實清新的文字，來抒發心中的情感、描寫自然的景物，表情深厚溫婉而不淺率，力量則較低迷，呈現出清淡低啞的特色，甚至逃於聲色文藝，追求清新綺麗的情趣。晚唐人們雖然仍眷戀著朝廷，懷抱希望，但已失去了信心，他們雖關心朝政，有些抱負，但已經沒有如前期前輩中那種改革的銳氣。因此韋莊詩較多旁觀冷靜心態對社會陰暗面的盡情揭示，無杜甫那種改積革弊積極參與的情感，而多為士人落寞消極的指陳意味。

（二）溫庭筠為韋莊詞的創作楷模

溫庭筠詞中有著詩境般的鋪設，其詞沿襲著晚唐五代綺靡詩風，於詞中塑造出一條不同於「詩教傳統」的新天地之後，便成為文人雅士涉入步趨此領域的依據。韋莊詞風之所以不同於詩風，其中一個原

〔註 181〕〔明〕胡正亨：《唐音癸籤》（台北：木鐸出版社，1982 年 7 月）卷十〈評彙六〉，頁 98。

〔註 182〕〔明〕胡應麟：《詩藪》（台北：文馨出版社，1973 年 5 月）〈內編卷四〉，頁 69。

〔註 183〕王明居：《唐詩風格論》（合肥：安徽大學出版社，2001 年 7 月），頁 146～147。

因是模仿溫庭筠創作詞的風格特色。同樣在浮艷虛靡的五代時期，對於詩，雖不離音韻文學「嘉言麗句，音韻天成」的特色，但「詩之旨遠矣，詩之用大矣」的傳統詩教仍是持續發揚；對於詞，則歸於「綺筵公子，繡幌佳人，遞葉葉之花箋，文抽麗錦，舉纖纖之玉指，拍案香檀」〔註184〕為「政教文化的背離與修補」〔註185〕的產物。因此為了產生與詩不同的詞作，為了適應歌酒文化的文學，韋莊可能參考學習了溫庭筠的創詞方式。胡國瑞先生指出「從整個《花間詞》的風格中，可以明顯看到溫詞的影響」〔註186〕且澤崎久和認為西蜀詞人的作品是從早於他們的唐詩中、從相對較早的溫庭筠的詞中，或是同時代西蜀詞人相互的作品中，學習並選擇出各種的詩句詞句以供自身攝取，從而產生一首新詞。〔註187〕

　　溫庭筠的詩與詞同樣多選取華麗的物象，韋莊詞中也傾向華麗詞語的選用，注重用詞用語的色彩和味感，可見韋莊在創作詞時，可能模仿溫庭筠以艷麗詞彙為詞作特色的潮流，而改變以往在詩中的選詞方式。溫庭筠在運用這些感官物象時，往往只作客觀書寫。尤其著力於細部的渲染，完全像一幅靜態的圖畫，韋莊也依造此種富艷精工呈現景物的描寫方式填詞。溫庭筠詞描寫的對象主要是婦女，對這些女子的描繪，不是寫總體的印象，而是抓住她的一兩個細部，如眉、鬢、衣上的繡物、釵上的裝飾之類，如〈歸國瑤〉之二：「雙臉，小鳳戰篦金颭豔。舞衣無力風斂，藕絲秋色染。　　錦帳繡幃斜掩，露珠清曉簟。粉心黃蕊花靨，黛眉山兩點。」上闋寫女子的首飾、衣服，焦

〔註184〕歐陽炯〈花間集序〉見《四部叢刊集部》（上海：商務印書館，1932年）上海涵芬樓影印明朱氏刻本。

〔註185〕此名詞乃楊海明論文所提出，見楊海明：〈略論晚唐五代詞對正統文化的背離和修補〉，東吳大學中國文學系主辦：《唐代文化學術研討會論文集》（台北：東吳中文系，2000年7月），頁209～226。

〔註186〕胡國瑞：《詩詞賦散論》（上海：上海古籍出版社，1992年），頁317。

〔註187〕〔日〕澤崎久和：〈《花間集》的沿襲〉《詞學》第九輯（上海：華東師範大學出版社，1992年7月），頁90。

點都在整體中的一個小部分，下闋寫她的臥床和她的妝扮，把她的外部特徵描寫的極其細緻，篦子、舞衣、花靨、黛眉，各部分精工的描寫其顏色、性質、形態，就像一幅仕女圖。韋莊也依照著重於細部狹小視點的放大填充，使詞句具有鮮明的描摹用筆，如韋莊〈訴衷情〉之二：「碧沼紅芳煙雨靜，倚蘭橈。垂玉佩，交帶，嫋纖腰。鴛夢隔星橋，迢迢。越羅香暗銷，墜花翹。」有「紅」色的花，「碧」綠色的水，身上有玉佩的飾品，頭上有花翹的墜飾，纖細的腰，散發越羅「香」味，這些華美色彩感官的描繪，正如溫詞所展現的樣子。

溫庭筠詞中多描寫隱約細緻的女性感情。韋莊詞也同溫庭筠詞般多描寫生活在紅樓深巷中的女性，所以下筆鋪設的材料就是那些女性的閨樓和房間，室內生活的用品和擺設，及女性身上的服裝和佩帶的裝飾品，所表現的也大多是女性寂寞無聊、沉鬱相思的情感。如溫庭筠詞中〈菩薩蠻〉之八：「牡丹花謝鶯聲歇，綠楊滿院中庭月。相憶夢難成，背窗燈半明。　翠鈿金壓臉，寂寞香閨掩。人遠淚闌干，燕飛春又殘。」這首詞寫女子在暮春夜闌人靜時思念愛人，思緒紛亂以致不得入夢與之相會，起身憑欄杆望向遠處的天地，孤單的身影讓她不禁留下淚來，日復一日的等待，青春只見如燕子飛去、花朵凋敝、暮春殘敗。韋莊的〈更漏子〉「鐘鼓寒，樓閣暝，月照古桐金井。深院閉，小庭空，落花香露紅　煙柳重，春霧薄，燈背水窗高閣。閒倚戶，暗霑衣，待郎郎不歸。」也是描寫女子等待郎人的寂寞孤獨的悲哀。

韋莊詞在構詞設句時，也與溫庭筠詞有相似點，證明韋詞沿襲溫詞的痕跡。如溫庭筠〈菩薩蠻〉之六與韋莊〈菩薩蠻〉之一的語彙到主題都有共同點：〔註188〕

溫庭筠〈菩薩蠻〉之六：

　　玉樓明月長相憶，柳絲嫋娜春無力。門外草萋萋，送君聞

─────────────

〔註188〕參考〔日〕澤崎久和：〈《花間集》的沿襲〉《詞學》第九輯，頁 92
　　　　～93。

馬嘶。　　　畫羅 金翡翠 ，香燭銷成淚。花落子規啼， 綠窗

殘夢迷。

韋莊〈菩薩蠻〉之一

　　 紅樓 別夜堪惆悵，香燈半卷流蘇帳。殘月 出門 時，美人和

淚辭。　　　琵琶 金翠羽 ，弦上黃鶯語。勸我早歸家， 綠窗

人似花。

首先兩詞語彙有不少共同之處，「玉樓」和「紅樓」、「出門」和「門

外」、「金翡翠」和「金翠羽」、「綠窗」和「綠窗」都是同位置的對應，

「殘月」和「明月」、「香燈」和「香燭」、「子規啼」和「黃鶯語」在

位置上雖不同，但在景物中是相對應的，造成兩詞意境及點綴景物的

相似。第二，二詞對同一景物的形容詞語是同一或類似的。如用「綠」

寫「窗」、用「香」寫「燈」等。第三，場景的相似，都是寫夜間、

都在閣樓中，綠窗內都燃著燈燭，窗外都懸著月亮，登場人物皆為相

思之男女主角，場面都是相會和別離，首句主旨「長相憶」、「堪惆悵」

也點明兩詞在主題上是共通的。

　　溫庭筠〈更漏子〉之二（星斗稀）：「簾外曉鶯殘月」與韋莊〈荷

葉盃〉之二（記得那年花下）：「惆悵曉鶯殘月」，語言的相似上明顯

有襲用的痕跡，且都是藉著景物點綴構成別離的場景。

　　另外有主旨不太相同，但一首詞中造語用詞卻極多相似點，如溫

庭筠〈菩薩蠻〉之九（滿宮明月梨花白）與韋莊〈清平樂〉之一（春

愁南陌），立意上，韋莊把溫詞中的閨怨變為遊子思歸詞，其餘部分

有多點相似，溫詞是「故人萬里關山隔」，韋詞是「故國音書隔」；溫

詞表現的環境是「滿宮明月梨花白」韋詞是「細雨霏霏梨花白」；主

人公的表現，溫詞是「淚痕霑繡衣」，韋詞是「塵滿衣上淚痕」，詞牌

雖不同，但部份押韻卻相同，溫庭筠詞中「白」、「隔」押第 17 部入

聲，韋莊的「陌」、「隔」、「白」、「額」、「錫」也押第 17 部入聲。溫

韋詞在抒情、起因、生活環境、主人公態度及押韻上表現出一致性。

　　曹章慶更提出：「縱觀韋莊四十八首《浣花詞》，明顯借鑒溫庭筠

詞的就有八九首，其中有的是整體借鑒，有的是部份借鑒。」〔註189〕
可見溫庭筠對於描寫側艷之詞的字面、意象與比興手法形成一種模範
資料庫，爲韋莊步入花間歌筵提供了創作詞的參考對象。

　　而此番對新體式的注意與實際填寫，也致使韋莊改變詩作中一往
常昔抒發失意士子胸中悲苦情懷，而轉以描寫女性華美外貌與艷情閨
怨的一面，以適應當時對詞的期待視野。

第四節　韋莊詩的主體情志滲透入詞

一、晚唐艷麗詩風中韋莊寫實詩的堅持

　　唐末詩壇雖有李賀、李商隱、溫庭筠的穠麗傾向，韋莊詩在這一
片綺艷的色彩中，堅持淡雅，與他的人生態度與其累積的詩學藝術有
關。韋莊出身貧寒，經歷黃巢兵亂，對於民生的痛苦，有較深的體認，
其所創作的詩明顯是以現實主義爲創作傾向。在他的作品中，對於當
時殘酷黑暗的社會現實，曾予以直接的暴露和批評，頗能勾勒唐末政
治動亂和民生疾苦的眞切畫面，元辛文房《唐才子傳》卷十稱他：「早
嘗寇亂，間關頓躓」，「韋莊之詩，係流離漂泛，寓目緣情。子期懷舊
之辭，王粲傷時之制。或離群軫慮，或反袂興悲。四愁九愁之文，一

〔註189〕　曹章慶：〈論韋莊詞對溫庭筠詞的沿襲和創新〉，《廣東教育學院學
　　　　　報》（1993 年第 5 期），頁 60～62。
　　　　　部分借鑒包括拓展和濃縮，拓展例子如，溫庭筠的〈菩薩蠻〉（玉
　　　　　樓明月長相憶）「門外草萋萋，送君聞馬嘶」，韋莊在多首詩中加以
　　　　　隱括拓展。如〈望遠行〉：下片「人欲別，馬頻嘶，綠槐千里長堤，
　　　　　出門芳草路萋萋。」又在〈浣溪沙〉（綠樹藏鶯鶯正啼）這首詞也
　　　　　有「江上草萋萋」、「聰馬一聲嘶」的兩個主要意象。濃縮例子如溫
　　　　　詞〈更漏子〉（玉爐香）：「梧桐樹，三更雨，不道離情正苦，一葉
　　　　　葉，一聲聲，空階滴到明。」韋莊濃縮爲〈定西番〉：「悶殺梧桐殘
　　　　　雨，滴相思。」不過芳草萋萋的意象的使用可以上溯到〈楚辭·招
　　　　　引士〉：「王孫游兮不歸，春草生萋萋。」韋莊沿襲溫詞的這說法較
　　　　　單薄，但再加上「馬嘶」的這一意象與此並列出現，那麼韋莊沿襲
　　　　　溫庭筠之意則較有充分的理由。

詠一觴之作，俱能感動人也。」〔註 190〕如〈秦婦吟〉記秦婦回憶唐禧宗廣明元年（880）十二月五日洛陽當時，黃巢入城之後，家家流血、處處冤聲之亂離慘狀，由東鄰、西鄰、南鄰、北鄰少女少婦的慘死來描寫黃巢的心狠手辣、秦婦陷賊三年終日憂心膽碎，初聞官軍收復赤水而喜，繼聞官軍爲巢兵所敗，黃巢據長安之後，糧食短缺，以木皮人肉充飢，溝壑滿是殭屍餓莩：「四面從茲多厄束。東南斷絕無糧道，溝壑漸平人漸少。六軍門外倚殭屍，七架營中塡餓莩。長安寂寂今何有？廢市荒街麥苗秀。採樵斫盡杏園花，修寨誅殘御溝柳。華軒繡轂皆銷散，甲第朱門無一半。含元殿上狐兔行，花萼樓前荊棘滿。昔時繁盛皆埋沒，舉目悽涼無故物。內庫燒爲錦繡灰，天街踏盡公卿骨。」後離開長安城途東行，至華山附近之三峰路，因見金天神廟而逕入卜問吉凶，感嘆神明尙且束手無策，更何須盼望東路掌兵之諸侯？「天遣時災非自由。神在山中猶避難，何須責望東諸侯！」以問答之詞對潼關以東諸節度使擁兵觀望之諷責。然後自三峰路繼續東行抵達河南洛陽不遠之新安，又遇一面有菜色之老翁，因屯駐官兵的搜括打劫，家財盡失，骨肉流離，而這種現象又在山中有千萬家之多。〈秦婦吟〉通過秦婦來諷刺叛軍，又藉老翁來譴責官軍，這些詩中所描寫到的現象，是可以當作「詩史」來讀的。又〈賊中與蕭韋二秀才同臥重疾二君尋愈余獨加焉恍惚之中因有題〉云：「與君同臥疾，獨我漸彌留。弟妹不知處，兵戈殊未休。胸中疑晉豎，耳下闘殷牛。縱有秦醫在，懷鄉亦淚流。」、〈重圍中逢蕭校書〉亦云：「相逢俱此地，此地是何鄉。側目不成語，撫心空自傷。劍高無鳥度，樹暗有兵藏。底事征西將，年年戍洛陽。」這些作品，描寫眞實，情感悲痛，深刻地反映出離亂時代百姓的生活面貌，作品感慨蒼涼，內蘊甚深，頗似杜甫筆力。由此可知韋莊的詩，仍然是繼承了杜甫、白居易的現實主

〔註 190〕孫映逵：《唐才子傳校注》（北京：中國社會科學出版社，1991 年 6
　　　　月），頁 886～887。關於韋莊其人其詩，可參閱王水照《唐宋文學
　　　　論集》〈韋莊簡論〉（濟南：齊魯書社，1984 年 7 月），頁 104～122。

義精神和新樂府的傳統。

從總體上講，唐末的政治衰敗，其所造成的藝術創造心理是卑弱偏狹的，〔註 191〕韋莊詩是在大時代衰微之下的悲調，其詩淺淡卑弱的原因有三：一、缺乏明確的創作目的。傳統詩教認爲：「正得失，動天地，感鬼神，莫近於詩。」〔註 192〕詩歌創作應發揚「風雅比興」的美刺精神，從而達到「補察時政」、「渲導人情」的教化目的。然而唐末五代，隨著「道」的價值被懷疑、否定，忠君思想和功名意識也日益淡化、消失，統一的皇權政治爲割據強權所代替，在此條件下，繼續強調詩歌的教化目的，就只能是一種空談。二、情感意志的卑弱傾向。在情感意志的表述上，傾向悲涼的情調，韋莊〈長安舊里〉云：「傷時傷事更傷心。」詩歌中，瀰漫著悲涼情調，描寫流離困頓，表達覊恨離愁。三、在藝術表現上呈現淺俗作風，《唐音癸籤》卷八即評韋莊云：「韋端己體近雅正，惜出之太易，義乏宏深。」〔註 193〕這種卑弱偏狹的心理動機，加上社會政治的衰亂，使韋莊詩以冷眼反應戰亂事實的描寫法，表現出他的無力感。缺點是淺露粗率，風格卑下；但反過來優點卻是，語言淺近通俗。

至於韋莊本身仍崇尙清麗的審美趣味，在唐昭宗光化三年（900）七月寫成的《又玄集》序中，可知韋莊《又玄集》選詩標準，於自序云：

> 謝玄暉文集盈箱，止誦「澄江」之句；曹子建詩名冠古，唯吟「清夜」之篇。是知美稼千箱，兩歧棄小；繁弦九變，〈大濩〉殊稀。入華林而珠樹非多，閱眾籟而紫簫唯一。所以擷芳林下，拾翠岩邊，沙之汰之，始辨群寒之實；載

〔註 191〕張興武：《五代作家的人格與詩格》（北京：人民文學出版社，2000年3月初版），頁 183～185。

〔註 192〕《十三經注疏》（臺北：藝文印書館，1981 年）本《毛詩正義》卷一〈毛詩序〉

〔註 193〕〔明〕胡震亨：《唐音癸籤》卷八〈評彙〉。見〔清〕紀昀等總纂《景印文淵閣四庫全書》（台北：台灣商務印書館，1986 年初版）集部421，詩文評類，冊 1482，567 頁。

雕載琢，方成瑚璉之珍。故知領下采珠，難求十斛；管中
窺豹，但取一斑。自國朝大手名人，以至今之作者，或百
篇之內，時記一章；或全集之中，唯微數首。但掇其清詞
麗句，錄在西齋；莫窮其巨脈洪瀾，任歸東海。總其記得
者，才子一百五十人；誦得者，名詩三百首。〔註194〕

序中強調「掇其清詞麗句」是《又玄集》選出詩中精品的標準。〈又
玄集序〉外，其〈乞追賜李賀、皇甫松等進士及奏〉一文云：「詞人
才子，時有遺賢。……麗句清詞，遍在詞人之口；銜冤抱恨，竟爲冥
路之塵。伏望追賜進士及第，各贈補闕、拾遺。」這裡強調的也是「麗
句清詞」，在〈題許渾詩卷〉一詩中，「江南才子許渾詩，字字清新句
句奇。十斛明珠量不盡，惠〔休〕（林）虛作碧雲詞。」也是讚美許
渾清新句奇。

　　作家的審美趣味和創作效果有時並不一致，韋莊對「清詞麗句」
情有獨鍾，但他的詩作卻僅部分達「清詞麗句」之境界，如〈憶昔〉、
〈陪金陵府相中堂夜宴〉，大多或具老杜筆力，或「出之太易」的勁直
致俗。韋莊在此末世的衰亂餘波的詩壇中，傳承中唐詩元白一派大多
關注民生疾苦，羅宗強說：晚唐散文思想的重要內容，是主張「剝非」、
「補失」和指陳時病；詩歌思想則理論上主張「詩教說」，創作上則寫
民生疾苦，〔註195〕韋莊詩就是偏向晚唐散文思想的內容，許總將他的
詩歸爲「傷亂時勢的洞察與哀婉」，〔註196〕李豐楙將韋莊歸於淺俗詩、
諷諭詩、寫實派，敘述哀憐、諷刺時政，偏於人生問題的反映，講求
通俗易解，爲亂世之作。〔註197〕韋莊晚期入蜀後的少數詩作，則往往

〔註194〕韋莊《又玄集》及其序，見傅璇琮編撰：《唐人選唐詩新編》（西安：
　　　　陝西人民教育出版社，1996年7月初版），頁579。
〔註195〕羅宗強：《隋唐五代文學史》（上海：上海古籍出版社，1986年8月），
　　　　第十章〈晚唐文學思想（下）〉，頁386～400。
〔註196〕許總：《唐詩史》（南京：江蘇教育出版社，1994年6月）（下），第
　　　　六篇第二章第一節，頁448～451。
〔註197〕李豐楙分晚唐詩風爲三類，一派是以李義山、溫庭筠及韓偓爲代表
　　　　的比興詩，昔稱風懷詩，今稱唯美派。第二派就是淺俗詩、諷喻詩，

流於浮靡輕艷的風格，尤善詞，與當時那種艷情逸樂的氣息相應之下，常常被人拿來當作晚唐綺艷風氣的例證，如《全唐詩流派品匯》則將前蜀時期的韋莊與韓偓、吳融合爲一品，爲唐末五代「哀婉輕艷」詩的代表。[註198] 楊世明品題爲「傷時憂生的清麗詩人」。[註199] 事實上他的詩風較多是雄健疏野、哀亂時勢的作品，部分作品清麗飄逸，格調悽怒哀怨，至於少數的綺艷詩風應是受他晚期創作詞時心態轉變的影響。但在韋莊以寫實勁直的態度寫詩，行之有年之後，詞也可能多了一份惦念憂患之情，使的他的詞在綺麗濃郁的世界中，有了「自我化」的清淡之聲。

二、韋莊詞的淡雅風格及其在花間集中的特殊性

晚唐時詞的創作數量比以前多，溫庭筠與韋莊首開大力創作詞的風氣，南宋張炎的《詞源》可能最早把溫韋並提，[註200] 他注意到溫韋詞如詩般有「有餘不盡」之相同藝術：「詞之難於令曲，如詩之難於絕句，不過十數句，一句一字閒不得。末句最當留意，有有餘不

　　　像羅隱、杜荀鶴、韋莊等，今稱寫實派。第三派也與時代變局有關，只是採取較爲消極的態度，逃於山林、逃於藝文，如司空圖。見李豐楙：〈多彩多姿的中晚唐詩風〉，收錄在蔡英俊主編：《意像的流變》（台北：聯經出版事業公司，1989年第六次印行），頁208。

〔註198〕孫映逵主編：《全唐詩流派品匯》（太原：北岳文藝出版社，1998年9月）丁集，頁2357。其晚唐指唐敬宗寶曆時期至於唐朝末年的作品，將五代詩歌也歸入晚唐。又分晚唐前期、後期詩壇，前期詩壇從敬宗寶曆初起，直到宣宗大中末爲止，約三十餘年時間。這一時期的詩人承受著中唐士人的影響，一是以杜牧爲代表的一批詩人，二是以李商隱、溫庭筠爲代表的一批詩人，三是以許渾、趙嘏爲代表的詩人。晚唐後期，指始於唐懿宗咸通元年的唐末五代階段，唐帝國衰亂而終於分崩離析的時代，形成五個詩歌派別，一是感時憤世詩，二是亂離感懷詩，三是哀婉清艷詩，四是冷淡閒散詩，五是疏宕奇峭詩。韋莊屬於哀婉清艷詩派。

〔註199〕參考楊世明《唐詩史》（重慶：重慶出版社，1996年10月）第四篇第二章第二節，頁689～695。

〔註200〕詹乃凡：《韋莊男女情詞研究》（台北：國立台灣大學中國文學研究所碩士論文，2002年），頁6。在第一章緒論中提到。

盡之意始佳。當以唐《花間集》中韋莊、溫飛卿爲則。」，〔註201〕清
朝陳廷焯《白雨齋詞話》亦云:「千古詞宗，溫韋發其源，周、秦竟
其緒，白石、碧山，各出機杼，以開來學。」〔註202〕認爲千古詞宗
爲溫韋。韋莊的詞名與溫庭筠是《花間集》中被相提並論的雙璧，兩
人在詞風的表現上，卻各有特色。在不脫《花間集》的「共性」——
狹隘的以閨情爲題材之下，溫詞偏愛濃艷富貴;韋詞則好清麗雅淡，
尤其他擅長「淡筆抒濃情」的筆法特色，〔註203〕使韋莊信手拈來的
詞讀來如河水流動般輕鬆，然而其中的深情卻激蕩起無數的浪花，因
此他的詞令人喜愛，後人並給予同溫詞高的評價。

　　況周頤《蕙風詞話》云溫韋齊名，並點出韋莊風格:

　　　　韋文靖詞與溫方城齊名，薰香掬艷，眩目憐心，尤能運密
　　　　入疏，寓濃於淡，花間群賢，殆鮮其匹。〔註204〕

顧憲融《填詞門徑》論韋莊詞云:

　　　　世以溫韋並稱，然溫濃而韋淡，各極其妙，固未可軒輊焉。
　　　　〔註205〕

繆鉞〈花間詞評議〉亦云:

　　　　《花間集》詞人以溫庭筠、韋莊爲冠冕。溫詞穠麗，韋詞
　　　　清疏，各有其獨自的特色。〔註206〕

以上各家點出在香豔眩目的花間詞風中，濃、麗爲溫庭筠的特點;
疏、淡爲韋莊的特點。王國維並以爲韋詞高於溫詞，其《人間詞話》

〔註201〕張炎《詞源》，見唐圭璋編:《詞話叢編》(台北:新文豐書局，1988
　　　　年2月台一版)冊一，頁265。
〔註202〕陳廷焯　《白雨齋詞話》卷五，引自《詞話叢編》(台北:新文豐書
　　　　局，1988年2月台一版)冊四，頁3877。
〔註203〕張麗珠:《袖珍詞學》(台北:里仁書局，2001年5月初版)，頁35。
〔註204〕況周頤:《蕙風詞話》引自《詞話叢編》(台北:新文豐書局，1988
　　　　年2月台一版)冊四，頁3779。
〔註205〕顧憲融《填詞門徑》(台北:華正書局，1974年8月台一版)。頁
　　　　46。
〔註206〕本文收錄於繆鉞、葉嘉瑩:《靈谿詞說》(台北:正中書局，1993年
　　　　8月台一版)，頁57。

云：

> 端己詞，情深語秀，雖規模不及後主、正中，要在飛卿之
> 上。觀昔人顏謝優劣論可知矣。〔註207〕

《新校本南史・顏延之傳》：「延之與陳郡謝靈運俱以辭采齊名，而遲
速縣絕。文帝嘗各敕擬樂府北上篇，延之受詔便成，靈運久之乃就。
延之嘗問鮑照己與靈運優劣，照曰：『謝五言如初發芙蓉，自然可愛。
君詩若鋪錦列繡，亦雕繢滿眼。』」〔註208〕顏延之與謝靈運均以厚密
工綺見長，不過謝詩時有極聳拔或極清新之詩句挺出其間，顏詩如羅
列錦繡、花團錦簇，則少此一股自然奇氣。〔註209〕詩品將謝靈運歸為
上品，〔註210〕以為顏不如謝。〔註211〕王國維大概認為韋莊的詞具有個

〔註207〕 王國維：《人間詞話》附錄一，《詞話叢編》（台北：新文豐書局，
1988 年 2 月台一版）冊五，頁 4269。

〔註208〕 〔唐〕李延壽撰《新校本南史》（台北：鼎文書局，1979 年）卷三
十四〈顏延之傳〉。

〔註209〕 葉慶炳：《中國文學史》（上冊）（台北：台灣學生書局，1997 年 6
月初版），頁 213。

〔註210〕 沈約嘗曰：「爰待宋氏，顏、謝騰聲。靈運之興會標舉，延年之體
裁明密，並方軌前秀，垂範後昆。」（宋書卷六七謝靈運傳論）「體
裁明密」為元嘉體之標準，「興會標舉」則透過元嘉體創造詩歌之
生機與韻味。詩品將顏延之置於中品，評曰：「宋光祿大夫顏延之，
其源出於陸機，尚巧似。體裁綺密，情喻淵深，動無虛散，一字一
句，皆致意焉。又喜用古事，彌見拘束。雖乖秀逸，是經綸文雅才。
雅才減若人，則限於困躓矣。湯惠休曰：『謝詩如芙蓉出水，顏如
錯彩鏤金。』顏終身病之」南史卷三四顏延之傳亦曰：「延之嘗問
鮑照己與靈運優劣。照曰：『謝五言如初發芙蓉，自然可愛；君詩
鋪錦列繡，亦雕繢滿眼。』」

〔註211〕 葉慶炳的《中國文學史》對顏延之較多的貶意，但劉大杰的《中國
文學發展史》卻覺得過去對顏延之的評價，一般失之過低，細看他
的傳記和作品，覺得其人其詩，都有一種特點。顏延之景仰屈原、
同情阮籍、尊重陶淵明、仰慕正始名士，這些詩作都不是虛偽的應
酬文字，劉大杰認為不但反應出他的進步文學眼光，也表現出他的
精神品質。在這些地方，謝靈運比不上他。見劉大杰：《中國文學
發展史》（台北：華正書局，1994 年 7 月初版），頁 346。雕琢藻飾
的弊病，為南朝詩人的共同傾向，固然不能將延顏之評之過高，但
貶之過甚也是很不妥當。可見後世文學家對顏謝雖然存著有褒有貶

人精神與生機韻味之情感，能寄托自己的喜怒哀樂，所以優於溫庭筠。

　　另外周濟在《介存齋論詞雜著》中云：「端己詞清艷絕倫。初日芙蓉春月柳，使人想見風度。」〔註212〕

　　吳衡照也說：「韋相清空善轉，殆與溫尉異曲同工。」〔註213〕韋莊的詞較溫庭筠平白淺易，理暢詞達，被譽爲「淡妝美人」，〔註214〕爲穠麗的炙熱詞風中，注入一股疏淡的清流；

　　況周頤《蕙風詞話》云韋莊：「運密入疏，寓濃於淡」指其如白描寫法的古文與餘韻不絕的詩法交互運用；陳廷焯亦云：「韋端己詞，似直而紆，似達而鬱，最爲詞中勝境。」〔註215〕乃是指其詞具有情節承轉、意味言外，而「直」、「達」則是指其平達直暢的手法，使其疏淡，「紆」「鬱」則是指其個人情感的委屈惆悵。

　　唐圭璋云：「飛卿詩與李商隱齊名，號溫、李，開西崑之先河。其詞因亦受詩之影響，雕繪艷麗，纂組紛紜。及至五代之季，韋端己白描情感，秀逸絕倫，與飛卿一濃一淡，異趣同工。故世以溫、韋並稱。」〔註216〕

的評論，但詩歌中的生機韻味與個人精神卻是各家所重視的，好的詩歌應該不是應酬式的堆砌詞藻。

〔註212〕〔清〕周濟：《介存齋論詞雜著》，唐圭璋：《詞話叢編》（台北：新文豐書局，1988 年 2 月），頁 1631。

〔註213〕〔清〕吳衡照：《蓮子居詞話》卷一，見唐圭璋：《詞話叢編》（台北：新文豐書局，1988 年 2 月），頁 2401。

〔註214〕〔清〕周濟：《介存齋論詞雜著》：「溫詞，嚴妝也；端己，淡妝也。」唐圭璋：《詞話叢編》（台北：新文豐書局，1988 年 2 月），頁 1633。

〔註215〕〔清〕陳廷焯：《白雨齋詞話》卷一「韋端己詞」條，唐圭璋：《詞話叢編》（台北：新文豐書局，1988 年 2 月），頁 3779。

〔註216〕唐圭璋先生以寫人、寫境兩項來證明溫韋詞一濃一淡之特色：飛卿寫人多刻畫，端己則隔空。飛卿寫境多沉鬱淒涼，端己則有興會閒暢之作。飛卿寫情，多不顯露，言下有諷；端己則深入淺出，心曲畢吐。至兩人之區異，飛卿顯用力痕跡，皆字字錘鍊，端己則信手拈來，毫不著力，其間無一字雕琢。見唐圭璋：〈溫韋詞之比較〉，《詞學論叢》（台北：宏業書局有限公司，1988 年 9 月再版），頁 896～897。

近人劉兆熊也云：「淡雅派詞，除寫人類共同情感外，兼抒個人懷抱。寫景淒清、哀惋！故覺其深摯專一，親切動人！與濃艷派作家大異其趣！此派作家以韋莊爲其主幹」〔註217〕溫韋成爲兩種風格的創始者，因此有以韋莊爲花間淡雅派的代稱，李冰若《栩莊漫記》〔註218〕云：

> 花間詞十八家，鏤金錯彩，縟麗擅長，而意在閨禕，語無寄託者，飛卿一派也。清綺明秀，婉約爲高，而言情之外，兼書感興者，端己一派也。抱樸守貞，自然近俗，而詞亦疏朗，雜記風土者，德潤一派也。

鄭騫亦云：

> 飛卿託物寄情，端己直出抒胸臆；飛卿詞深美，端己詞清俊。後世所謂婉約派，多自溫出；豪放派多自韋出。雖發揚光大，後來居上；而探本尋源，莫能或易。此所以溫韋並稱，爲詞家開山祖也。〔註219〕

鄭騫以爲詞家分爲婉約與豪放派，韋莊直抒胸臆，開豪放派先驅；可知韋莊的詞具有真實生活的感情，「清綺明秀，婉約爲高，而言情之外，兼書感興」「直出抒胸臆」等評語，顯示他在風格上以抒寫己意爲特色。《花間集》的總體風格雖屬「側艷綺靡」，但仍可分爲兩種或三種不同的派別，以端己爲首的淡雅派和以李珣爲首的質樸派二者風格接近，似可與以飛卿爲首的穠艷派並駕齊驅，〔註220〕故韋莊是領

〔註217〕劉兆熊：〈花間集中的淡雅派詞人〉，《省立博物館科學年刊》12 卷（1969 年），頁 155。

〔註218〕《栩莊漫記》，初不明何人所撰，引見於李冰若著《花間集評注》。1993 年北京人民出版社出版《花間集評注》，書末附冰若子李慶蘇〈影印出版後記〉，始說明《栩莊漫記》即其父李冰若所作，盡釋世人之疑。

〔註219〕鄭騫：〈三十詞家選序論〉《燕京大學文學年報》第六期，見鄭騫：〈溫庭筠韋莊與詞的創始〉，收於羅聯添編：《中國文學史論文選集》（台北：台灣學生書局，1979 年 3 月），頁 1320。

〔註220〕洪華穗〈從溫庭筠、韋莊、李珣三人詞作試探花間詞三派風格──以主題意象、感覺方式爲主〉：「筆者曾就韋莊詞的淡雅風格進行研究，發現端詞首開豪放詞派之先，其詞風不僅影響淡雅派，同時也

導花間淡雅派風格的領袖人物。

在綺艷詩風詞風的籠罩下，韋莊能創作這種寄託襟抱的淡雅風格，似與其詩作累積的創作習慣因素及其人生態度有關。前面曾說韋莊是經歷黃巢離亂的詩人，其詩多反映現實，內容為傷亂時勢的洞察與哀婉，其藝術創造心理是卑弱偏狹，其創作手法是據事直書、以敘為議的詩史敘述、抒發自我化的情感。這些詩學創作經驗的林林總總，似影響其詞作風格，使的他的詞作因此在綺艷風氣下，獨出一格，其詞中作者的主觀、個體化情感漸加強，朝自我化情感的方向轉變，葉嘉瑩曾說：「韋莊以清簡勁直之筆為主觀抒情之作，遂使詞之寫作不僅為傳唱之歌曲，且更進而具有了抒情詩的性質，為詞之演進之第二階段。」〔註 221〕這種與詩同樣抒發自我化的情感與清簡勁直的樸素用語的特色，成為花間詞壇中淡雅類始祖。

三、韋莊詩詞關係：主體意識的情志書寫

儘管晚唐應歌之詞的美學特徵是側艷，其內容多寫女性的嬌嬈之態和男歡女愛，在表現形式上則滿眼雕繢、色彩澤艷、物象華美，然應歌之詞在發展中也不自覺有了變化，它已不僅僅是客觀地描摹女人的容貌、服飾以及女人的心理。歌詞中漸漸地滲透了作者的性情。應歌之詞中已有少數作品慢慢變成詞人情感的載體，創作重心已移到抒發自身的感情上去了，創作時不再是對象化，而是主體化了，這種傾向在韋莊詞中已露出端倪。

韋莊詞所以兼抒感興，與他的人品詩品有關。韋莊三百多首詩中，「詩言志」、「詩緣情」是其詩學綱領，詩歌創作大多反映了詩人

影響質樸派，連濃艷派的作家也偶有淡雅之作。」見洪華穗：〈從溫庭筠、韋莊、李珣三人詞作試探花間詞三派風格——以主題意象、感覺方式為主〉，《國立編譯館館刊》第二十六卷第二期（1997年 12 月），頁 166。

〔註221〕葉嘉瑩：《靈谿詞說》（上海：上海古籍出版社，1987 年），頁 91～92。又參葉嘉瑩《嘉陵論詞叢稿》之〈從〈人間詞話〉看溫韋馮李四家詞的風格〉（上海：上海古籍出版社，1980 年）

主體心理與胸襟學識。「詩言志」的志，從抒情主體方面來考察，這個「志」當指「情志」，即一般意義的上的思想感情。從中國文化的儒家理想人格來看，其「志」則應是儒家的思想倫理道德等。以儒家思想爲主導精神的中國文人，他們在詩中要表達的「志」，無疑首先是儒家的政治思想。〔註222〕在韋莊詩中，這兩個解釋都可以。腐敗的政治局面與混亂的社會秩序，固然消泯了唐末文人拯時救國的政治熱情，但韋莊自身親歷了戰亂，不得不面對當時的國事人生的現實問題，因此韋莊詩著重傳達自我內心的感受，無論是回憶往日的歡愉、或感傷今日的落寞、或以史筆傳達現實不滿，這些描述傷時傷己的憂患意識與罄筆難書的不安心理，自然構成韋莊詩中特定的表現型態。一切有違儒家政治理想和倫理道德的行爲和現象，進入了詩人的憂患視野中，必定成爲反映現實或書寫情懷的載體，韋莊詩即在憂國憂民、以天下爲己任的作品中，有著詩人自我情感的主體意識。

主體意識的抒寫是指詞人追求獨立不倚的個體人格及其立身行事的自主性。韋莊詩的主體意識情志表現在詞的書寫上，雖不具強烈的社會責任感、歷史使命感，然而其詩中強烈的主體意識、自我生命力，持續在詞中活躍，韋莊的詩反映了當時晚唐黃巢之亂的社會亂象，溫韋並論時提到他的詞具有眞實生活的感情，「清綺明秀，婉約爲高，而言情之外，兼書感興」〔註223〕「直出抒胸臆」〔註224〕等評

〔註222〕劉明華：《叢生的文體：唐宋五大文體的繁榮》（南京：江蘇教育出版社，2000年10月），頁38～39。

〔註223〕《栩莊漫記》：「花間詞十八家，鏤金錯彩，縟麗擅長，而意在閨幃，語無寄託者，飛卿一派也。清綺明秀，婉約爲高，而言情之外，兼書感興者，端己一派也。抱樸守貞，自然近俗，而詞亦疏朗，雜記風土者，德潤一派也。」《栩莊漫記》，初不明何人所撰，引見於李冰若著《花間集評注》。1993年北京人民出版社出版《花間集評注》，書末附冰若子李慶蘇〈影印出版後記〉，始說明《栩莊漫記》即其父李冰若所作，盡釋世人之疑。

〔註224〕鄭騫：「飛卿託物寄情，端己直出抒胸臆；飛卿詞深美，端己詞清俊。後世所謂婉約派，多自溫出；豪放派多自韋出。雖發揚光大，後來居上；而探本尋源，莫能或易。此所以溫韋並稱，爲詞家開山

語，顯示他在創作上以抒寫己意爲特色。展現在以下幾個特色：

（一）抒情主角的自我化

韋莊詞雖仍是以傳統《花間》所奠定的婉約詞格爲宗，但其內在的情感卻是以「詩化」、「言志」表現自我情感、精神懷抱，是自我情感意識的深化，在自身感觸的輕唱微歎中，對詞體潛能的挖掘與發現，突出詩的表現特徵。抒情詩中的抒情主人公一般就是詩人自我，但是作爲抒情詩的一個獨特類型的詞，詞中主人公與詞人自我逐步從錯位分離走向同一對應：

> 詞作中的抒情主人公並不總是詞人自我，即使詞中的情感
> 是詞人自我的人生體驗和感受，他有時也要變換身份予以
> 抒發。詞中主人公與詞人自我的對應關係有一個變化過
> 程，二者是逐步從錯位分離走向同一對應的。〔註225〕

韋莊詞在詞中主人公與詞人自我的同一對應關係上，是初露曙光者，韋莊將詞的抒情主人公初步由「由他人引向自我」：

> 韋莊詞五十四首，以男性爲主人公者有十八首，占總數的
> 33％，這較之男性主人公只有 7％的溫詞，有著明顯的突
> 破。而韋莊的男性主人公又基本上是詞人自我（溫詞的男
> 性則基本上是類型化的、非我化的男人），是作爲失戀者、
> 漂泊者、亡國者、年老遲暮者的韋莊本人的藝術寫照。韋
> 莊將詞的抒情主人公初步由他人引向自我，開闢了詞史發
> 展的另一方向。〔註226〕

《花間集》收錄詞的具體歷史環境，強調他們是是在酬酢之際的演唱和侑酒佐歡、娛賓遣興的消閒娛樂作品，因此香豔綺靡內容與纖麗精

祖也。」鄭騫：〈三十詞家選序論〉《燕京大學文學年報》第六期，
見鄭騫：〈溫庭筠韋莊與詞的創始〉，收於羅聯添編：《中國文學史
論文選集》（台北：台灣學生書局，1979.3），頁1320。

〔註225〕見王兆鵬〈從審美層次看唐宋詞的流變〉，《唐宋詞史論》（北京：
人民文學出版社，2000 年 1 月出版），頁 56。

〔註226〕王兆鵬〈從審美層次看唐宋詞的流變〉，《唐宋詞史論》（北京：人
民文學出版社，2000 年 1 月出版），頁 58～59。

緻風格自然是決定詞的「非我」化情思的主調。韋莊在詞中多以男性為抒情主人公,個人性格情感與體驗更易透過自傳式的語言方式表現出來,而不像溫庭筠大多再以假想方式虛構創作題材,表現隱晦的真實情感。

(二)主體情感的拓展

　　唐末五代詞受當時特定的創作觀念(娛賓遣興)和創作環境的制約,詞中絕大多數表現人們對愛欲戀情的失望與渴望,追求和失落,源於生命本能的躁動和不能滿足。花間詞的情感,或說其詞中抒情人物的內心世界,顯的相當的類型化、單一化,都是表現人類共通的愛情的苦悶感。韋莊表層上也寫愛情與愛情的苦悶,但他在深層裡已注入了一種生命本體的憂思,即漂泊感、懷鄉情、故國之思和人生的遲暮感。無論是和淚辭的綠窗人,或是滿樓招的紅袖花枝的回憶,或是江南皓腕凝雪的當壚女,都襯托出詩人對過往的懷念,如〈菩薩蠻〉(紅樓別夜堪惆悵):「殘月出門時,美人和淚辭。」〈菩薩蠻〉(如今卻憶江南樂):「騎馬倚斜橋,滿樓紅袖招」。〈菩薩蠻〉(人人盡說江南好):「壚邊人似月,皓腕凝霜雪。」每首詞的第一句都點出失落惆悵的原因,即懷念當時的歡樂風流、穩定安逸的日子。韋莊一生因戰亂而流離各地,社會憂患和個人痛苦在詩中都是強烈的個人情感,然而在韋莊詞中,則淡化了現實的苦悶,而只將焦點放在過往的回憶,或是士子思君念國的微微盼望,而不寫當時的愁苦深痛的真正原因。這與他詩中的詩史精神相差大了,但在絕大多數表現人們對愛欲戀情的失望、殘缺所引起的苦悶、孤獨、寂寞等的主題的花間詞中,對生命本體的憂思、生存狀態的苦悶有了突破和進展。如欲歸鄉而不能痛苦:〈菩薩蠻〉(如今卻憶江南樂):「未老莫還鄉,還鄉須斷腸」透露出漂泊無依的感觸,〈菩薩蠻〉(洛陽城裏春光好):「凝恨對殘暉,憶君君不知」其詞展現出抒情主人公真實感觸的一面,拓展了詞的情感空間,擺脫了花間詞情感的單一性、狹窄性。當詞從應歌娛樂的功能

走向抒發主體性情，就把詞的創作與作者的人格因素連繫起來，詞成爲主體抒情的生產物，詞品和人品的結合就更形緊密。

> 由韋莊詞之使人感動的眞摯的抒情，到南唐馮延巳與李璟李煜父子對意境之含蘊深廣的開拓，以迄北宋前期之晏殊與歐陽修諸人之以個人之襟抱、性情、學養、經歷之融入小詞，其風格與成就雖各有不同，但其遞嬗演進之跡，卻是向著歌詞之詩化的途徑默默進行著，迄於蘇軾之出現，遂爲小詞之詩化創造了一個雲飛風起的高峰。〔註227〕

花間詞的主旨是應歌，作爲娛樂樽前的歌詞，無須深奧，只尚淺俗，是應歌拍、應歌人嬌態的冶蕩風情，詞人所描寫的男女歡愛、離愁別恨多爲爲歌妓「度身量制」之詞，是對象化的虛擬，而非主體情感的直接抒發。

當詞從應歌娛樂的功能走向抒發主體性情，就把詞的創作與作者的人格因素連繫起來，詞成爲主體抒情的生產物，詞品和人品的結合更形緊密。詞品與人格相連繫，促使詞家注重個人修養，追求情感的深刻與雅正，視詞爲抒寫主體性情的手段，而這種意識轉變的開始，焦點在於花間詞壇中兼抒感興的韋莊。

（三）空間場景的轉移

唐末五代詞的生活場景、空間環境多是設置在畫樓繡閣等人造建築空間中，因爲主角多以女性爲抒情主人公，而女性的生活、社交圈就在庭院閣樓中。因此透過金碧輝煌的場景設置，構成了精美又狹深的空間世界，以描繪抒情主人公身之所容的實境。

韋莊詞中的主人公因有自我化的情感，而其空間場景的環境也自然伴隨著主人公而不同。韋莊詞表現了飄泊的人生經歷，這樣詞的空間環境也隨之移動，如江南水鄉，〈菩薩蠻〉（如今卻憶江南樂）「如今卻憶江南樂，當時年少春衫薄。」或都城市井，如〈喜遷鶯〉「街

〔註227〕葉嘉瑩：〈論柳永詞〉《靈谿詞說》（台北：正中書局，1993年），頁129。

鼓動，禁城開，天上探人回。」或蜀地市集，如〈怨王孫〉（錦里）「錦里，蠶市，滿街珠翠。」詞中的空間場景不只凝佇於一樓一閣之內，而有在外奔走的景觀。

第五節　韋莊在詩詞史上的地位

一、情志的開拓：韋莊詩詞中的主觀抒情遙啓東坡範式

　　韋莊成爲領導花間淡雅派風格的領袖人物，甚至對於晚唐五代至北宋末的豪放派具有重要的影響，成爲豪放派的始祖。王兆鵬考察了晚唐五代至北宋末十二家重要詞人的抒情範式，依他們所各自遵循的範式分爲兩組，並依時代先後次序排列，可大略看出晚唐五代至北宋初詞發展的曲折軌跡：〔註228〕

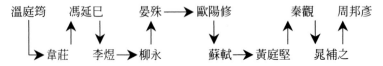

　　溫、韋、馮、李爲一個階段，是詞的定型期；柳、晏、歐生活在同一個時代，是詞的因革期；蘇、黃、秦、晁和周也基本處在同一創作階段，即詞的新變期。這兩組一是爲聽眾讀者「消閒解悶」而作，抒發接受者所喜愛而且人人都能感受的類型化情感的營壘；二是以「自我表現」爲創作目的、抒發個體化情感的營壘。前者以溫庭筠爲領袖，包括「溫庭筠、馮延巳、晏殊、歐陽修、秦觀、周邦彥」，他們運用並形成、強化各種抒情範式，成爲「花間範式」，後者以蘇軾爲代表，包括「韋莊、李煜、柳永、蘇軾、黃庭堅、晁補之」，成爲「東坡範式」；前者的抒情主人公一般是「非我化」的，後者的抒情

〔註228〕一個範式的形成發展和被接受運用，不是直線式的發展演進，而毋寧是斷續相繼，唐五代北宋詞史是一個波浪式、漸進式的發展演進，同一時期的人詞人並非遵循一範式進行創作，而是多元化的選擇和發展。見王兆鵬：《宋南渡詞人群體研究》第七章從類型化走向個體化（範式I）（台北：文津出版社，1992年），頁187。

主人公基本上是「自我化」的。江聰平先生總結韋莊詞說：「儘管就題材而言，他（韋莊）的詞仍以寫男女愛悅及相思閨怨居多，這一方面是由於晚唐以來的風氣如此，另一方面，則因『詞之爲體，要眇宜修』，最適於抒發比詩更爲幽約細膩的感受之故。但他卻能不避不迷，別樹一幟，不但使詞脫離音樂的束縛而回復其原來的文學生命，並以之抒寫摯情，寄託襟抱，遙啓了李煜、蘇軾、辛棄疾諸大家，而贏了得了豪放派開山祖的美譽。」〔註229〕

　　韋莊這種書寫主體意識的轉換、內容方面的開拓，影響了後來的東坡範式，在詞史上成自是一家，使詞具有詩體的陽剛之氣，來區別本色當行的詞。具體的表現在詞的內容、格調、題材方面，擺脫男子作閨音的狀態，即事抒懷，寫開闊之景，抒高遠之志，寄新奇之意，追求自由境界的表現，突破詞的規範。主張從「無我」到「有我」，從詞中之我（抒情主人公）到創作者（創作主體）的對應同一，到了蘇軾成了風起雲湧的高峰。以詩爲詞的自由書寫態度，使原本嚴守詩詞畛域，以婉約爲正宗的本色派，有所衝擊，而韋莊正是立於浪起的前鋒。

　　韋莊詞的特點是在瀰漫的綺麗風氣中、代人「消閒解悶」的類型化描寫中，以「自我表現」爲創作目的、抒發個體化情感，而這特點就跟他的詩所貫徹的精神一致。本文基於這些相關性的啓發，研究韋莊詞與詩的內容、語言、風格、形式等關係，以期更清楚詩詞的互涉關係。

二、詩詞分離趨向回歸：韋莊爲宋詞詩化的轉變初始

　　晚唐五代到宋詩詞的轉變關係爲：衍生──分離──回歸。

　　詞與詩的關係由最初的脫胎衍生的無意滲透，至分離各成一家，再士人有意識的以詩鎔鑄詞，構成詞詩化的回歸歷程。詞由晚唐至宋

〔註229〕江聰平：《韋端己及其詩詞研究》（高雄：國立高雄師範大學國文學系博士論文，1997年6月），頁413。

的發展趨勢是本體意識的逐漸高揚與深化，葉嘉瑩以為是詞經歷一段「逐漸詩化的過程」，顯示詞在建立自己的美學理想、價值定位的新風尚後，就有意無意的繼承、汲取詩的抒情傳統。

　　一個作家風格的形成，需要一段漫長曲折的萌生、累積、提高、豐富、完善的過程，不可能是突進式的出現。原有的創作方式一旦上手，便會以巨大的慣性作用影響後來的作品，使之形成創作的心理定勢，想要突破它、悖離它或完全捨棄它，都是困難的。對於文體的發展，也可如是觀之，因此詞在新範式確立時，有時也會與詩相互交叉、開放、融合。

（一）中晚唐香奩詩過渡到花間詞：詩詞的衍生滲透關係

　　「詩」與「詞」的差異，主要是形式的不同。這是詞從詩演變而來的獨特性格，詞是配合音樂曲拍長短而作的雜言歌詞，可以歌唱，而且是以「付歌喉、合管絃」為主，「詩」則只能供吟誦詠諷。但「詞」的本質與「詩」相同，都是藉著文字來表達意象、抒發情感而且押韻的文學藝術，這是詞脫胎於詩的證據。

　　律詩在中唐時代已經量產，但詞的風格並未確立，韋應物、白居易、劉禹錫等他們並沒有對詞的獨立文體具有自覺的意識，他們都以「詩心」寫詞，仍然沿襲著言志抒懷的慣性思維在運行。如張志和的〈漁父〉「青篛笠，綠蓑衣，斜風細雨不須歸」是自己閒適生活的寫真，白居易〈憶江南〉詞：

> 江南好，風景舊曾諳。日出江花紅勝火，春來江水綠如藍。
> 能不憶江南。

這首詞寫對昔年生活的追憶。詩與詞在此時似有相通之處。其原因乃在詩人無意識的從詩中擷取相同的構詞方式、相同的意象想像、同樣情感來寫詞，因而詞與詩相近。但此時詞隨著「胡夷里巷之曲」的流行，其反映的生活面是比較寬廣的，題材是較社會化的，與當時詩作相比，詞作品質較樸素，數量也較少。

　　至晚唐時，詩詞皆成為亂世中的遊戲作品，香奩詩和花間詞體間

存在著一座暗橋。晚唐動盪不安的衰世，儒家思想受到衝擊，「天下
岌岌」的政治型態，使大多數人心理蒙上陰影，於是不景氣的政治環
境驅使文人向著豔情的生活圈子走去，栽入奢侈華靡的生活，以擺脫
心頭的煩惱，於是晚唐及五代的各類作品中，大都體現了好寫豔情的
思潮，文辭麗美、抒情細膩、豔情題材的香奩詩，於是漸入詞中，尤
其人們對於詞體的態度，以一種輕視眼光看待，詞配合音樂的優勢成
了盡情表露「借酒遮臉紅」、「花情柳思」的最佳載體，將愛情意識的
柔靡婉轉呈現出來。如韓偓具有淫靡傾向，其詞也承繼如此的風氣，
韓偓〈裊娜〉詩：

> 裊娜腰肢澹薄妝，六朝宮樣窄衣裳。著詞暫見櫻桃破，飛
> 醆遙聞豆蔻香。春惱情懷身覺瘦，酒添顏色粉生光。此時
> 不敢分明道，風月應知暗斷腸。

其詩詠寫豔情題材，語言文辭麗美，抒情風格濃情蜜意。豔情的題材
內容和綺美的語言風格，給詞帶來了脂粉的顏色和光彩。韓偓〈浣溪
沙〉：

> 攏鬢新收玉步搖，背燈初解繡裙腰。枕寒衾冷異香焦。
> 深院不關春寂寂，落花和雨夜迢迢。恨情殘醉卻無聊。

此詞與前詩何等相似。晚唐五代之所以「詞代詩興」曲折的反應了歷
史發展的某種契機，正是因衰亂時代而萌發的愛情意識，遇到了合適
的詩體，在傳統的詩文形式外，選擇了更為愜意的文體，而得到充分
的發揮。於是民間詞注入了香奩詩的主題思想與語言風格。

（二）溫庭筠奠定了詞的類型風格：詩與詞分離

　　花間鼻祖溫庭筠奠定了詞的類型風格，與詩的雅正風格漸漸區離
開來。《花間集》的作品與敦煌曲子詞相比，在語言上，花間詞明顯
「雅化」，在格律上也趨於規範成熟，在抒情風格上處於香豔的格局。
溫庭筠對「詞」體有極大的貢獻，他大量製作歌詞，開創詩人寫詞的
風氣，可以是說詞體成立的大功臣。他的作品以合樂付歌為主，風格
柔美，在描摹心曲上，溫詞已達到當時的最高成就。如他的艷詩不少，

他的〈春曉曲〉、〈春日〉等諸多篇詩，原題皆「一作齊梁體」，詩作清楚具有綺艷的特色。他的詞，承襲詩有浮艷之美，如其〈菩薩蠻〉十四首之一「小山重疊金明滅」以物象、色彩、聲音、線條構圖出精妙的圖畫，給人流麗綺靡的感覺。溫詞現存的詞中，首首言情，他成為「花間鼻祖」當之無愧，所創立花間香豔類型的風格，成為後來本色當行的典範。溫詩與溫詞的關係如香奩詩過渡到花間詞的狀況，是借用自己創作詩的方式，以意象疊合的組合，綺靡艷麗的語詞構成詞，皆具有精美的描寫卻無熱烈的情感和鮮明的個性。

（三）韋莊開啟詩化的契機：詞的詩化轉變初始

　　花間詞人的另一鼻祖，則是韋莊，他在溫庭筠建立起無自主意識的應酬詞上，書寫了自我的情感，語言也較清麗疏朗。韋詞具有真率樸質而不流於粗鄙、清朗秀麗而不失空疏的特點，與他的詩風有關，而這樣影響，卻使的韋莊走出不同於溫庭筠的路線，開創了豪放派自是一家的淵源。

　　此時在整個詞體範式確立之初，詩人的詩作風格確實影響了其詞風，溫韋開創不同的路線，不可諱言的都與其本身詩學路線有關，且從其詞中可發現已融入些微詩的句法，但其詩詞間的關係，卻是處在詞另闢新疆的開創階段，而又不得不受到詩的補給，因此詩對詞總是有傳統創作的慣性影響，從創作者本身的詩詞作品的關係中，即可發現此一事實。

　　「詞的詩化」是使詞的風格、內容，突破原有的藩籬，除了文句的形式之外，與詩極相近。〔註230〕詞原有的藩籬就是溫庭筠創立的範式，韋莊的大部分作品也是合於「詞為豔科」的格局，但其能與溫庭筠相對立之處在於，他的少數作品表露了漂泊懷鄉之情、書寫個人懷抱，再者，其歌詞的造語用字平淺通俗，極為流暢，突破了「豔情」

〔註230〕徐信義：〈詞的詩化　宋詞蓬勃發展的一項重要因素〉見中國古典文學研究會主編：《古典文學》第四集（台北：台灣學生書局印行，1982年），頁224。

藩籬，因此韋莊的詞正在開啓宋詞詩化的契機，成爲晚唐五代詞到宋詞詩化的轉變始祖。因此本文即以研究韋莊個人詩詞關係爲始，以建構整體詩詞交互融合對立的脈絡關係。

（四）宋詞回歸詩：以詩爲詞自成一家

所謂「以詩爲詞」就是把作詩的方法、技巧等功夫，用來作詞，將詞詩化，詞則成爲長短詩。使詞的句法、語氣變成詩的樣子，且詞不甚重視其音樂歌詞的特性。〔註231〕到了宋代詞人將詩與詞鎔鑄一體，使詞的風格、內容突破原有藩籬，與詩相近。

北宋初中葉的詞，固然以合樂爲主，但作品已略有詩化的跡象。如晏殊〈浣溪沙〉（一曲新詞酒一杯）一詞中採用許多唐詩句，似乎晏殊並不嚴於詩、詞之辨。范仲淹〈漁家傲〉一首蒼莽沈雄，頗具詩味。張先詞集中，有許多贈答之作，且精於練句，已稍寓詩人句法。

詞的明顯詩化，已在北宋末葉，以王安石、蘇軾爲先導。王安石詞語瘦勁精鍊，有雅語、俗語、小說語、甚至佛家語，題材廣泛，抒情、寫景、懷古、詠物、談禪說理，直把詞當作詩來寫。王安石詞與五代、晏殊、歐陽修作品相異之處，在於詩化。王安石曾作集句調，也是以集句詩的態度來作的，可惜，王安石作品太少，有些作品又太俚俗，等到蘇軾才完成「詞之詩化」。

蘇軾詞早期雖以清麗舒徐爲主，然已有小標題，標明何所爲而作；且詞中不忌用典故，又多贈答之作，可以說已把詞當作詩來作了，貶謫黃州之後所作運筆縱橫，多用典故成語，甚至已略帶散文句法，題材亦極爲廣泛，而且嵌字、集句、迴文、隱括，更是隨意而作。如《後山詩話》即說：

　　退之以文爲詩，子瞻以詩爲詞，如教坊雷大使之舞，雖極

〔註231〕劉大杰《中國文學發展史》初版第十八章論蘇軾詞曾說：「詞的詩化含有兩種意義，一是以詩爲詞，於是詞的語氣和句法，都變了詩的樣子。二是以詞爲詩，那便是作詞非以歌唱爲目的，是以作詩那樣以文學爲目的。」

天下之工，要非本色。〔註232〕

劉辰翁〈辛稼軒詞序〉也說：

　　詞至東坡，傾盪磊落，如詩如文，如天地奇觀，豈與群兒
　　雌聲學語較工拙。〔註233〕

蘇軾詞，不僅造語大異於唐、五代，其格調也莊重如詩，且多鎔裁前賢語意，實為詩化之作。總觀北宋末葉以來詞的「詩化」現象，有下列數種現象：〔註234〕1. 不刻意講究合於管絃、合於音律。2. 不刻意講究詞調的聲情。3. 精於鎔裁鍛鍊。4. 不避典故成語。5. 風格雅正。蘇軾文名既高，又多詩化之作，自然影響到當時的風氣，如黃庭堅、秦觀、晁補之、李之儀、趙令畤等，其風格雖不相同，但詩化的情況卻無二致。而深通音樂的周邦彥，其詞語也有濃厚的詩味，作品重視鍛句鍊字，也都明顯詩化了。因此詞詩化的風氣形成後，懂音律的不懂音律的，都是詩化之詞。

〔註232〕該說最早見於陳師道《後山詩話》(《苕溪漁隱叢話》後集卷三十六引)
〔註233〕引見鄧廣銘：《稼軒詞編年箋注》(台北：華正書局，1982 年初版)，附錄「舊本稼軒詞集序跋文」，頁 564。
〔註234〕徐信義：〈詞的詩化　宋詞蓬勃發展的一項重要因素〉見中國古典文學研究會主編：《古典文學》第四集 (台北：台灣學生書局印行，1982 年)，頁 226～228。

第三章　韋莊詩詞內容比較

　　韋莊詩早年多憂患沉鬱之作，以描寫士大夫情感為主，內容多反映史實，然而後期至入蜀後則完全沉浸入艷情彩繪的世界，韋莊詩晚期則部分內容轉以女性為描寫對象，寫其香豔之氣與脂粉之色，這樣的轉變，不能說不是受到創作詞作的影響。而韋莊詞亦在詩作的影響下，不同一般花間詞。在花間詞中以抒寫畫堂玉樓、酒筵歌席的側艷之情下，韋莊詞的內容卻有自己真性情的抒發，有別於一般濃妝豔抹的宴飲應酬詞。他的詞雖主要描寫男女側艷之情，卻參雜自己的實際感受，而脫離應酬式的虛構情感。晚唐五代詩詞在這種過渡時期的轉變下，詞與詩存著若即若離的關係，我們可以從韋莊的詩詞內容中去觀察。

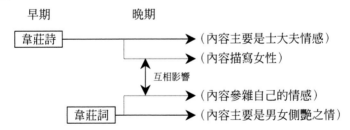

第一節　韋莊詩詞內容相異點

一、描寫的時間地點不同

　　詩詞是作者在不同時間空間下創作的產物，詩幾乎是紀錄韋莊的

一生，而詞則是晚期的創作，因此詩詞描寫的生活地點不同。

（一）詩描寫早期在大江南北的行程

　　韋莊詩在庚子離亂（880）前有數十首，但庚子離亂後剩幾首還能口誦的作品。《浣花集》蒐羅庚子離亂（880）時當時韋莊四十五歲到癸亥歲（903）六十八歲所留下來的詩，在經歷黃巢之亂、流離江南、第進士、終身仕蜀等二十四年的歲月中，《浣花集》總共只有三百多首，雖然韋莊詩原來可能有一千多首，〔註1〕散佚不少作品，但單這些詩作就提供了不少生活寫實的寶貴史料，因為韋莊的詩不是無病呻吟，「韋莊之詩，係流離漂泛，寓目緣情。子期懷舊之辭，王粲傷時之制。或離群軫慮，或反袂興悲。四愁九愁〔註2〕之文，一詠一觴之作」（《浣花集序》）〔註3〕絕大部分作品確實都是寓目緣情，因事而發，同當時的現實生活緊密聯繫。《文心雕龍》〈物色〉篇：「自近代以來，文貴形似，窺情風景之上，鑽貌草木之中，吟詠所發，志惟深遠；體物為妙，功在密附。故巧言切狀，如印之印泥，不加雕削，而曲寫豪芥。故能瞻言而見貌，印字而知時也。」〔註4〕韋莊詩中所寫景象如文心雕龍〈物色〉篇所言，乃不在想像之外，亦不在遙遠之處，是「窺情風景之上，鑽貌草木之中」的真實經驗，如「印之印泥」的一一體現，不加語言精美之雕飾或想像幻境之馳騁，「故能瞻言而見貌，即字而知時也」，韋莊詩歌的地點背景反映了他流離中原地區的行蹤，因此可以藉此考察韋莊早期的行遊過程。

〔註1〕　韋莊在〈乞彩牋歌〉：「我有歌詩一千首」

〔註2〕　《唐才子傳》作「〈四愁〉〈九怨〉之文」見〔元〕辛文房著；周本淳校正：《唐才子傳校正》（江蘇：江蘇古籍出版社，1987年6月，第一次印刷），頁302。

〔註3〕　韋莊〈浣花集序〉見四部叢刊初編集部，版本為江安傅氏藏明朱子儋刊本。見韋莊：《浣花集》，收錄在《四部叢刊》集部：182（上海：商務印書館，1919年），據上海涵芬樓借江安傅氏雙鑑樓藏明江陰朱氏刊本影印。

〔註4〕　〔梁〕劉勰：《文心雕龍》（台北：台灣開明書店，1993年5月台十七版）卷十，物色第四十六篇，頁1。

在韋莊居蜀之前，有一大半輩子活在困苦中，早年他嘗北居黃河流域之地，黃巢擾亂京城之後，才至長江南游江南等地十餘年，韋莊的行蹤為：

韋莊生平分期	西　元	地　　　　　　點	
第一時期	836～880	曾居於長安、鄠杜、虢州	北方各地（47年）
第二時期	880～883	880～882 長安	北方各地（47年）
		882～883 洛陽	
第三時期	883～893	883～886 浙江	江南各地（10年）
		886～887 走汴宋路北上，過昭義相州路回	
		888～893 自浙之贛之湘之鄂，復由贛入浙	
第四時期	893～910	893～901 入京應試，曾去鄜州、宜昌、樊川、渼陂，陝西等地	長安等地（7年）
		901～910 終身仕蜀	蜀地（9年）

韋莊世居京兆杜陵，[註5]黃巢入長安廣明元年（879）十二月以前，韋莊曾居於長安、鄠杜、虢州。僖宗乾符四年（877）韋莊自鄠杜移居虢州。鄠杜、長安皆在杜陵附近，虢州在今河南靈寶縣南四十里，虢州澗東村一帶，環境清幽，有田野之趣，城內名園三堂，新亭、流水、荷池、鏡潭等景色，遠近馳名，韋莊詩中描繪了其地之美景，如〈三堂東湖作〉：

滿塘秋水碧泓澄，十畝菱花晚鏡清。景動新橋橫蝃蝀，岸鋪芳草睡鵁鶄。蟾投夜魄當湖落，嶽倒秋蓮入浪生。何處最添詩客興，黃昏煙雨亂蛙聲。

三堂為江南虢州刺史庭園，[註6]其中水池竹林，處處有亭臺島渚。

〔註5〕　〈世系表四上〉見《景印文淵閣四庫全書》冊 273（臺北市：臺灣商務，1984年），史部唐書卷七十四上，表第十四上，宰相世系表，頁 613～637。

〔註6〕　三堂為唐玄宗弟岐薛二王為刺史時所建，憲宗元和八年（813）劉柏芻自給事出刺虢州，在任期間，頗復增飾，並作二十一詩，以詠其事，流行京師，文士爭和之。見江聰平：《韋端己及其詩詞研究》（國立高雄師範大學國文系博士論文，1997年6月），頁 42～43。故址在今河南靈寶縣。韓愈和虢州劉給事使君三堂詩序云：「虢州刺史

首聯寫秋天池水碧綠澄明，十畝的菱花在黃昏的澄靜鏡水上，愈脫塵清秀。頷聯寫靜中動景。螮蝀為虹也，可能是剛下過雨，天空出現了新的虹橋，使它的景色又悄悄增添了另一種美麗色彩，而岸邊芳草叢中鵁鶄鋪著草睡，一派悠閒。頸聯寫月將還未盛明時的微光映落在湖面上，山嶽的倒影也投入蓮水池中，引起一陣陣新浪。末聯由景寫情，點出旁觀著的參與。詩人的作詩興致最濃處，正是這江南細雨黃昏亂蛙聲中。描寫視覺線索為「秋水──秋水上的菱花──水上的虹橋──岸邊鵁鶄──天上的月光──山嶽──秋水」循環一周又集中在秋水這個主體上，集合了豐富景物水面，在這秋雨黃昏水面上，好像可以隨時發現新穎的景物，四周景物也在時時改變，韋莊用「影動──橫螮蝀、蟾投──當湖落、嶽倒──入浪生」三個景物擬人化，靜物動了起來，再加上描寫動物安靜的畫面「岸鋪──睡鵁鶄」，動靜之間交換原來的個性，造成新奇的感受。另外〈三堂早春〉：「池邊冰刃暖初落，山上雪稜寒未銷」，描寫杏初紅、冰初融的江南春景。韋莊再次以不同的季節描寫三堂的水池，綠川溪河，與高聳山嶽，這些水景與山色必定是江南令人印象深刻畫面。同樣描寫江南之地的有〈題盤豆驛水館後軒〉：「極目晴川展畫屏，地從桃塞接蒲城。……馮軒盡日不迴首，楚水吳山無限情。」盤豆故址在今河南省閿鄉縣，「姚塞」即姚林塞，在今河南閿鄉縣西，接陝西省潼關縣界，蒲城故址在今陝西省大荔縣西，此詩也是描寫江南楚山吳水的美麗景色，可知江南的山水給詩人留下美麗的回憶。

　　韋莊在長安逢黃巢之亂後，曾居洛北。廣明元年（880）韋莊回長安應舉時，遇到黃巢之亂，時中和元年（881）大駕在蜀，黃寇未平，中和二年（882）韋莊離長安在洛中寓居，居關中洛北時，韋莊除了描寫北方景色，也記載了當時在洛陽黃巢動亂的慘況，〈洛北村居〉：

宅，連水池竹林，往往為亭臺島渚，目其處為三堂云云。」

　　十畝松篁百畝田，歸來方屬大兵年。巖邊石室低臨水，雲
　　外嵐峰半入天。鳥勢去投金谷樹，鐘聲遙出上陽煙。無人
　　說得中興事，獨倚斜暉憶仲宣。

首聯寫洛北有松竹林還有大畝的田地，但是這次回來卻正是戰亂的年
頭。頷聯寫洛北山巖高聳及遍佈的特色。高山石壁洞穴的人家都低臨
著水住，嵐氣中的山峰高聳入天，一半已隱沒在天裡。頸聯寫傍晚洛
北寂寥的景色。鳥飛往金谷園樹多安全的地方棲息安頓，傍晚暮鐘之
催促聲跟著上陽宮暮煙傳出，萬物漸寂的淒涼感慢慢籠罩大地。末聯
寫遭遇兵亂的人民對社會君王感到失望，無人談論中興的事情，詩人
也對懷才不遇感到落寞鬱卒，孤獨的看著落陽衰落景像，懷憶王粲心
懷故國的情緒，未能展才的感傷與昏暗的天色相應合，給人無限低沉
的悲哀。詠洛陽還有〈洛陽吟〉：「萬戶千門夕照邊，開元時節舊風煙。
宮官試馬遊三市，舞女乘舟上九天。胡騎北來空進主，漢皇西去竟昇
仙。如今父老偏垂淚，不見承平四十年。」描寫洛陽皇帝似昇仙一樣
西走，不管人間事，整個洛陽沉浸在寂寥的黃昏中。〈過內黃縣〉：「雲
中粉堞新城壘，店後荒郊舊戰場。」也寫河南省內黃縣西北戰亂破壞
的情況。粉堞為白粉所塗的女墻，城牆上砌有凹凸射孔的小墻，﹝註7﹞
白色的牆就像在雲中，然而城中營壘的新牆是為了防禦暴亂而層層建
築，內黃縣曾經是商店繁榮的地方，現在卻是荒涼的舊戰場，新的城
壘表示戰爭未平，舊的戰場表示已遭慘痛殘害，戰爭在新舊之間持續
爆發，凸顯悲慘人民的憂愁。韋莊詩中描寫在洛陽長安時，常感慨戰
爭亂世的情景，關心國家人民的情緒高漲。因為洛陽關中是唐朝帝王
中心，又是韋莊的故鄉，因此韋莊身處其地，便特別關心國勢強弱的
發展、戰亂破壞的程度及人民生活的安定。

　　長安洛陽整個中原地區都已經遭到黃巢破壞，江南唯有浙江一帶
還有周寶力圖振作，抵抗賊亂，所以韋莊離開洛陽後，就去浙江投靠

〔註7〕 女墻：《釋名‧釋宮室》「城上垣，曰睥睨……亦曰女墻，言其卑小，
　　　　比之於城。」

周寶，因此寫下描寫南方景色之作，如〈李氏小池亭十二韻（時在婺州寄居作）〉：「積石亂巉巉，庭莎綠不芟。小橋低跨水，危檻半依巖。花落魚爭唼，櫻紅鳥競鴿。引泉疏地脈，掃絮積山嵌。……訪僧舟北渡，賈酒日西銜……」，江南的積石、庭院、莎綠、小橋流水、山巖、落花魚躍、鳥啄紅櫻等等怡然自樂的美景，令人目不暇給，在這美景如雲的江南，韋莊過著訪僧喝酒、閒適自由的生活。〈江上題所居〉：「不是對花長酩酊，永嘉時代不如閒。」在這紛亂的時代，韋莊居江南偏安美景處，他雖不是真的想隱世，但在江南這個離開災難較遠的地方，少觸及人民哀事及政治權力爭奪的美景中，也會大發不如留在此地的牢騷，如〈將卜蘭芷村居留別郡中在仕〉：「……避世漂零人境外，結茅依約畫屏中。從今隱去應難覓，深入蘆花作釣翁。」江南如畫的比喻出現在許多首詩中，如〈送福州王先輩南歸〉：「名標玉籍仙壇上，家寄閩山畫障中。」〈桐廬縣作〉：「錢塘江盡到桐廬，水碧山青畫不如」，還有描寫江西之地的人文發達與美麗景色，如〈袁州作〉：「家家生計只琴書，一郡清風似魯儒。山色東南連紫府，水聲西北屬洪都。煙霞盡入新詩卷，郭邑閒開古畫圖。正是江村春酒熟，更聞春鳥勸提壺。」江西袁州地方文風鼎盛，又居交通要道，有山有水有煙，真像一幅古畫圖，加上春酒與鳥鳴聲相伴，更加令人賞心悅目、情和意樂。

　　江南雖美，畢竟不是詩人的家鄉，尤其韋莊避亂南游時，離鄉背井、朋友失散，沿途求仕求食，備嘗艱辛的生活，江南離韋莊故鄉很遠，所以眷戀故土的情緒也較其他地方更加濃烈。黃巢亂前韋莊到江南所作之詩具懷歸心切的盼望，如〈途中望雨懷歸〉：

> 滿空寒雨漫霏霏，去路雲深鎖翠微。牧豎遠當煙草立，飢禽閒傍渚田飛。誰家樹壓紅榴折，幾處籬懸白菌肥。對此不堪鄉外思，荷蓑遙羨釣人歸。

這一首詩描寫詩人在江南煙雨、和樂平安的田園農家景象，格外思念自己的家鄉。首聯描寫所見江南景色，寒雨霏霏的天氣，鄉徑極端的

深厚雲霧隱沒翠綠樹木，勾畫出一片霧茫茫的憂鬱煙雨圖。頷聯描寫動態的人與物，在此煙雨中牧童在草上放牛著，飛禽閒傍著小洲飛，人與物生氣蓬勃的日出而作、日復一日。為什麼他們可以安心的工作？頸聯鏡頭轉向農村人家的家籬與樹木，是因為他們的根、他們的家在這裡，所以踏實的安全感讓他們能安居樂業，不用漂泊無定。紅石榴與白菌肥的鮮豔色彩對比，顯示出活潑熱鬧、悠閒和樂的江南生活。末聯則點出自己不堪思鄉的情緒，羨慕江南漁夫有家可歸。

　　還有〈含山店夢覺作〉：「曾為流離慣別家，等閒揮袂客天涯。燈前一覺江南夢，惆悵起來山月斜。」寫流離時夢裡想家的折磨。又如〈倚柴關〉：「孤吟盡日何人會，依約前山似故山。」寫在江南異地時，因為心中充滿家鄉的景象，使外在的景象都變成家鄉的投影。〈江上逢故人〉：「前年送我曲江西，紅杏園中醉似泥。今日逢君越溪上，杜鵑花發鷓鴣啼。來時舊裏人誰在，別後滄波路幾迷。江畔玉樓多美酒，仲宣懷土莫淒淒。」居江南時，還是無法消滅韋莊懷歸的意念，這種去國懷鄉的境遇與心情，恰與王粲相同，所以韋莊常以王粲自比。

　　及韋莊晚年中進士之後至蜀地，詩作較少，但仍然在詩集的補遺中找到一些詩作，如〈漢州〉也記載了初到四川的情形：「比（一作北）儂初到漢州城，郭邑樓臺觸目驚。松桂影中旌旆色，芰荷風裏管弦聲。人心不似經離亂，時運還應卻太平。十日醉眠金雁驛，臨岐無恨（一作限）臉波〔註8〕橫。」首聯描寫韋莊初到今四川廣漢縣境時，被這裡的城郭樓台的建築驚訝，因為松桂樹中飄著軍事旌旗的影子，但芰荷風裡卻吹著管絃樂聲，此地似未經離亂，時運仍在太平盛世中，末聯描寫韋莊自身背離戰亂之地到此地安定太平的地方，眼看唐朝故園正遭逢災難愈感難過，胸中的鬱氣只能藉著在漢州金雁驛站十日醉眠而排遣，局勢逼迫自己不得不選擇苟安或出任、效唐或叛唐、離鄉或回朝，唐朝衰落的國力造成許多不得已苦衷，面臨捨棄與背離

─────────────

〔註8〕　「臉波」有兩解，可指面色眼波，眼波，形容目光流轉如波。另一借指淚光。這裡應指淚光。

的困難，於是令詩人眼淚縱橫。可見韋莊在蜀仍然是心懸唐朝。但在韋莊描寫下，晚唐蜀地卻是偏安一方，雖有戒慎恐懼之軍事防備，但人民無真正經歷憂患，所以仍像在太平時代。

詩的創作佔了詩人的大半生涯，整部《浣花集》幾乎都是記載韋莊入蜀前的詩作，因此詩的內容也就因詩人的奔波，有大江南北的所見所聞：在洛陽長安時則常關注國家朝政的運行、社會人民的痛苦；黃巢之亂避居江南時，則有懷鄉遊子的悲情；但一方面又因江南美景而萌生隱居的矛盾念頭；晚年登第之後到蜀地則感受到其地的太平場景，對自己的故國反而產生悲哀的思念。

（二）詞大多描寫晚期在蜀地的生活

據《浣花集》序中說道：「余家之兄莊，自庚子亂離前，凡著歌詩文章數十通。屬兵火迭興，簡編俱墜，唯餘口誦者所存無幾。……或離群軫慮，或反袂興悲。〈四愁〉〈九愁〉之文，一詠一觴之作，迄于癸亥歲，又綴僅千餘首。」〔註9〕可知韋莊現存的作品大體上為庚子年即僖宗廣明元年（880）以後的作品，流傳下來的詞應該也大多是在這之後；且韋莊詞中許多首描寫蜀地的景物，如〈訴衷情〉之二（碧沼紅芳煙雨靜）：「越羅香暗銷，墜花翹」，楊慎《詞品》卷二云：「按此詞在成都作也。蜀之妓女，至今有花翹之飾，名曰『翹花兒』云。」〔註10〕〈清平樂〉之三（何處遊女）：「何處遊女，蜀國多雲雨。」此詞直接點出蜀地，〈河傳〉之二（春晚）：「春晚，風暖，錦城花滿。」〈河傳〉之三（錦浦）「錦浦，春女，繡衣金縷。」也是寫成都春天景色。韋莊晚期才到蜀地，詞中多描寫蜀中事物，且《花間集》所收詞人大半是出身在蜀地或在蜀地居住，因此韋莊詞大部分應該是晚年

〔註 9〕 韋莊〈浣花集序〉見四部叢刊初編集部，版本為江安傅氏藏明朱子儋刊本。見韋莊：《浣花集》，收錄在《四部叢刊》集部；182（上海：商務印書館，1919 年），據上海涵芬樓借江安傅氏雙鑑樓藏明江陰朱氏刊本影印。

〔註10〕 〔明〕楊慎：《詞品》，花翹條，見唐圭璋：《詞話叢編》（第一冊）（台北：新文豐出版公司，1988 年 2 月），頁 447。

寄身蜀地時所作。〔註11〕

　　韋莊詞大多描寫晚期在蜀地的生活，詞中提到江南與洛陽之處，皆是在春天美景中，狎妓與歡飲的美好回憶之作，如〈歸國遙〉之二（金翡翠）：「罨畫橋邊春水，幾年花下醉。」〔註12〕回憶過去在江南春水美景邊中，狎妓飲酒之樂，〈菩薩蠻〉之二（人人盡說江南好）：「人人盡說江南好，遊人只合江南老。春水碧於天，畫船聽雨眠　　壚邊人似月，皓腕凝雙雪。未老莫還鄉，還鄉須斷腸。」此詞也是追憶江南春水碧藍的美景、畫船雨眠的浪漫經驗、及雙手像霜雪一樣潔白的美人，為我傾酒助興的宴飲之樂，〈菩薩蠻〉之三（如今卻憶江南樂）：「如今卻憶江南樂，當時年少春衫薄。騎馬倚斜橋，滿樓紅袖招。」回憶當時騎著白馬往橋上一站，樓上那麼多美女都對我目成心許，伸出紅袖向我招手，當時既風流又英武的姿態風靡眾人，令詩人回味無窮。詞中寫到洛陽之處，也回憶洛陽春天的美景，如〈菩薩蠻〉之五洛陽城裏春光好「洛陽城裏春光好，洛陽才子他鄉老。」洛陽自古即以花著名，李白〈古風〉：「天津三月時，千門桃與李。」韋莊詩〈秦婦吟〉開頭也是說：「中和癸卯春三月，洛陽城外花如雪。」然韋莊詞中雖回憶江南與洛陽之美麗景色與歡樂生活，卻都來反襯目前人世之可悲，因此〈菩薩蠻〉之五（洛陽城裏春光好）：「洛陽城裏春光好，洛陽才子他鄉老。柳暗魏王堤，此時心轉迷　　桃花春水淥，水上鴛鴦浴。凝恨對殘暉，憶君君不知。」洛陽城現在應該像從前一樣美麗，感嘆當年在洛陽寫詩的才子，如今卻要終老在四川了。

　　韋莊晚年到巴蜀，巴蜀位於偏遠地區又有天然屏障保護，所以未受晚唐災難的影響，呈現經濟繁榮、社會安定的局面，生活似乎較為優裕，而顯得浪漫風流，韋莊在詞中也一定程度上反映了這一方面的

〔註11〕　見青山宏：《唐宋詞研究》（北京：北京大學出版社，1995 年 1 月），頁 30。

〔註12〕　「罨畫」似是江南荊溪之舊名。見詹乃凡：《韋莊男女情詞研究》（國立台灣大學中國文學研究所碩士論文，2002 年）第三章韋莊情詞分類賞析，頁 115。

情況。如〈河傳〉之三：

> 錦浦，春女，繡衣金縷。霧薄雲輕，花深柳暗，時節正是
> 清明，雨初晴。玉鞭魂斷煙霞路，鶯鶯語，一望巫山雨。
> 香塵隱映，遙望翠檻紅樓，黛眉愁。

此詞是寫巴蜀之地春光之美、蜀女的都麗和妖冶。清明時節蜀地春雨
初晴，霧淡雲少，花繁柳茂，懷春少女，身著繡衣金縷，在錦江之濱
踏春。一開頭將四川的時間、地點、人物和景物都描繪清楚。下片刻
畫男主人公快馬加鞭，奔赴情人身邊，途中所見所聞所思，無不關乎
心往神馳的紅樓女。〔註13〕「鶯鶯語」、「巫山雨」都是雙關，是黃鶯
叫聲和山邊的陰雨，也是女子鶯聲燕語和男女歡合之事。一路上煙霞
隱著香塵，可能是遊人車馬多或車馬奔疾，塵土飛揚，也可能是男子
幻想隱約的霧氣就像女子的香氣籠罩，他在馬上遙望著情人的住處，
怕她因晚到而急的發愁了。此詞背景同樣也是描寫四川美麗的景色。
還有〈清平樂〉之三：「何處遊女，蜀國多雲雨。雲解有情花解語，
窣地繡羅金縷。　　妝成不整金鈿，含羞待月鞦韆。住在綠槐陰裏，
門臨春水橋邊。」也是寫蜀地游女的多情嬌媚，蜀地雨水豐沛，暗喻
「巫山雲雨」之事。蜀地游女裝飾華麗，她們美麗而多情，似花之能
解語，含羞而嬌柔的等待情人。又如〈河傳〉之二：

> 春晚，風暖，錦城花滿。狂殺遊人，玉鞭金勒尋勝，馳驟
> 輕塵，惜良辰。翠蛾爭勸臨邛酒，纖纖手，拂面垂絲柳。
> 歸時煙裏鐘鼓，正是黃昏，暗銷魂。

〔註13〕 這首詞有解爲：「懷春少女，身著華麗服裝，在錦江之濱踏春。而一
　　　　騎馬少年飛馳而過，卻勾起了她對獨處無偶的一懷愁緒。」見孔範
　　　　今：《全唐五代詞釋注》（西安：陝西人民出版社，1998 年 10 月第
　　　　一版），頁 887；沈祥源、傅生文：《花間集新注》（南昌：江西人民
　　　　出版社，1997 年 2 月），頁 114～115。此雖亦可通，然「遙望翠檻
　　　　紅樓」似從一男子的角度寫來，故以男子奔赴情人之解似乎更好，
　　　　顧農、徐俠、詹乃凡等人也認爲如此。見顧農、徐俠：《花間派詞傳》
　　　　（長春：吉林人民出版社，1999 年），頁 159。詹乃凡：《韋莊男女
　　　　情詞研究》（國立台灣大學中國文學研究所碩士論文，2002），頁 101
　　　　～102。

這首詞描寫未受戰亂的蜀地成都，暮春時候，暖風吹拂，滿城開的花團錦簇，讓人莫不對此盎然美景狂歡行遊，遊人拿著玉鞭駕著金勒驊騮賞春逐勝，打馬飛奔揚起一片塵土，到處有遊人賞花珍惜良景，可見這四川暮春是如此風光明媚。下片承接上片「惜良辰」，於是上酒樓尋歡，美女纖細柔美的手爭著勸我喝四川的美酒，像拂面輕柔的綠柳條，令人銷魂。末三句寫一天尋勝歸來，歸時煙裏三句，尤極融景入情之妙。黃昏鐘鼓，暮煙瀰漫，熱鬧換來了淒清，倩影惹人懷想，一種無名的傷感油然而生。〔註 14〕韋莊功成名就，在四川這個明珠地，過著歡遊極樂的生活，一切在詞中表露無遺。

　　韋莊詞描寫晚唐蜀地風光，快活明朗，錦城（成都）春光明媚，錦江景色美麗，暮春時節遊人多在錦江濱踏春，還有紅樓女的殷勤勸酒，游女美麗如雲，歌妓眾多，一派昇平氣象，詞中多用「巫山雲雨」隱指宋玉〈高唐賦〉中巫山雲雨事，喻男女歡合之事。四川位於南方，蜀地氣候就是多雲雨，天氣濕暖，且巫山也位在四川，因此才讓作者善加發揮這個典故。此外臨邛酒是四川的名酒，唐彥謙〈奏捷西蜀題沱江驛〉詩：「錦江不識臨邛酒，且免相如渴病歸。」臨邛酒是當年卓文君所賣之酒，四川臨邛是司馬相如與卓文君相奔至此過比翼鳥生活的地方，〔註15〕證明蜀地是得天獨厚、脫離紛擾的好地方。韋莊晚年在蜀地的時期，透過詞的描寫，讓我們了解他在氣候宜人、繁花似錦的環境中，過著歡樂遊勝，狎妓飲酒的生活。

二、描寫的情感內容不同

　　詞境與詩境都是作者緣情而發，從這一角度來談，當然是應該同觀的，但是當詩的創作經歷了較長時間的過程後，有了一定的模式出現，而詞體的興起又是為打破這模式而成立，詩詞便逐漸以他特有的

〔註14〕沈祥源、傅生文：《花間集新注》（南昌：江西人民出版社，1997 年 2 月），頁 114。

〔註15〕《漢書・司馬相如傳》：「司馬相如與文君俱之臨邛，盡賣車騎，買酒舍，乃令文君當壚。」

面貌出現，有了不同的美學軌道。

（一）詩主要寫士大夫道德感

《詩大序》：「詩者，志之所之也。在心爲志，發言爲詩。情動於中而形於言；言之不足，故嗟嘆之；嗟嘆之不足，故永歌之；永歌之不足，不知手之舞之，足之蹈之也。情發於聲，聲成文謂之音。……故正得失，動天地，感鬼神，莫近於詩。先王以是經夫婦，成孝敬，厚人倫，美教化，遺風俗。」「詩言志」的傳統在晚唐韋莊詩中還是保留其精神。因爲詩歌在發展的漫長過程中，受儒家思想的浸染較多，加上晚唐國勢衰微，韋莊親歷黃巢之亂，流離關中、洛陽、江南、浙江等地，深知民間疾苦，以及陷於政治取仕的誘惑卻年年不第的挫敗，使他的詩中自然呈現人民受苦受難的一面，表現出士大夫的道德與感情，抒發對國事的關懷以及對君主的忠愛和諷刺，很少有關男女艷情之作。韋莊詩中主要內容是抒發士大夫道德感，以下擇主要部分敘述：

1、致君堯舜與關懷人民的抱負

堯舜是儒家推崇的古代名君，是仁治安樂的時代。致君堯舜，語本來自《尚書・商書・說命》所載伊尹的話：「予弗克俾厥后唯堯舜，其心愧恥。」及《孟子・萬章上》對此語大意相同的論述：「與我處畎畝之中，由是以樂堯舜之道，吾豈若使是君爲堯舜之君哉！」〔註16〕韋莊在京城陷落前，主要抒寫其用世的的渴望、以致君堯舜爲最終目標，至京城陷落後，然亦不放棄重築太平基的希望。

〔註16〕堯舜也許並不完全是真實的歷史存在，而是儒家用自己的觀點塑造的理想人物，以奠定一個完美的、典型的政治目標。鄧小軍分析致君堯舜包涵潛在的和顯性的兩層意義：「其潛在意義是，君主有可能成爲堯舜。依中國哲學，人性本善，人性平等，故人皆可以爲堯舜；君主亦屬人類，故亦可以爲堯舜。其顯性意義是使君主成爲堯舜，而致君堯舜的過程就是使政治有道的過程。其關鍵，是格君之非。」參考鄧小軍：《唐代文學的文化精神》（台北：文津出版社，1993 年），頁 262。

　　韋莊的〈關河道中〉：「平生志業匡堯舜，又擬滄浪學釣翁。」
郝天挺釋此詩云：「以我循念生平，嘗欲致君於堯舜，而乃負其初願，
擬向滄浪長作漁翁以沒世也，外此將復合求哉！」〔註17〕韋莊是將
「匡堯舜」當作平生志願的，惟遭逢國變志氣較為收斂，韋莊並不
是真的想全身而退，故用「擬」字。韋莊的用世精神在亂世中仍是
突出的，如〈長年〉「大盜不將爐冶去，有心重築太平基。」他推崇
國家太平正道，急欲平定作亂的大盜，能夠回到帝鄉一展長才，而
不用再到處避難，看盡天下蒼民驚恐不安。他時常念著京城家鄉，
如：〈聞官軍繼至未睹凱旋〉：「何事小臣偏注目，帝鄉遙羨白雲歸。」
對於自己在外遊蕩十年，不能入帝鄉致君堯舜，探望家人，是非常
慚愧的。他一直是對戰亂能夠平定存著希望，未曾放棄信心，僖宗
時候發生廣明〔註18〕亂後，唐僖宗仍是韋莊心目中的中興之主，僖
宗為唐朝正統君主，韋莊當然以扶正國家為己任。中和四年（884）
六月黃巢卒。光啓元年（885）三月，僖宗還京前，韋莊自浙西至陳
倉迎駕，正喜中興在望，但十二月，李克用逼京師，僖宗出奔鳳翔，
翌年三月，田令孜又逼僖宗至興元，韋莊以〈聞再幸梁洋〉表達憂
憤之情，是年夏天又從浙西游汴宋路北上迎駕，由二次迎駕之事可
見韋莊對國家仍存著忠心。至於韋莊花了大半輩子於科舉進考與北
上迎駕，也是基於對「致君堯舜」堅持所致。

　　韋莊身為一介文人，仍盡己之力為人民謀福，如第四卷中〈官
莊〉：「誰氏園林一簇煙，路人遙指盡長歎。桑田稻澤今無主，新犯香
醪沒入官。」詩下注：「江南富民悉以犯酒沒家產，因以此詩諷之，
浙帥遂改酒法不入財產。」酒為政府的專賣事業，對政府的財政有助
益，因此禁止私人造酒賣酒。會昌六年（846）九月敕：「揚州等八道

〔註17〕　見〔元〕郝天挺註：〔元〕廖文炳解：《唐詩鼓吹箋註》（台北：新文
　　　　　豐出版公司，1979 年 10 月），頁 592。

〔註18〕　唐僖宗廣明元年（880）十二月，黃巢破長安。黃巢之亂就是廣明之
　　　　　亂。

州府，置榷麴，并置官店沽酒，代百姓納榷酒錢，并充資助軍用，各
有榷許限，揚州、陳許、汴州、襄州、河東五處榷麴，<u>浙西、浙東、
鄂岳三處置官沽酒</u>．如聞<u>禁止私酤</u>，過於嚴酷，一人違犯，連累數家，
閭里之間，不免咨怨。宜從今以後，如有人私沽酒及置私麴者，但許
罪止一身，并所由容縱，任據罪處分。鄉井之內，如不知情，並不得
追擾．其所犯之人，任用重典，兼不得沒入家產。」〔註19〕浙西犯酒
令就是指私自造酒，會昌六年以前犯此法者曾經被判定嚴重的處罰，
包括連累數家都受罰，且犯者還被沒家產。雖然會昌之時明文規定犯
酒令者任用重典，但不得沒入家產，然而黃巢之亂後，藩鎮在州縣的
權力強大，《文獻通考》釋唐代節度觀察使〔註20〕之權力曰：「兵甲、
財賦、民俗之事，無所不領，謂之都府，權勢不勝其重」〔註21〕藩鎮
對於本省內州縣間之賦稅課額得酌量作增減、擬議，因此不合理的增
加人民稅收的情況就會發生，於是江南地區又重新有犯酒令沒家產的
條規，致使的富家田庄被沒收入官家。田地是人民賴以維生的來源，
如果因爲過失就被沒收田地，這等於是霸佔人民經濟財產，讓人民不
得自立更生，太過苛刻，韋莊鑒於此，便大膽作詩諷刺官府，浙江西

〔註19〕〔宋〕王溥：《唐會要》（北京：中華書局，1998 年 11 月第四次印刷）
卷八十八榷酤，頁 1608，〔宋〕薛居正等撰，《新校本舊唐書》（台
北：鼎文書局，1979 年）卷四十九〈食貨志〉，頁 2130～2131 也記
載。

〔註20〕藩鎮雖有節度使、觀察使、都防禦使、經略使等名號之不同，但常
一人而兼帶數種名號，《文獻通考》曰：「唐制，一道兵政屬之節度
使，民事屬之觀察使，然節度使多兼觀察使。又各道雖有支度營田
招討經略等使，然亦多以節度使兼之，蓋使名雖多，而主其事者，
每道一人而已。」文獻通考卷六十一，職官考十五。又錢大昕《新
唐書糾謬・跋》：「唐時節度都團練都防禦例兼本道觀察使，節度團
練主兵，觀察主民，各自有印，史家省文，於節度即不稱觀察，於
團防則但稱觀察，以前鎮爲重也。」但偶而亦有節度使不兼觀察使
者。見王壽南：《唐代藩鎮與中央關係之研究》（台北：大化書局，
1978 年 9 月）頁 4，注 39。

〔註21〕〔元〕馬端臨：《文獻通考》（台北市：新興書局，1965 年），卷六
十一，職官考十五，採訪處置使條。

道觀察使周寶也接納意見最後改變這個法令，可見韋莊投靠在周寶門下，具有積極服務人民的抱負理想。他及第後仍對王室中興並未放棄希望，如：〈與東吳生相遇（及第後出關作）〉「貧疑陋巷春偏少，貴想豪家月最明。且對一尊開口笑，未衰應見泰階平。」他相信在他有生之年還是可以看到唐朝天下安定的一天。

2、感傷時事與大量記實

　　韋莊繼承了以詩歌反映民生疾苦的寫實傳統。元辛文房《唐才子傳》卷十稱他：

> 故於流離漂泛，寓目緣情，子期懷舊之辭，王粲傷時之制，或離群軫慮，或反袂興悲，〈四愁〉〈九怨〉之文，一詠一觴之作，俱能感動人也。〔註22〕

由於他大半輩子都處於顛沛流離的動盪生活之中，坎坷的命運與杜甫有相似之處，故其對普通百姓的生活也深有體會。近代文學史家也視韋莊詩作同杜甫一樣為詩史：

> 前期詩作敢於面對現實，表現了唐末重大社會問題，從而成為「詩史」。就他此期所寫的詠懷詩看，京城陷落前，主要抒寫其用世的的渴望，京都陷落後，主要抒發離亂中感舊傷時的情感，大多內容充實，表現出批判現實的鋒芒。〔註23〕

張高評先生也認為韋莊詩〈秦婦吟〉隱有「詩史」之內涵，他具體的提出與詩史切合之處：

> 據筆者考察，宋人稱說「詩史」，有三大指向：曰詩補史闕，曰褒貶資鑒，曰史筆森嚴，今以觀照〈秦婦吟〉詩，多有遙相切合者。雖不必徑謂之「詩史」，卻隱有「詩史」之意涵。〔註24〕

〔註22〕 孫映逵校注：《唐才子傳校注》，（北京：中國社會科學出版社，1991年6月），頁886～887。

〔註23〕 參考吳庚舜、董乃斌主編《唐代文學史》第三十章〈溫庭筠和韋莊〉，第四節〈韋莊的詩詞〉，（北京：人民文學出版社，1995年12月），頁663。

〔註24〕 張高評：〈韋莊〈秦婦吟〉與唐宋詩風之嬗變——以敘事、詩史、破

張高評先生雖然只研究〈秦婦吟〉一詩，然而就韋莊其他詩作而言，同樣具有詩史的特點。韋莊詩作的內容接觸了廣闊的社會，對晚唐時局感到憂愁，對人民感到悲哀，表現在大量的「史實詩」中。「因此，除了感傷時事之作外，他又寫下了大量記實之作，堪稱詩史。這裡，有對時代大事的紀錄，又有對兩京變遷的敘述，還有對官軍暴行與官府醜惡的指陳。其紀實之作的巔峰則是長達二百三十八句，一千六百六十六字的〈秦婦吟〉。」〔註25〕韋莊代表作〈秦婦吟〉〔註26〕通過一個沒落貴族的少婦之口，揭露了黃巢與官軍殘害百姓的罪惡，姦淫擄掠，粗暴凶狠，軍無鬥志，貪圖享樂，以及中原地區干戈頻仍，民不聊生的情況。陳寅恪考察出〈秦婦吟〉：「所述從長安至洛陽，及從洛陽東奔之路程，本寫當日人民避難之慘狀」，〔註27〕其唐代之政局、交通、軍事、官制等等具可資考證，可見其抒寫的記實情況。張高評先生曾就韋莊〈秦婦吟〉的史才與詩筆會通而言，認為具有：1. 具事直書，以敘為議；2. 「詩史」發用，以詩補史；3. 褒貶勸懲，經世資鑑；等三種特點。〔註28〕韋莊詩具有詩史的特質，故後代可以據

體為例〉收錄在國立成功大學中國文學系主編：《第四屆唐代文化學術研討會論文集》（台南：國立成功大學，1999 年 1 月），頁 394。

〔註25〕 齊濤：〈論韋莊與韋莊詩〉，《文史哲》（1996 年第 5 期，總 236 期），頁 48。

〔註26〕 〈秦婦吟〉：「路旁試問金天神，金天無語愁於人。……一從狂寇陷中國，天地晦冥風雨黑。案前神水咒不成，壁上陰兵驅不得。閑日徒歆蒭饗恩，危時不助神通力。我今愧恧拙而為神，且向山中深避匿。寰中簫管不曾聞，筵上犧牲無覓處。旋教魔鬼傍鄉村，誅剝生靈過朝夕。妾聞此語愁更愁，天譴時災非自由。神在山中猶避難，何須責望東諸侯？……」

〔註27〕 陳寅恪〈韋莊秦婦吟校箋〉，見《陳寅恪先生論文集》（台北：九思出版社，1977 年 6 月），下冊，頁 1310～1322。另可參考周勛初：〈以詩證史的範例——讀陳寅恪《韋莊秦婦吟校箋》〉，《當代學術研究思辨》，（南京：南京大學出版社，1993 年 5 月），頁 327～339。

〔註28〕 張高評：〈韋莊〈秦婦吟〉與唐宋詩風之嬗變——以敘事、詩史、破體為例〉收錄在《第四屆唐代文化學術研討會論文集》（台南：國立成功大學，1999 年 1 月），頁 391～397。

其詩繫年，如夏承燾〈韋莊年譜〉、齊濤〈韋莊詩繫年〉、〔註29〕陳慧寧〈韋莊年譜新編〉〔註30〕皆可根據詩中所記時事而爲其詩編年。

　　韋莊生平中，黃巢之亂一發不可收拾，甚至侵襲到京城權力中心，這攸關到政權的更替，與新的改革即將爆發，身爲晚唐仕子甚至是唐代顯赫家族的後代子孫，對此威脅唐王朝生存的動亂，絕對是驚天動地的。韋莊詩中，有許多反映黃巢之亂的詩作。如：

　　卷二首篇〈雨霽晚眺〉詩，自注：「庚子年（880）冬，大駕幸蜀後作。」據《資治通鑑》卷二五四，黃巢本年十二月三日破潼關；五日，僖宗出奔，先至興元，又達蜀中。〔註31〕故僖宗幸蜀確在庚子年冬。

　　韋莊詩〈雨霽晚眺〉云：「入谷路縈紆，嚴巔日欲晡。嶺雲寒掃蓋，溪雪凍黏鬚。臥草跧如兔，聽冰怯似狐。仍聞關外火，昨夜徹皇都。」此詩描寫在寒冷冬天逃難至山谷嚴頂之地。寫一路上天將黑暗，路又崎嶇，嚴雪的天氣把鬍鬚凍的僵掉了，一路上戒慎恐懼的行進。爲何要如此辛苦的奔走，是因爲昨天聽到黃巢軍已進入皇都，黃巢軍到處作亂，官軍都抵擋不了，可以想見當黃巢軍攻陷長安之後的慘狀，於是長安城的人們只好自求多福，盡量避開這場劫難，所以不得不逃難到山中。黃永年以爲韋莊曾於黃巢進京後一日逃難至南邊的鍾南山，〔註32〕爲了逃難，就算天氣寒冷、路途崎嶇，也不得不走。

　　卷二第十一篇爲〈辛丑年〉，作於中和元年（辛丑年，西元881）初。黃巢入京師後，大肆掠奪焚燒，殺人滿街，不異於盜賊，「陷京師，

〔註29〕　齊濤：〈韋莊詩繫年〉，《山東大學學報》（哲學社會科學版）（1996年第二期）

〔註30〕　陳慧寧據夏承燾爲基礎重新作整理。見陳慧寧：《韋莊詞新探》（香港新亞研究所文學組碩士畢業論文，1977年7月），附錄韋莊年譜新編，頁14～33。

〔註31〕　《資治通鑑》卷二五四，見王雲五主持縮印，《四部叢刊初編縮本》冊十一（臺北：臺灣商務印書館，1975年，台三版），頁2518～2528。

〔註32〕　見黃永年：《唐代史事考釋》〈《浣花集》和秦婦吟〉（臺北：聯經出版事業公司，1998年），頁555～586。

入自春明門,升太極殿,宮女數千迎拜,稱黃王……賊見窮民,抵金
帛與之。尚讓即妄曉人曰:『黃王非如唐家不惜而輩,各安毋恐。』甫
數日,因大掠,縛篅居人索財,號『淘物』。富家皆跣而驅,賊酋閱甲
第以處,爭取人妻女亂之,捕得官吏悉斬之,火廬舍不可貲,宗室侯
王屠之無類矣。」(《新唐書》黃巢傳)〔註33〕中和元年辛丑(881)正
月庚戌朔,僖宗車駕在興元(今漢中南鄭),(六月)丁卯次成都。中
和元年四月,「鄭畋傳檄天下藩鎮,合兵討賊,時天子在蜀,詔令不通,
天下謂朝廷不能復振,及得畋檄,爭發兵應之,賊懼,不敢復窺京西。」
〔註34〕四月,諸軍進薄長安,壬午,黃巢帥眾東走,「坊市民喜,爭譁
呼出迎官軍,或以瓦礫擊賊,或拾箭以供官軍。」〔註35〕但宗楚恐諸
將分其功,不報鳳翔、鄜夏,軍士釋兵入第舍,掠奪金帛妓妾,因官
軍不整,且諸軍不相繼,所以「巢復入京師,怒民迎王師,縱擊八萬
人,血流於路可涉也,謂之洗城。」(《新唐書・黃巢傳》)黃巢襲京到
處生靈塗炭,〈辛丑年〉記載了當年的悲慘狀況:

> 九衢漂杵已成川,塞上黃雲戰馬閒。但有羸兵填渭水,更
> 無奇士出商山。田園已沒紅塵裏,弟妹相逢白刃間。西望
> 翠華殊未返,淚痕空湮劍文斑。

京城在戰亂中血流漂杵,戰死的羸兵填滿渭水,田園荒蕪,塵土飛揚,
離析的弟妹在刀光兵槍中好不容易相逢,然而逃離遠避這場戰亂的西
蜀天子,何時返回解救人民呢?詩中描述了戰爭的慘狀,正與《新唐
書》中描寫的情況互相呼應。

卷三〈喻東軍〉,作於中和三年(884)一月至光啓元年(885)
三月間,夏承燾認為是光啓元年(885)三月僖宗還京前作。〔註36〕

〔註33〕〔宋〕歐陽修撰,《新校本新唐書》(台北:鼎文書局,1979 年),
卷二百二十五下〈黃巢傳〉,頁6458。

〔註34〕余衍福:《唐代藩鎮之亂》(台中:聯邦書局出版事業公司,1980 年
9 月)上卷〈第五章唐帝國之衰亡〉,頁 882。

〔註35〕同上注,頁 883。

〔註36〕夏氏說法見〈韋端己年譜〉,收錄在《唐宋詞人年譜》(台北:明倫
出版社,1970 年),頁 13。。又齊濤認為詩應作於中和三年(8834)

〈喻東軍〉詩云：

> 四年龍馭守峨嵋，鐵馬西來步步遲。五運未教移漢鼎，六
> 韜何必待秦師。幾時鸞鳳歸丹闕，到處烏鳶從白旗。獨把
> 一樽和淚酒，隔雲遙奠武侯祠。

這裡四年是實詞，當時天子逃離西蜀已四年之久，不見恢復中原的
兵騎戰馬西來，黃巢軍為白幟，到處都有投向黃巢白幟的變節臣吏。
廣明元年「十三日，賊巢僭位，國號大齊，年稱金統，仍御樓宣敕，
且陳符命曰：『唐帝知朕起義，改元廣明，以文字言之，唐已無天分
矣。『唐』去『丑』『口』而安『黃』，天意令黃在唐下，乃黃家日月
也。土德生金，予以金王，宜改年為金統。』」（《舊唐書・黃巢傳》），
〔註37〕黃巢既自以為金統，故其旗幟則為白旗，所以韋莊說「到處
烏鳶從白旗」。黃巢為了統治帝國，開始大動朝廷官職「以太常博士
皮日休、進士沈雲翔為學士。為僞赦書云：『揖讓之儀，廢已久矣，
竄遁之　，良用憮然。朝臣三品已上並停見任，四品已下宜復舊位。』」
（《舊唐書・本紀》）〔註38〕黃巢儼然建立一個代唐而起的黃氏政權，

四月黃巢退出長安前，因詩云「四年龍馭守峨嵋，鐵馬西來步步遲」，
自廣明元年（880）至中和三年（883）才足四個年頭，詩必作於中
和三年（883）。見齊濤：〈韋莊詩繫年〉《山東大學學報》（哲學社會
科學版）（1996年第二期），頁42。黃巢入長安，僖宗西行，在廣明元
年（880）十二月甲申離京，於光啓元年（885）三月還京，僖宗
離京共四年三個月，故在中和四年（884）十二月滿四年，可是至中
和三年（883）四月黃巢退出長安時嚴格算並未滿四年，韋莊是以大
概的說法來指稱四年，因此造成各種定年的不同標準，齊濤的說法
著重在黃巢退出長安的點，實未滿四年，但以廣明元年（880）至中
和三年（884）算則大概滿四個年頭；而夏承燾的說法著重在僖宗還
京的點，廣明元年（880）十二月至光啓元年（885）三月僖宗還京
前則足滿四年三個月。我以為夏承燾的算法較為精密，對四年的誤
差較小，故光啓元年（885）一月至光啓元年（885）三月間，都有
作此詩的可能。

〔註37〕〔宋〕薛居正等撰，《新校本舊唐書》（台北：鼎文書局，1979年）
　　　卷二百二十五下〈黃巢傳〉，頁5393。

〔註38〕〔宋〕薛居正等撰，《新校本舊唐書》（台北：鼎文書局，1979年）
　　　卷十九下〈僖宗本紀〉，頁708。

所以在僭位後開始部署屬於自己的王國：「賊搜訪舊宰相不獲，以前
浙東觀察使崔璆、楊希古、尚讓、趙章爲四相，孟楷、蓋洪爲左右
軍中尉，費傳古爲樞密使，王璠爲京兆尹，許建、朱實、劉塘爲軍
庫使，朱溫、張言、彭攢、季逵爲諸大將軍、四面游奕使。又選驍
勇形體魁梧者五百人，曰功臣。令其甥林言爲軍使，比之控鶴。」
（《舊唐書・黃巢傳》），〔註 39〕到處都有變節投降的官民與新任命的
官員。

〈喻東軍〉的喻是告知、曉諭，喻東軍，就是告知東邊叛亂的跋
扈藩鎮，首聯頷聯呼籲東邊各家藩鎮，唐帝國的氣數還未盡，大家應
該施展兵家謀略自力自強，共同消滅侵犯京師的敵人，何必等待西邊
救軍的到來，只怕那時候京城都已經殘破不堪了。頸聯感嘆僖宗四年
未歸京闕，到處都是變節投降黃巢軍的情況。末聯寄寓感慨，借對歷
史風雲人物的詠嘆中，表達自己內心複雜的感受。遙想起三國蜀相諸
葛亮，在關鍵時候，幫助蜀漢鼎足天下，鞠躬盡瘁，死而後已；而如
今正需要像武侯的忠心謀國，但卻無人能做到，因此不免企望落空而
嘆息流淚。韋莊直接以政治現實作爲批評對象，這是較爲尖銳的寫作
方式，是對國家富有責任感、使命感的積極態度。

韋莊對亂賊、藩鎮、軍隊都帶有譴責的味道。他將亂賊斥之爲妖
氣，如〈中渡晚眺〉：「妖氣欲昏唐社稷，夕陽空照漢山川。」對戍兵
久屯軍而不戰心中不免著急，如〈贈戍兵〉：「紅旌不卷風長急，畫角
閒吹日又曛。止竟有征須有戰，洛陽何用久屯軍。」〔註 40〕對關外情
勢危急，軍隊防守戰略失效，戰敗遁走，仍然到處擄掠婦女的不整紀
律加以諷刺，如〈睹軍迴戈〉：「關中羣盜已心離，關外猶聞羽檄飛。

〔註39〕 〔宋〕薛居正等撰，《新校本舊唐書》（台北：鼎文書局，1979 年）
　　　　 卷二百二十五下〈黃巢傳〉，頁 5393。
〔註40〕 贈戍兵：漢皇無事暫遊汾，底事狐狸嘯作群。夜指碧天占晉分，曉
　　　　 磨孤劍望秦雲。
　　　　 紅旌不卷風長急，畫角閒吹日又曛。止竟有征須有戰，洛陽何用久
　　　　 屯軍。

御苑綠莎嘶戰馬，禁城寒月搗征衣。漫教韓信兵塗地，不及劉琨嘯解圍。昨日屯軍還夜遁，滿車空載洛神歸。」對叛國的將官稱爲烏鳶，如〈喻東軍〉「幾時鸞鳳歸丹闕，到處烏鳶從白旗。」以唐玄宗西去比附唐僖宗西走，借詠史表現人民對皇朝的失望哀傷，如〈洛陽吟〉：「萬戶千門夕照邊，開元時節舊風煙。宮官試馬遊三市，舞女乘舟上九天。胡騎北來空進主，漢皇（指唐玄宗）西去竟昇仙。如今父老偏垂淚，不見承平四十年。」當皇帝出京後，下面的大臣、藩鎮就像狐群狗黨聚集滋事，如〈贈戎兵〉：「漢皇無事暫遊汾，底事狐狸嘯作群。」以激切悲憤的口氣責備叛亂者。

　　韋莊紀錄了當時所見所聞，控訴黃巢軍對京城的殘害，對官軍的暴行也深表憤慨，及述說人民的災難等，滿目瘡痍的景象歷歷在目，展露出現實批判的銳利鋒芒。

3、抒發不遇知音的愁苦

　　韋莊出入舉場許多次，直到五十九歲才登第，故常在詩中抒發應舉未中的愁恨，如他憐憫出入舉場三十年而卒無成的劉得仁，〈劉得仁墓〉詩云：「至公遺至藝，終抱至冤沈。名有詩家業，身無戚里心。」劉得仁是貴主之子，唐開成至大中三朝，劉得仁苦心作詩，出入舉場三十年，卻始終無成。〔註41〕韋莊憐憫他就像是爲自己久不登第的命運感到悲哀。另外還有極寫放榜歡樂情形，對照自己的其他落第詩，實有很大諷刺。韋莊於〈放榜日作〉：〔註42〕「葛水霧中龍乍變，緱

〔註41〕〔宋〕尤袤《全唐詩話》卷4：「得仁，貴主之子。自開成至大中三朝，昆弟皆歷貴仕，而得仁苦於詩，出入舉場三十年，卒無成」見《叢書集成初編》冊 2556（北京市：中華書局，民 74，新一版），頁 76。《全唐詩》卷 544：「劉得仁，貴主之子。長慶中即以詩名。……集一卷，今編詩二卷。」見《全唐詩》（北京：中華書局，1992 年10 月第五次印刷），頁 6280。

〔註42〕夏譜記載〈放榜日作〉歸屬於《浣花集》卷一，然〈放榜日作〉云：「三十仙才上翠微」。陳思引徐松《登科記考》，指廣明元年（880）、中和三年（883）及景福元年（892），進士皆三十人。謂端己中和三年春在洛陽，景福元年春在婺州，定此詩於廣明元年（880）黃巢陷

山煙外鶴初飛。鄒陽暖艷催花發，太皞春光簇馬歸。」一詩中大力描寫及第者的熱鬧場面，相較於韋莊〈嘉會里閒居〉：「豈知城闕內，有地出紅塵。草占一方綠，樹藏千古春。馬嘶遊寺客，犬吠探花人。寂寂無鐘鼓，槐行接紫宸。」就顯的冷清平靜。詩中描寫放榜後新進士遊寺廟，探花郎騎馬到處引起騷動，這時閒居的韋莊仍懷抱著有朝一日登第的希望。〈曲池作〉：「詠詩行信馬，載酒喜逢人。性爲無機率，家因守道貧。若無詩自遣，誰奈寂寥春。」寂寂無人探望落第的韋莊，顯得無可奈何，只好自我安慰，以詩消遣。還有〈下第題青龍寺僧房〉：「千蹄萬轂一枝芳，要路無媒果自傷。」寫眾多車乘中的一位佼佼者，卻因無人幫助我佔據顯要地位而感到悲傷。寫出了當時科舉行卷的弊病，如無認識朝廷要官，則要進入宮廷分一杯羹，是難上加難。在科場中不能實現理想，是詩人百般無奈的事。

4、仕隱的掙扎

　　唐代不僅是一個昂揚向上、崇尚功名的時代，也是一個隱逸的時代。仕途的大門雖然敞開，但是科舉考試的制度不夠公平完整，許多才氣縱橫的士子干謁無門，因而一生鬱鬱不得志。唐代知識份子的最終目標都是做官，他們對仕進有著無比的熱忱，然而希望越高，失望與打擊也越大，他們的仕進激情被冷酷的現實銷融了，這些仕子在失望與憤怒之餘，便走向隱逸。雖然唐代隱逸之風盛行的一些原因是唐代儒釋道並重：佛教的禪學，促成了當時文人創作濃厚禪意的文學詩作；道教的隱逸風氣被統治者視爲高尚的生活方式，促成唐代隱逸風氣的盛行。〔註43〕但晚唐的衰亂情況、政局變動，是使的士人不得不

　　入長安時作。李誼按《日知錄》（卷十七）〈中式額數〉條引《舊唐書》（卷一六八）〈高鍇傳〉：「爲禮部侍郎。凡掌貢部三年，每歲登第者四十人。三年牓出後，敕曰：『進士每歲四十人，其數過多，則乖精選。官途填委，要窒其源，宜改每年限放三十人，如不登其數，亦聽。』」乃舉當代登第數，不能確定何年，陳說未允。

〔註43〕木齋、張愛東、郭淑雲：《中國古代詩人的仕隱情結》（北京：京華出版社，2000 年），頁 172～173。屈原的積極用世的人生，它代表

隱於山林保身的主要原因，如白居易所言：「窮則獨善其身，達則兼濟天下」韋莊的隱居也是帶有這種自利主義的色彩。

　　光啓二年（886）夏初，韋莊奉周寶之命北上迎駕，〔註44〕大約在光啓三年（887）初，韋莊返回金陵時，本年二月，周寶被亂兵所逐，奔於常州，後又依於浙東錢鏐。韋莊陷入走投無路之中，他回到浙江後，經姑蘇、湖州、杭州，又沿富陽江南行，過桐廬至睦州，十月丁未「杭州刺史錢鏐陷常州。丁卯，鏐殺周寶。」（《新唐書・本紀》）〔註45〕韋莊無所依靠，不久也舉家南往越中，〈避地越中作〉：

　　　　避世移家遠，天涯歲已周。豈知今夜月，還是去年愁。

　　　　露果珠沈水，風螢燭上樓。傷心潘騎省，華髮不禁秋。

越是周國名，今浙江省紹興縣治。這首詩寫避世遷家遠至越中已一年，怎知今夜的月亮又勾起去年的離愁，頸聯以比喻法寫自己微末之力，似果珠沉水，螢燭上樓，末聯以潘岳之不得志喻自己的遭遇，〔註46〕避世的無奈之情，躍然紙上。韋莊曾對於世亂不平，仕不得志的心態，只好隱居在江南美景中尋求解脫，如〈將卜蘭芷村居留別郡中在仕〉：

　　　　蘭芷江頭寄斷蓬，移家空載一帆風。伯倫嗜酒還因亂，平

　　　　了先秦兩漢時期的世人的人生觀念，這是士人人生方式的第一階段；魏晉陶淵明以歸返田園的方式實現自己的人生價值，代表了魏晉以來士人的非功利主義的、自然的人生觀念，這是士人人生觀念的第二階段。唐人白居易的「窮則獨善其身，達則兼濟天下」則是前兩階段的整合，但其本質卻是功利主義人生觀念的變異，其中包容了魏晉以來的縱欲享樂的現世精神，功名的追求則是這種現世欲望的先決條件。見木齋、張愛東、郭淑雲：《中國古代詩人的仕隱情結》，頁250～251。

〔註44〕齊濤認爲奉密命去長安向襄王勸進。見齊濤：〈韋莊詩繫年〉，《山東大學學報》1996年第2期。

〔註45〕〔宋〕歐陽修撰，《新校本新唐書》（台北：鼎文書局，1979年）卷九本紀第九／僖宗皇帝李儇／光啓三年，頁280。

〔註46〕〔唐〕唐太宗御撰，《晉書・潘岳傳》：「岳才名冠世，爲眾所疾，遂棲遲十年，出爲河陽令，負其才而鬱鬱不得志。」見〔唐〕唐太宗御撰，《晉書》（台北：鼎文書局，1979年）卷五十五列傳第二十五／潘岳，頁1520。

子歸田不爲窮。避世漂零人境外，結茅依約畫屏中。從今
隱去應難覓，深入蘆花作釣翁。

詩中引用劉伶伯倫借酒避亂，張衡平子仕不得志歸於田圃的典故，寫
自己也想避亂隱居，深入江南蘆花叢中，消遙釣魚而去。棄世的根本
目的在超越世俗的名利富貴，體驗生命自由的樂趣，然而儒道人格還
未淡化、士人功名思想尚未消失的韋莊，決心隱居江南前仍然是一番
掙扎。在婺州時就有進退未決之一些詩作，如卷五〈婺州和陸諫議將
赴闕懷陽羨山居〉：

望闕路仍遠，子牟魂欲飛。道開燒藥鼎，〔註 47〕僧寄臥雲
衣。故國饒芳草，他山挂夕暉。東陽雖勝地，王粲奈思歸。

婺州在浙江省金華，於紹興西南處。此詩是韋莊和陸諫議將晉謁皇
帝，卻懷念在江蘇山居的日子。江南之地，爲道家煉丹、佛僧隱逸，
脫離世俗的地方，然而在幾番掙扎後，韋莊對於長安魏闕的家園與功
名，還是掛念在心。韋莊詩中屢以王粲自比，蓋其同爲天涯淪落人。
王粲爲東漢山陽高平人，字仲宣。博學多識，文詞敏贍，以西京擾亂，
乃至荊州依劉表，偶登當陽城樓，心懷故國，因作〈登樓賦〉以寄慨。
後仕魏，累官侍中，爲「建安七子」之一。韋莊同樣因西京擾亂至東
陽避難，其胸懷同王粲一樣仍快快不快。又卷五〈婺州屏居〔註48〕蒙
右省王拾遺車枉降訪病中延候不得因成寄謝〉：

三年流落臥漳濱，王粲思家拭淚頻。畫角莫吹殘月夜，病
心方憶故園春。自爲江上樵蘇客，不識天邊侍從臣。怪得
白鷗驚去盡，綠蘿門外有朱輪。

詩題直接點明自己在婺州隱居，王拾遺屈尊卑貴來訪韋莊。在江邊隱
居時，詩人同樣以王粲思家自況，〔註49〕可見其隱居乃不得已。首聯

〔註47〕藥鼎爲道家煉丹之鼎。
〔註48〕屏居：《漢書·竇嬰傳》：「竇嬰弗能得，謝病屏居藍田南山下。」注：
　　　　「師古曰：屏，隱也。」
〔註49〕以王粲自喻有〈早秋夜作〉：「不須更作悲秋賦，王粲辭家贅已凋。」
　　　　〈婺州和陸諫議將赴闕懷陽羨山居〉：「東陽雖勝地，王粲奈思歸」
　　　　〈婺州屏居蒙右省王拾遺車枉降訪病中延候不得因成寄謝〉：「三年

自述三年流落在江海之濱，就像王粲一樣懷念故園。頷聯以殘月夜吹
的哀悽畫角聲，在病中勾想起長安家園春天的景象，令人盤旋在思念
中。頸聯又回到現實隱居生活的自得其樂，自從隱居在江頭爲樵蘇
客，物我俱忘，就已經把什麼臣什麼官都忘記了，所以不識天邊侍從
臣。末聯寫懷疑白鷗鳥爲什麼皆驚飛而去，原來是顯貴者乘車而來。
此似用《列子‧皇帝》：「海上之人有好漚（鷗）鳥者，每旦之海上，
從漚鳥游，漚鳥之至者，百住而不止。」以喻自己心態上與自然融爲
一體。

　　文德元年（888）僖宗返京後去世，昭宗即位，有恢復前烈之志，
崇禮大臣，夢想豪傑。〔註50〕韋莊於昭宗龍記元年（889）自三衢至
江西。似乎感受到政權的轉替有助於國家局勢的轉變，〈和鄭拾遺秋
日感事一百韻〉中韋莊說道：「紫闥重開序，青衿再設庠。黑頭期命
爵，赬尾尙憂魴。」宮廷重新有朝覲之序，士子也重新建立學校，青
壯年期待著被封爵，百廢待舉的事業須更多努力。「赬尾尙憂魴」這
一句引用《詩經‧周南‧汝墳》：「魴魚赬尾，王室如毀」，魚勞則尾
赤，晚唐局勢還令人憂愁，但已較以往要多了重建家園的希望生機。
在這新朝廷的建立下，韋莊往江西南昌、九江一帶留連，表露了繼續
應試的念頭。江西經濟繁榮，人文也因而發達，唐代後期江西地區應
舉人數大增，〔註51〕宋人洪邁《容齋四筆》引宋人吳孝宗〈餘干縣學

流落臥漳濱，王粲思家拭淚頻」〈春雲〉：「王粲不知多少恨，夕陽吟
斷一聲鍾」〈出關〉：「正是灞陵春酗綠，仲宣何事獨辭家」〈洛北村
居〉：「無人說得中興事，獨倚斜暉憶仲宣」〈江邊吟〉：「若有片帆歸
去好，可堪重倚仲宣樓。」〈江上逢故人〉：「江畔玉樓多美酒，仲宣
懷土莫淒淒」

〔註50〕《資治通鑑》卷二五七：「有豪氣，喜文學。以僖宗威令不振；朝廷
日卑，有恢復前烈之志，崇禮大臣，夢想豪傑。踐祚之始，中外忻
忻然。」見王雲五主持縮印，《四部叢刊初編縮本》冊十一（臺北：
臺灣商務印書館，1975 年，台三版），頁 2558。

〔註51〕見黃玫茵：《唐代江西地區開發研究》國立台灣大學文史叢刊（台北：
台灣大學文學院，1996 年），頁 206～207。黃玫茵對《登科記考》
中的姓名、籍貫可考者作統計，中唐後江南道進士中，以袁州地區

記〉：「爲父兄者，以其子與弟不文爲咎；爲母妻者，以其子與夫不學爲辱」，〔註52〕所記雖爲宋代饒州餘干縣，但宋代能有這種表現，是唐末五代文風的逐步轉變。袁州爲江西地區文風最盛之處。〔註53〕韋莊於〈袁州作〉：「家家生計只琴書，一郡清風似魯儒。……。煙霞盡入新詩卷，郭邑閒開古畫圖。」〈題袁州謝秀才所居〉也提到「主人年少已能詩」，韋莊到江西讀書風氣濃厚、中舉人數眾多的地方，表明他想繼續努力往仕途奔進。

韋莊這種隱或仕的反覆猶豫，大多是避難江南的時候。因中原大亂，江南確實是隱居避難的好地方，且民風淳樸、景色優美，氣候宜人，客觀環境的引誘下，加上韋莊漸老卻許久不第，投靠的周寶幕府三年後又被人追殺，於是隱居的心態就浮現在韋莊心中。然而或是不甘於平淡貧困中打混，不甘滿腹的經史韜略無處弘揚實踐，年餘半百的韋莊還是負笈應試，往功名一條路走下去。

（二）詞主要多寫男女艷情

韋莊詞主要是寫男女之間的情詞，大多是詩人與歌伎間的交往，其中以離恨相思詞的內容佔最多，其次則寫男女歡游，以下分從兩方面探討：

1、離恨相思

《花間》鼻祖溫庭筠大量寫相思詞，在六十八首詞中，相思詞佔四十二首〔註54〕佔全部詞作 62%，韋莊的五十五首詞中相思詞有二

人數最多。《太平寰宇記》卷一〇九〈江南西道・袁州〉條也稱：「宜春山水秀麗，鍾於詞人，自唐有舉場，登科者實繁。江南諸郡俱不及之。」

〔註52〕〔宋〕洪邁：《容齋隨筆》容齋四筆卷第五，饒州風俗條，引宋人吳孝宗〈餘干縣學記〉見臺灣商務印書館編審委員會主編：《四部叢刊廣編》（臺北市：臺灣商務印書館，1981 年）冊 27，頁 310。。

〔註53〕黃玫茵：《唐代江西地區開發研究》（台北：台灣大學文學院，1996年），頁 216。

〔註54〕分類見詹乃凡：《韋莊男女情詞研究》（國立台灣大學中國文學研究所碩士論文，2002）第四章歷時性的主題研究，頁 195。溫庭筠大

十二首，〔註55〕佔全部詞作 40%，溫韋相思詞所佔比例都很高。這部分多描寫相愛男女分離之後不得相見，獨自思念的愁苦。韋莊生活在唐末，經歷動亂，身陷兵火，大多在動盪不安的情況下渡過，而且他所描寫分離場景，似有確切時間與地點，像實際經歷的感受。如〈女冠子〉：

> 四月十七，正是去年今日。別君時，忍淚佯低面，含羞半
> 斂眉。　　不知魂已斷，空有夢相隨。除卻天邊月，沒人
> 知。

俞平伯《唐宋詞選釋》：「單看上片，好像是一般的回憶，且確說某月某日，哪知卻是夢景。逕用『不知』點醒上文，句法挺秀。韋另有〈女冠子〉，情事相同，當是一題兩作，那首結句說：『覺來知是夢，不勝悲』，就太明白了。」〔註56〕韋莊詞因為使用歷史幻設〔註57〕年、月、

量寫相思詞，溫庭筠詞存於《花間》者六十六首，另有兩首〈新添
聲楊柳枝〉見於《溫飛卿詩集》，共計六十八首，相思詞佔四十二首。
除了〈更漏子〉之五、〈定西番〉之一、之二、〈楊柳枝〉之二、〈清
平樂〉之二、〈荷葉杯〉之一，這六首為非情詞。（參見張以仁〈花
間集中的非情詞〉（上），《文史哲學報》48 卷（1998 年 6 月），頁
57、59～93、〈花間集中的非情詞〉（下）《文史哲學報》49 卷（1998
年 12 月），頁 79～110。）另外還有十九首情詞：〈菩薩蠻〉之一、〈南
歌子〉之六寫歡會，〈菩薩蠻〉之二寫別情，〈歸國遙〉兩首寫閨情
（詞中女子沒有明顯的相思對象，列入閨情），〈楊柳枝〉之三、〈南
歌子〉之二寫艷情（分別寫伎女與獵艷），〈楊柳枝〉之四、〈楊柳枝〉
之七、〈清平樂〉之一寫宮怨，〈定西番〉之三、〈楊柳枝〉之八、兩
首〈番女怨〉、〈遐方怨〉之一，〈訴衷情〉為邊塞詞，兩首〈女冠子〉
寫女冠凡情（參見張以仁〈溫庭筠兩首女冠子的訓解與題旨問題〉，
收於《花間詞論集》（台北：中央研究院中國文哲研究所，1996 年
初版），頁 169～182。）〈荷葉杯〉之二、〈荷葉杯〉之三寫傷年華
之逝，其他都是相思詞。
〔註55〕見〈附一〉。
〔註56〕俞平伯：《唐宋詞選釋》（台北：木鐸出版社，1980 年 6 月），頁 31。
〔註57〕此為孫康宜用語，大部分中國敘事詩的作者，都不會把「逼真」
　　　　（verisimilitude）當作詩藝的中心課題，因為讀者所要求於詩者實為
　　　　抒情的品質，於是「歷史真相」不能在敘事詩中紮根。但韋莊好用
　　　　特定時間的傾向，卻使他的敘述詩擁有「真實」的歷史向度。本為
　　　　抒情詞，但因有了朝代年紀，反而像是真曾發生過的事實一般。參

日歷歷在目,然而時間能如此清楚,是因爲分離時苦楚痛心所留下的
印記。這一首寫女子懷人,上闋幻設當時分離的時空,像是一般回憶
之作,然而下闋時間已經推移到分離之後時間點。從理智無法控制的
現實悲痛到虛幻夢境,女子乞求在虛幻空間與君相隨,將現實上只能
扮演著定止、等待,甚至被遺忘的角色,夢境中化爲主動追尋的角色,
以彌補兩人各自生活互動上的空缺。遙遠的天邊月亮看著底下人們分
離難過,卻無法傳遞思念,在思婦看來代表著無情的觀望者,然而除
了這無情的觀望者,也沒人知道思婦所受的煎熬,因此不可言說的苦
只能自我解嘲的與月亮相分擔。以反面寫還有月亮陪著我,實際上正
寫自己是最孤單的人。月亮與核心事件關係的密切程度爲「核心:分
離悲痛(思婦)——中介:無情觀望(月)——外緣:漠不關心(人、
郎人)」,悲情層層遠離核心而淡化,空間上也層層漸遙遠。若是那漠
不關心的人是思婦日思夜夢的郎君,便構成極端的矛盾,而兩人的落
差(深情思婦、無情郎),讓人爲思婦更加惋惜與同情。與上闋詞〈女
冠子〉(四月十七)有關的〈女冠子〉之二:

> 昨夜夜半,枕上分明夢見。語多時,依舊桃花面,頻低柳
> 葉眉。　　半羞還半喜,欲去又依依。覺來知是夢,不勝
> 悲。

起筆仍先寫時間,後言覺醒才知是夢。上一首是出自女子口吻,這一
首則是男子口吻,吳熊和《唐宋詞通論》:「第一首女憶男,第二首寫
男憶女,追憶雙方夢中相會情景,猶如兩地月下遙遙相應的對歌。」
〔註58〕這首詞大部分描寫夢中相見時的情景,「語多」代表著急於分
享最近生活的興奮心情,「依舊桃花面,頻低柳葉眉」代表著傾聽、
包容與知己的寬懷。這些句子有主動的拋話與被動的銜接,一往一來
形成和諧的呼應,「喜」則可知,「羞」則堪味,詹乃凡以爲「她因相

見孫康宜著:李奭學譯:《晚唐迄北宋詞體演進與詞人風格》(台北:
聯經出版事業公司,1994年),頁73～74。

〔註58〕吳熊和:《唐宋詞通論》第四章(杭州:浙江古籍出版社,1989年3
月),頁180。

聚而喜，是否因為離別之情話而含羞？『羞』字與前詞『含羞半斂眉』
的羞字又可呼應」。〔註59〕最後依然以夢醒點燃現實，悲傷隨之而亮。
唐圭璋評曰：「著末一句翻騰，將夢境點明，凝重而沈痛。」〔註60〕
「文學作品是作者從時間中贏取空間」〔註61〕韋莊以平淡真實的口吻
敘寫閨人情態和內心世界，成功的描寫在分離之後抽象之情緒，將一
刻分離的短暫，重設相會空間，在這重造的虛幻架構中，離情別恨悠
長中來，細膩動人，加之布局的和構思的新穎，使人感受到他出色的
敘述技巧。

　　韋詞之書寫，其立場十分純粹，在部分詞作中的女性，是韋莊個
人的寄情對象，是寫實而非虛構，〔註62〕因而無論是女性形象或情感
表達，都具有顯露直率的風格。溫庭筠所描繪的女性形象，她們儘管
失戀或失意，卻恪守封建禮教，盡力的保持著「淑女」的模樣，呈現
出一種哀怨萬分卻又「怨而不怒」的面目來，那些「思婦」的豐富複
雜和活生生的感情，大都經過了「肢解」，只剩下一腔怨緒和愁情供
人憐憫和欣賞，〔註63〕如溫庭筠〈蕃女怨〉：「萬枝香雪開已遍。細雨
雙燕。鈿蟬箏、金雀扇。畫梁相見。雁門消息不歸來，又飛回」不見
思婦的哀怨情緒，把等待的苦果獨自吞下，又見他的〈酒泉子〉：「羅
帶惹香。猶繫別時紅豆。淚痕新、金縷舊。斷離腸……」(楊柳枝)：
「織錦機邊鶯語頻。停梭垂淚憶征人。寒門三月猶蕭索，縱有垂楊未
覺春。」這裡頭出現的女性只會傷心、流淚；而韋莊在詞的內容上擴
大了原本侷限的女性化色彩，在一定程度上展現女子的大膽筆調，增

〔註59〕詹乃凡：《韋莊男女情詞研究》（國立台灣大學中國文學研究所碩士
　　　　論文，2002），頁144～145。
〔註60〕唐圭璋：《唐宋詞簡釋》（台北：木鐸出版社，1982年3月），頁18。
〔註61〕簡政珍〈比喻和符號〉見簡政珍：《語言與文學空間》（台北：漢光
　　　　文化事業，1991年6月第二版），頁134。
〔註62〕李文鈺：〈從女性型態情意的書寫論溫韋詞風之形成〉，《中國文學研
　　　　究》第十五期（2001年6月），頁20。
〔註63〕見楊海明：《唐宋詞主題探索》（高雄：麗文文化，1995年），頁142。

入詞人寫我之意識，首開寫了「男戀女」的詞篇，這些表現在：

甲、直接寫出女性大膽的追求男子的想法。如：〈思帝鄉〉

春日遊，杏花吹滿頭。陌上誰家年少，足風流。妾擬將身嫁與，一生休。縱被無情棄，不能羞。

「妾擬將身嫁與」爲（主詞（妾）＋動詞（擬將）＋受詞（身）＋動詞（嫁與））的完整句子，這是寫一個女子春天去郊遊，看到翩翩少年一見鍾情，產生無限愛慕，希望是一個值得她許身的年輕人。韋莊在寫這首詞時便化身爲妾，以妾的主觀想法寫出活潑大膽、天眞浪漫的熾熱感情，令人想見眞切。賀裳云這首詞：「小詞以含蓄爲佳，亦有作決絕語而妙者。」（《皺水軒詞荃》）〔註64〕直接以第一人稱的表達語法，使的詞義直接明瞭。溫庭筠雖有〈南歌子〉：「手裡金鸚鵡，胸前繡鳳凰。偷眼暗形相。不如從嫁與，作鴛鴦」與韋莊此詞相似，然溫庭筠是「偷眼暗形相」的偷偷思慕，表現自我克制的心態，多了一層含蓄的隔膜；而韋莊卻是擬想不計後果的主動追求，堅決的心志表現在就算被遺棄，也「死心塌地」，〔註65〕顯示她意無反顧的渴望、熱情，稍稍帶有著個性解放的特色。

乙、以女性角度寫別人思念她，如：〈浣溪沙〉：「夜夜相思更漏殘，傷心明月憑闌干。想君思我錦衾寒。」這一首詞是抒女子思念男子之情，〔註66〕在一定程度上顯露了他在思想觀念上的某種更新和解

〔註64〕〔清〕賀裳：《皺水軒詞荃》，見唐圭璋：《詞話叢編》（第一冊）（台北：新文豐出版，1988年2月）頁202，小詞作決絕語條。

〔註65〕〔明〕卓人月《古今詞統》卷三：「徐士俊評『妾擬將身嫁與，一生休』云：死心塌地。」轉引自史雙元：《唐五代詞紀事會評》（安徽：黃山書社，1995年12月），頁377。

〔註66〕這首詞的敘事角度原有不同的說法。這裡採用詹乃凡《韋莊男女情詞研究》的解釋，他認爲：查韋莊詞用「君」字凡十一見，除了「玉華君」是神名外，其他十處都指男子。又查韋莊詩中「君」字，除了特定名稱，如「昭君」、「使君」，或用以稱「杏花」或稱「虎」，其他「君」字用法也都指男子，而無指稱女子之例。再觀察溫庭筠詞，溫庭筠用「君」者凡十一見，也都指稱男性。以此證明「想君思我」的「君」字恐怕是指男性而非女性，則此詞是由女子角度寫，

放，他對戀人的感情是建築在尊重對方的思想基礎之上，不只女性思慕男性，男性也會思念女性。溫庭筠花間詞中六十六首，沒有一首寫到「男思女」的作品，〔註67〕這就表明溫詞所塑造的女性形象，一方面確實體現了封建時代婦女對於愛情的渴望和受壓抑的深沈苦悶，但一方面卻仍舊把她們禁錮在「發乎情，止乎禮義」的「大家風範」套式裡。〔註68〕韋莊詞的婦女稍稍解放了「恪守婦道」的思想陣地，「厚臉皮」的代對方想到自己，當我想到他在思念我，其實也正是我在想念他，雙方都承受寂寞的痛苦。

2、男女歡游

　　韋莊詞中多以男女之情為主，除了思念悲情外，亦有寫狎妓艷情之樂。如〈清平樂〉描寫男女歡合之後，女子的留連難捨：

　　　　何處遊女，蜀國多雲雨。雲解有情花解語，窣地繡羅金縷。
　　　　妝成不整金鈿，含羞待月鞦韆。住在綠槐陰裏，門臨春水
　　　　橋邊。

本首寫蜀地游女與男子歡合之後的情態。本詞除了描寫女子「妝成不整金鈿、含羞待月鞦韆」的身態動作外，亦用了比喻法來描寫男女愛戀歡合的情形，「蜀國多雲雨」，《花間詞新注》云：「四川一帶多雲雨。雲雨這裡是雙關語，實指男女歡合游冶之事。」〔註69〕其說甚是，從宋玉《高唐賦序》裡的神女自稱：「旦為朝雲，暮為行雨」以來，「雲雨」一詞代指男女歡合。「雲解有情花解語」，李誼注為：「游女雲集

　　　　非如《花間集新注》諸家所言，是男思女，而是女思男。見詹乃凡：
　　　　《韋莊男女情詞研究》（台北：台灣大學中國文學研究所碩士論文，
　　　　2002年），頁111。
〔註67〕溫庭筠〈清平樂〉：「洛陽愁絕。楊柳花飄雪。終日行人恣攀折。橋
　　　　下水流嗚咽。　　　上馬爭勸離觴。南浦鶯聲斷腸。愁殺平原年少，
　　　　回首揮淚千行。」此首寫離別當時男子傷心，女子難過，稍寫到男
　　　　子的情感，但未寫男子思念女子。
〔註68〕楊海明：《唐宋詞主題探索》（高雄：麗文化事業有限公司，1995），
　　　　頁143。
〔註69〕沈祥源、傅生文：《花間集新注》（南昌：江西人民出版社，1997年
　　　　2月），頁105。

而多情，似花之能解語也。」雲集雖說游女之多，但不盡其意。《花間集新注》注曰：「游女們如含情之雲，如知語的花。」〔註70〕把游女如「雲」與代指男女歡合「雲雨」相比附，就是描寫游女如高唐神女的多情。「解語花」唐玄宗曾稱讚楊貴妃為「解語花」，〔註71〕則是描寫游女們善解心意，把他們接款伺奉的稱心如意，雖未明說歡合的情況，然用此比喻不難了解這隱藏的曖昧歡娛。下片則是描寫男女交歡之後的情況，原為「窣地繡羅金縷」，裊娜的美姿，現重新整妝，卻「不整金鈿」嬌懶的妝扮打靸韆，暗寫餘情盪漾，末句「住在綠槐陰裏，門臨春水橋邊」，可以看出重新訂約之意，留連難捨，示意崔護莫忘重來。〔註72〕

　　韋莊描寫的女性像是他活脫脫愛戀過的，不同於晚唐、五代的艷詩艷情，把女性當作物品一樣描寫。他以描寫女性的細膩動作來表現女性的嬌嗔，而非綺麗圖像的名詞排列，這樣的寫法將男女互動靈活靈現的呈現出來。如〈江城子〉之一：

> 恩重嬌多情易傷，漏更長，解鴛鴦。朱唇未動，先覺口脂
> 香。緩揭繡衾抽皓腕，移鳳枕，枕檀郎。

此詞上前部分由男子的角度寫，「緩揭繡衾抽皓腕」句之後就換由女子的角度寫。「恩重嬌多情易傷」首言男子感到女子對自己的生氣，好比是說我對你那麼好，百般的呵護你，所有喜怒哀樂全部都依你，寵的你嬌滴滴的受不住一些委屈，如今只要我對你稍有一點失意，就很容易讓你濤天怒火對我不諒解。〔清〕況周頤評曰：「此語非于情中極有閱歷者不能道」〔註73〕說出了韋莊對於情的深刻體會。引起女子

〔註70〕 沈祥源、傅生文：《花間集新注》（南昌：江西人民出版社，1997年2月），頁105。

〔註71〕 見〔後周〕王仁裕：《開元天寶遺事》卷下，見《景印文淵閣四庫全書》冊1035（台北：台灣商務印書館，1985年6月），頁860。

〔註72〕 參見詹乃凡：《韋莊男女情詞研究》（國立台灣大學中國文學研究所碩士論文，2002），頁98。

〔註73〕 轉引自李冰若：《花間集評注》，《宋紹興本花間集附校注》（台北：鼎文書局，1974年10月）附錄，頁70。

情傷的原因可能是男子晚至，讓女子苦後傷心。男子爲了補償苦候傷心的女子，於是主動藉由肢體接觸的方式挑情讓女子高興無法生氣。這首詞由描寫男女方面互動的動作寫出男女雙方歡合的愉悅心情，男生的動作「解開鴛鴦帶、聞女子的香味、端詳女子的紅唇及一切，讓女子枕著舒服的鳳枕」，女子假裝情傷小埋怨卻欣喜服侍著男子「緩揭繡衾抽皓腕，移鳳枕，枕檀郎」，女嬌男愛、輕憐密愛之間的微妙關係，在這些動作中表露無遺。

　　不管詞的主要內容是寫男女相思之悲情或尋花問柳之淫樂，皆表現出柔媚婉約的情感，與韋莊詩的內容大大的不同，詞的創作對韋莊是一種新嘗試。

第二節　韋莊詩詞內容相同點

　　溫庭筠詞幾乎全是描摹婦女形貌或刻劃男女戀情，韋莊詞中雖以抒發要眇柔靡的情感爲主，卻不侷限在男女的情事中，他的詞內容多樣，也有思念故國、憶往傷今等作品。溫詞幾乎全是客觀的描寫，絕少滲入作者自己的感情，多是應歌之作，是代言體。而韋莊詞除了男女艷情的描寫外，兼有以本人經歷爲表述對象，以本人爲主人公，抒發身世之感的內容。韋莊詞中有寫士大夫流離漂泊的悲哀、憂國懷鄉的情緒、科舉登第的熱鬧場面等，雖然此部份是在韋莊詞中佔少數，但這一部分正與韋莊詩主要的內容情感相同。

一、詞詩皆蘊含自身感觸

　　晚唐、西蜀詞多作於酒筵歌席之間，詞主要以應歌，通過歌唱傳播，而歌唱者多是女性，因此女性歌唱者既是詞的傳播者，又是詞的第一接受者，王兆鵬說：

> 詞的聲情必須適應女性柔軟「諧婉」的歌喉，詞的內容趣
> 味必須滿足、符合歌女的期待視野；這樣聲調激越的「豪
> 氣」詞就難以進入詞中，但同時也限制了題材內容的廣泛

開拓。〔註74〕花間範式詞的柔軟性、婉媚性、狹深性與女
聲歌唱這種傳播方式及由此而來的女性化的期待視野大有
關聯。

因此晚唐五代詞的「傳播方式」是爲了歌筵酒席中男性的消遣娛樂，
以及爲了適應「女性柔軟諧婉的歌喉」，因此具柔軟性、婉媚性、狹
深性的戀情內容成了詞中約定範式，聲調激越的「豪氣」詞就難以進
入詞中。在封建社會男尊女卑的風氣籠罩下，晚唐文人愛情作品的模
式基本上還侷限在女子思慕男子，甚至女子向男子「乞憐」的習套裡
面，〔註75〕而隱伏在其背後的則是大男人主義。溫庭筠的戀情基本仍
沿襲者傳統的習套和路數，沒有什麼突破，甚至有著應酬式的矯情作
假；在這女子整日思念男子，哀怨心態的脂粉味下，韋莊卻有其殊異
之處，韋莊詞固然也寫代言體作品，然而卻有不是應酬敷衍的型式化
作品，韋莊詞「情深語秀」，多本諸現實人生的實際感受，不僅借以
寄託一己之心緒，也暗向主體意識及詩的回歸。〔註76〕韋莊詞有著蠻
勁直接的情感，李冰若《栩莊漫記》〔註77〕也云：「清綺明秀，婉約
爲高，而言情之外，兼書感興者，端己一派也」鄭騫說：「溫詞所寫
的是人類對於宇宙人生所同具的感覺與印象，韋詞所寫則是他個人的
離合悲歡。用人間詞話的說法來講：溫詞是造境，韋詞是寫境；溫詞

〔註74〕 王兆鵬：《宋南渡詞人群體研究》（台北：文津出版社，1992 年 3 月），
頁 305。

〔註75〕 宋代以前的戀情詩文，除開《楚辭》中的〈湘夫人〉、張衡的〈四愁
詩〉、陶淵明的〈閒情賦〉以及李商隱的某些無題詩等極少量的作品
中，其餘大量的宮體詩、閨怨詩，就盡多的是「千春誰與樂？唯有
妾隨君」（梁簡文帝蕭鋼〈採蓮曲〉）、「忽見陌頭楊柳色，悔叫夫婿
覓封侯」（王昌齡〈閨怨〉）之類的神態和意緒。見楊海明：《唐宋詞
主題探索》（高雄：麗文文化，1995 年），頁 140。

〔註76〕 喬力：〈肇發傳統：論花間詞的審美理想與功能曲向〉《遼寧大學學
報，1996 年第四期（總第 140 期）》，頁 33。

〔註77〕 《栩莊漫記》，初不明何人所撰，引見於李冰若著《花間集評注》。
1993 年北京人民出版社出版《花間集評注》，書末附冰若子李慶蘇
〈影印出版後記〉，始說明《栩莊漫記》即其父李冰若所作，盡釋世
人之疑。

是無我之境，韋詞是有我之境。用普通話來解釋：溫詞是客觀的描摹，韋詞是主觀的抒寫。」〔註78〕葉嘉瑩也說韋莊的詞比溫庭筠更進一步的地方是有了主觀的抒情，〔註79〕使的寫詞時如同寫詩一樣具有意識的存在，透過書寫愛情的內容，表達他的一種感情和心意，但跟他所寫的詩有一種士大夫的理想和志意是不相同的。韋莊寫詩的理想是安國用世，"有心重築太平基"（〈長年〉）"平生志業匡堯舜"（〈天河道中〉）這種遠大強烈的功業心理，而其詞之意志，則是首開先例的爲男子抒發抑鬱心情的牢騷。沈謙說：「溫鋪陳濃麗，韋簡勁清淡。溫多爲客觀之敘寫，韋多爲主觀的敘寫。溫詞像一隻華美精緻而欠缺明顯個性及生命的『畫瓶金鷓鴣』。韋詞則像一曲清麗宛轉，洋溢生氣與感情的『弦上黃鶯語』。溫詞予人一片華美意象，雖可激發豐富聯想，然其中人物情事難以確指；韋詞則予人眞切感人之情意，大有其中有人呼之欲出之感。〔註80〕」韋詞之所以予人眞切感人之情意，是因爲有寫我之情境。

（一）流離漂泊的悲哀

　　韋莊在唐末，經歷動亂，陷身兵火，奔走南北，爲了逃避禍難以及爲了尋求靠身的幕府，詩人從關中到洛陽到江南，再回到關中，之後到蜀，奔波流離，因此詩中許多這種異鄉遊子的悲哀。韋莊詞中也多分離相別之作。

　　同樣描寫流離情境，詞與詩具有相同內容的例子，如：〈浣溪沙〉之三

　　　惆悵夢餘山月斜，孤燈照壁背紅紗，小樓高閣謝娘家。
　　　暗想玉容何所似，一枝春雪凍梅花，滿身香霧簇朝霞。

〔註78〕 鄭騫：〈溫庭筠韋莊與詞的創始〉，收於羅聯添編：《中國文學史論文選集》（台北：台灣學生書局，1979 年 3 月），頁 1322.1323。

〔註79〕 葉嘉瑩：《唐宋詞十七講（上）》（台北：桂冠，2000 年二版），頁 93。

〔註80〕 沈謙：〈韋莊的詞〉，《中國語文》第 83 卷 3 期（1988 年 9 月），頁 23。

這首詞與〈含山店夢覺作〉意思似乎有相關之處，尤其是詩的最後兩句：

曾為流離慣別家，等閒揮袂客天涯。

燈前一覺江南夢，惆悵起來山月斜。

「燈前一覺江南夢，惆悵起來山月斜」豈非「惆悵夢餘山月斜，孤燈照壁背紅紗」的另一寫法？因此這一首詞的背景也可能是含山縣旅次，含山店在今安徽省含山縣西，詩與詞寫的是韋莊流浪江南時的遭遇。〔註81〕單看詞並不能確定是描寫江南之時，從詞的內容，上片起筆「惆悵夢餘」四字，刻畫了他相思成夢，夢醒後又惆悵的心理變化。「山月」以下是夢醒後的室外、室內的環境，此時天還未亮，月亮還斜斜掛在山邊，背紗窗點著的孤燈熠熠照壁。這裡詞的情境鋪陳，如同詩作「燈前一覺江南夢，惆悵起來山月斜」。藉由詩的敘述點出了江南的字樣，詩詞互證，這首詞也就被認為是描寫江南之作。詞接下來則敘述夢中所見，是一位住在小樓高閣令人驚艷的美女。〔註82〕下片「暗想」句補足「小樓」句意，領起下片想像其人，一問題起，兩句作答，張以仁先生對這兩句答語有非常好的解釋：「五六兩句對偶，或寫美人之神，或寫美人之貌，而以比喻出之，設色明艷，便覺滿眼芳菲，一團錦繡，光旋波蕩，有不盡之餘香，難描幽韻」〔註83〕春雪冰冷，梅花卻錦簇芳菲。春雪純白，梅花粉紅，這是色彩的相對照；雪凍住一切是清冷的，梅花綻放是微熱的，這是冷熱溫度的不同；雪凍中靜止但梅花微放，也是靜中有動的不同。白裡透紅，冰冷中有溫

〔註81〕 張以仁講授內容亦提及。參見詹乃凡：《韋莊男女情詞研究》（國立台灣大學中國文學研究所碩士論文，2002）第三章韋莊詞分類賞析，頁107。

〔註82〕 李太尉德裕有美妾謝秋娘，太尉以華屋儲之，眷之甚隆；德裕後鎮浙江，為悼亡伎謝秋娘，用煬帝所作〈望江南〉詞，撰〈謝秋娘曲〉。以後，詩詞多用『謝娘』、『謝家』、『秋娘』，泛指伎女、伎館和美妾。」見沈祥源、傅生文：《花間集新注》（南昌：江西人民出版社，1997年2月），頁20～21。

〔註83〕 張以仁：〈讀詞小識〉，《台大中文學報》創刊號（1985年11月）。

氣，靜中微動，清冷高絕而又不失溫柔婉約的神韻風姿逕自呈現，加
上春雪凍住美麗的綻放，秀嫩晶潔如花初綻的美貌引起無限遐想，其
身新妝初成散發出之香氣，標格如昭霞般艷麗，令人驚嘆。夢中的她
在詩人心中為什麼如此美麗？是因為詩人身在異鄉，不得相見，於是
在幻想中加倍美化了她。

　　而詩則「等閒揮袂」，直接指出身在異鄉的故作瀟灑，並不言夢
中所見，但「惆悵」說明詩人醒來的孤單失落，可知在夢中，卻是相
思纏綿。詞雖與詩寫的偏重面不同，詩不言纏綿夢境，直言身慣流離，
詞則不言流離異地，而言相思之深情，然詩詞其實皆是以同一題材內
容的不同發揮。以下再分別舉韋莊詩、詞同寫流離漂泊的內容介紹如
下。

1、就詩而言

　　韋莊詩中多言十年流落在外，無由到帝鄉，〈贈邊將〉：「萬里只
攜孤劍去，十年空逐塞鴻歸。……只待煙塵報天子，滿頭霜雪為兵機。」
寫邊將如暗喻自己在外奮鬥十年無成，只怕回報天子時已白頭霜雪；
〈投寄舊知〉：「萬里有家留百越，十年無路到三秦。摧殘不是當時貌，
流落空餘舊日貧。」寫流落十年的歲月已摧殘青春才華，回首當時卻
是貧窮伴一生；〈與東吳生相遇〉（及第後出關作）：「十年身事各如萍，
白首相逢淚滿纓。」也是寫十年的漂泊歲月未受君王青睞，當時年華
早已摧殘；〈郿州留別張員外〉：「三楚故人皆是夢，十年陳事只如風。
莫言身世他時異，且喜琴尊數日同。」也是如此。韋莊自中和二年（882）
春離京，到昭宗景福二年（893）入京應試，有十年多之久，流離漂
泊自江南等地而苦無進仕機會。韋莊詩舉成數言，可知其十幾年流落
在外的浮萍生活貧困無成，對韋莊而言是刻苦銘心的日子。在這些日
子中，韋莊無不想早日回帝鄉、無不憂愁年歲日衰，怕壯心已被消磨
殆盡，而才華也將置於無用之地。

　　韋莊的詩別離的作品不少，常是與故人贈別之作，如〈歲除對王
秀才作〉：

　　我惜今宵促，君愁玉漏頻。豈知新歲酒，猶作異鄉身。

　　雪向寅前凍，花從子後春。到明追此會，俱是隔年人。

這首詩寫詩人與王秀才於除夕的時候喝酒渡新年，詩中提及自己在新年不得回家，仍然是異鄉遊子，「豈知新歲酒」以「豈知」開頭似乎是自己未嘗預料到離家會這麼久，「猶作異鄉身」一句具有無奈的悲哀。詩中強調時間的催促，是對離家久遠的心慌。

　　又如〈東陽酒家贈別二絕句〉之二：

　　天涯方歎異鄉身，又向天涯別故人。

　　明日五更孤店月，醉醒何處淚沾巾。

此詩言韋莊一再別離，漂流不定。「天涯方歎異鄉身」說明韋莊才感嘆流落在東陽的異鄉，如今卻又要與此地的故人別離，明天五更清早又不知道醒來在何處的悲哀。此首詩以「方……又……」的比較方式，先描寫在才剛適應異鄉的悲愁，後更進一層寫比在異鄉更殘忍的事情，就是再遷移，與此地的好朋友又要分離的痛苦，然後預想明天清早起來的情況。清早起來模模糊糊間可能還以為在舊地，但是等完全清醒後，這些離別的事就實實在在的逼迫詩人去承受，預想的痛苦再加深今日的憂愁。顯示韋莊對於飄泊生活的無奈，而現實生活又帶給他無限的淒涼與惆悵。

2、就詞而言

　　韋莊詞也有別離後再流離的作品，多寫他與伎女分手的依依不捨，如〈荷葉杯〉之二：

　　記得那年花下，深夜，初識謝娘時。水堂西面畫簾垂，攜手暗相期　　惆悵曉鶯殘月，相別，從此隔音塵。如今俱是異鄉人，相見更無因。

上片追敘與情人初次相見傾心的情景。時間地點當時情況都敘述得一目了然，初識謝娘時的時間，是深夜，「那年、深夜、初識時」年、日、時分為三句來說，時間點越來越清楚，地點在水堂西面的花下，「畫簾垂」照映深夜人靜，「攜手」句寫兩情相投。下片是分離痛苦

的畫面，寫他與女子的分別。「曉鶯殘月」刻劃離別的淒清環境，相
別之後，音信斷絕，因此相見無因，現在漂流他鄉，人各一方，「更」
無由得見，比較層次使無奈之情更加深切。此詞寫相別後又流離他方
終無得再會情人的悲愁。男女相別之詞又如〈江城子（一名水晶簾）〉
之二：

> 髻鬟狼藉黛眉長，出蘭房，別檀郎。角聲嗚咽，星斗漸微
> 茫。露冷月殘人未起，留不住，淚千行。

寫女主人留不住男主角要離去的悲傷。大清早起連頭髮都來不及梳
理，髮簪散亂，就奔出蘭房，急著送別情郎，此時「角聲」嗚咽，以
自然聲音模擬人哭的聲音，代替女主人的嗚咽，又代表著時間的催
促。「星斗漸微茫」，顯示時間漸亮，天人共感的淒涼氣氛加上時間的
催促，其依依不捨的感情令人同情。「露冷月殘人未起」，其他人這時
候還窩在被裡與情人共溫存，對照自己大清早受冷風侵襲送別情郎的
落寞，冷熱對照，心情更是冷上加霜。想把要離走的情郎留住，但留
不住，只好以千行淚流訴無盡之苦。

　　韋莊詞多寫女性以淚流相送、低頭啜泣，一再挽留郎君的不忍割
捨場面。一方決意出發，展現出的力量較大，一方委婉勸留，展現出
的力量較小，小力量與大力量的拉扯，愈拉扯愈顯示大小力量的差
距，結果終究是小力量的失敗。亞里斯多德云：「男人是主動、積極
的，充滿活力，活躍在政界、商界及文化界。男人形塑、捏造了社會
及世界。相對的，女人是被動、消極的，她待在家，這本是其天賦。
她是等待由男人捏塑的物質。」﹝註84﹞解釋了兩性在社會地位上的差
異，也說明了男性主權、力量大於女性，主導弱者，使弱者在悲劇中
被主導者犧牲，以成全強者，形成弱愈弱、強愈強的差距，弱者悲傷
的情緒被這強烈大力量的割棄中，造成最大的負面情緒臨界點。韋莊

﹝註84﹞引自羅莎琳・邁爾斯（Rosalind Miles）著，刁筱華譯《女人的世界
史》（THE WOMEN'S HISTORY OF THE WORLD），（台北：麥田出
版社，1988.12.1），頁88。

詞中的情人分離就多是這種糾纏不清的拉扯心傷。以下以圖示其力量
的不同：

挽留悲傷圖：

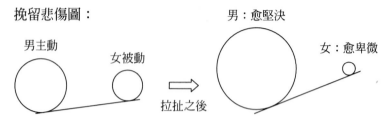

但韋莊詞具有特殊的地方是他的送別詞，除了歌伎情人相別之
外，也有類似像詩的地方，在餞別中勸君珍重現有時光，沒有拉拉扯
扯的不平衡畫面，而是平起平坐，兩人地位與力量相等的，珍重祝福
對方，相惜的昂揚情緒使送別情感壯闊。

相惜歡宴圖：

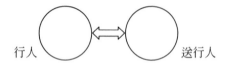

如〈上行杯〉之一：

芳草灞陵春岸，柳煙深，滿樓弦管。一曲離聲腸寸斷。

今日送君千萬，紅縷玉盤金鏤盞。須勸！珍重意，莫辭滿。

這首詞寫樓筵勸酒，互祝珍重。今日君要走，好好歡慶最後的相見時
光，珍惜最後的時刻。上片寫離別時的景物季節與地點，下片寫餞別
宴勸酒叮嚀的情形。「送君千萬」選用具有廣大意象的語詞，使的主
人送別的情意深長，場面也就壯闊嚴謹多了。陳廷焯《白雨齋詞平》：
「『勸君更進一杯酒，西出陽關無故人。』同此淒艷。」〔註85〕亦說
明韋莊詞與王維詩〈渭城曲〉在送別內容上具有相似的情境鋪寫。可
證韋莊作詞時取用的內容有時是當作寫詩一般，並沒有侷限於男女艷
情之間。韋莊詩中〈江上逢故人〉：「前年送我曲江西，紅杏園中醉似

〔註85〕轉引自曾昭岷：《溫韋馮詞新校》，（上海：上海古籍出版社，1988
年12月），頁207。

泥。」同這首詞一樣是歡樂送別之作，勸酒之勤與珍重叮嚀都是朋友間真情的流露，此類詞具超越濃情密意，寫惜別的開曠之境，而寓深情於平和之中。又如〈上行杯〉之二：

> 白馬玉鞭金轡，少年郎，離別容易。迢遞去程千萬里。
>
> 惆悵異鄉雲水，滿酌一杯勸和淚。須愧！珍重意，莫辭醉。

這一首詞也是餞別少年郎，並祝珍重之作。「白馬玉鞭金轡」，表現少年郎胸懷大志的意氣風發，因為壯志逸氣，所以輕別離，要去的地方似乎是遙遠的千萬里。下片主人為少年想到以後到異鄉雲水陌生環境的孤獨情境，便更勸酒，以此歡樂代替別離的傷痛，主人自謙招待不周，對遠行人抱愧，希望客人珍重主人的心意，盡興飲酒。

（二）憂國懷鄉的情緒

憂國懷鄉，這個歷史的結果是人類都嚮往「安土樂業」。〔註86〕「思鄉所引發的正是親近社會群體意識。其本質上是以孤獨心態為內在特徵的特殊情感體驗方式。人在孤獨無依時，價值取向偏重尋求安全感，希冀著親和力的憑依。」〔註87〕失去了安全感，才會深深體會到安全感的重要，離別故鄉的人才會深深體會到故鄉的可親。初盛唐文人覺得躬逢盛世應有所作為，因為國家提供了一個安定的背景，讓人足以憑藉而放心大展長才，儘管邊塞戰爭連連不已，征戍徭役在所不免，但思鄉的情調卻是較為達觀高昂，安史之亂後亂離之世又至，國勢日衰，大唐王朝夕陽西照，人民不受庇護而必須自求多福，在社會失序下轉而出現失望心態，韋莊詩歌也多發哀婉之調，其中關心國家憂懷家鄉的焦點從未轉移。

詞誕生於酒宴歌席和花前月下的娛樂歌唱環境中，本偏重於「溺於情好」的私人生活感情，溫庭筠的詞就幾乎是用來「娛賓佐歡」的

〔註86〕楊雄：《連珠》收錄在〔清〕嚴可均輯：《全漢文》（北京：商務印書館，1999 年），頁 416。

〔註87〕王立：《中國古代文學十大主題──原型與流變》（台北：文史哲出版社，1994 年 7 月），頁 248。

應歌之作，與士大夫的情感搭不上線；然而韋莊詞擴大了應歌的內
容，將作者心靈深處的感情曝光，使詩人憂國懷鄉的情感在詞中也出
現。

1、就詩而言

　　造成韋莊憂國懷鄉的情緒最主要是因爲社稷正遭逢戰亂與動
盪，黃巢之亂一發不可收拾，甚至侵襲到京城權力中心，這攸關到政
權的更替與新的改革即將爆發，身爲晚唐仕子甚至是唐代顯赫家族的
後代子孫，對此威脅唐王朝生存的動亂，絕對是驚天動地的。黃巢入
京師後，沒多久大肆掠奪焚燒，殺人滿街，不異於盜賊，官吏都抵擋
不了，於是長安城的人們只好自求多福，盡量避開這場劫難。韋莊也
處在這慌亂的人群中，使得他只能在異地關心國家。如〈中渡晚眺〉：

> 魏王堤畔草如煙，有客傷時獨扣舷。妖氣欲昏唐社稷，夕
> 陽空照漢山川。千重碧樹籠春苑，萬縷紅霞襯碧天。家寄
> 杜陵歸不得，一迴回首一潸然。

首聯點出作者所在位置，魏王堤是洛陽都城勝地，堤畔草長，碧綠如
煙，道出離情的景色，在這堤岸上有人傷時微吟，獨自敲打船舷爲歌
擊拍。頷聯敘述歌者傷時的原因，夕陽西沉時刻，慢慢有暮靄籠罩目
光視線，擋住道路，黃巢的叛亂就像霧氣昏暗了社稷，韋莊以這霧氣
逕稱「妖氣」來罵動搖國家的滋亂者，可見韋莊用詞的直接與憤慨的
情緒。下句以景作喻，帶有濃厚的滄桑之感。夕陽是一天中陽光照射
力最弱的時刻，如以喻社稷氣數，是指唐朝生命如日薄西山的衰落，
其中的「空」指一切蕩然無存，只有不解人世變化、歷史興衰的夕陽
依舊照射大地，大漢江山還在，只是朝代人事則鼎移大變。頸聯描寫
晚眺所見之景。描寫角度擴大到天地景物中，回歸於何處的茫然更加
濃厚，失望的情緒更加深沉。詩人往杜陵望去，杜陵是韋莊的故鄉，
在長安南五十里，看見春天的庭院被碧樹叢叢籠罩，千重繁茂的樹木
給人生氣盎然的精神力量，也象徵安定不移的百年事業；加上夕陽萬
縷的紅霞襯著碧天，詩人用豐富的顏色：碧樹、紅霞、碧天，與「千

樹」「萬縷」的數量詞，交織成美麗與廣大的景色，可以知道杜陵給
詩人的感覺是希望與安定，杜陵就位在唐朝首都，甚至是大展抱負的
基地點，然而這朝思暮想的家鄉與朝廷，雖離現在位置不遠，因為戰
亂的破壞，卻是歸不得，近在眼前的「隔絕」，可望不可及是更加痛
苦的，因此懷鄉憂國的情緒噴發，一回首望見家鄉便淚流而下。又〈遣
興〉：

> 如幻如泡世，多愁多病身。亂來知酒聖，貧去覺錢神。
> 異國清明節，空江寂寞春。聲聲林上鳥，喚我北歸秦。

這首詩交代了時間（清明）、景物（春天景色、江流、鳥聲）、情（思
鄉）、理由（愁病交身）。「亂來知酒聖」，說明韋莊不得已身處異鄉與
動亂有關，此詩敘述在避亂的歲月中，韋莊不但飽嘗漂泊流離，貧病
寂寥之苦，面對漫天烽火，有志難伸，更是憂心如焚，在這種情況下，
借酒澆愁才得以稍解壓力。「亂來知酒聖，貧去覺錢神」，意思是說失
去安定的日子開始憂愁傷世，才知道酒能消愁的好處，身無分文而困
乏挨餓時才覺得錢財是萬能的。在詩人身心都貧困交迫的時候，況值
清明祭祖容易思歸的時節，「人窮則反本」，於是憑依故鄉的親合力，
尋求安全感的心緒便油然而生，在這種強烈受傷的身體心理之下，而
四周景物「春暮」、「鳥啼」、「清明」的信息媒介又觸動思鄉情愫，物
我相感「本質上是一種對生命的機能和生活事件的推移的感受，這種
感受被我們內在地感受爲一種張力——一種肉體的、情感的以及精神
上的張力。」〔註88〕「鳥啼」聲被詩人心理自動推移後，鳥啼便不單
單是歌唱，而是催促著詩人快快歸鄉的叮嚀，由此而產生復歸故里的
衝動，憂國懷鄉的情緒便跟著鳥的催促聲節節高漲。

2、就詞而言

　　韋莊詞之一大特色，是自歌筵酒席間不具個性之艷歌變而爲抒寫
一己眞情實感之詩篇。韋莊生活在唐末，經歷動亂，身陷兵火，大多

〔註88〕蘇珊・朗格：《藝術問題》（北京：中國社會科學出版社，1983年），
　　　　頁35～36。

在動盪不安的情況下渡過，受到自身生活的長久染習，除了男歡女愛的內容外也兼有抒發身世之感，與詩有著相似的內容描述。如韋莊代表作〈菩薩蠻〉五首，其一：

> 紅樓別夜堪惆悵，香燈半卷流蘇帳。殘月出門時，美人和淚辭。　琵琶金翠羽，弦上黃鶯語。勸我早歸家，綠窗人似花。

第一首寫將離洛陽南遊時，追憶當時的將別之夜，從夜景寫到次晨惜別之情。美人琵琶之妙及別時言語，皆歷歷在目，思之慘痛，使欲歸之心更加急切。

其二：

> 人人盡說江南好，遊人只合江南老。春水碧於天，畫船聽雨眠。　壚邊人似月，皓腕凝雙雪。未老莫還鄉，還鄉須斷腸。

第二首前面雖一意專寫江南之好，然最後道出「還鄉」字樣來，則知前面所寫都不過是強作慰解之語，表面是順承，實際上是反撲，「故鄉」之思，未嘗忘也。

其三：

> 如今卻憶江南樂，當時年少春衫薄。騎馬倚斜橋，滿樓紅袖招。　翠屏金屈曲，醉入花叢宿。此度見花枝，白頭誓不歸。

第三首開頭道出江南之可樂，「卻憶」兩字反襯出今日之可悲及還鄉之不可能，以回憶江南之可樂，正反襯出今日之可悲。

其四：

> 勸君今夜須沈醉，尊前莫話明朝事。珍重主人心，酒深情亦深　須愁春漏短，莫訴金杯滿。遇酒且呵呵，人生能幾何。

第四首又承著第三首而來，前面既以說出「此度見花枝，白頭誓不歸」的如此失望、決絕之語，則詩人今日可為者，唯有以沉醉忘懷一切，把握住美好時光，愈是思鄉而不能返的遊子，對主人一番盛意也就愈加容易動容，如太白說「但使主人能醉客，不知何處是他鄉」，遊子

也欲求歡自解低回往復的離亂之苦。

其五：

洛陽城裏春光好，洛陽才子他鄉老。柳暗魏王堤，此時心轉迷。　　桃花春水淥，水上鴛鴦浴。凝恨對殘暉，憶君君不知。

末首寫對洛陽的眷戀之情。「凝恨對殘暉，憶君君不知」，如以「日」為朝廷君主的象徵，則「殘輝」兩字也可說是哀傷當時朝廷國事的比喻了。當年的洛陽才子卻被迫漂離流寓，落到如此負心不返的下場，這期間該有多少不得已難言的情事。這個「君」指懷念的人，也可以指君王。

總括這五首〈菩薩蠻〉，第一首回憶離別當日。次首所寫是江南之羈旅。第三首所寫即是回憶離開江南以後又一段漂泊的時期。第四首寫極盡歡飲，忘卻明朝鼎革變易及他鄉之悲。末首寫回憶洛陽君主之思。葉嘉瑩認為可能是韋莊入蜀之後回憶當年舊游之作。〔註89〕且

〔註89〕　〔清〕張惠言《詞選》以為「蓋留蜀後寄意之作」，且云「江南即指蜀」見《詞話叢編》（第二冊）（台北：新文豐出版，1988 年 2 月），頁 1611。而《栩莊漫記》則以為「韋曾二度至江南，此或在中和時作」；且張氏《詞選》只選錄了四首〈菩薩蠻〉，未錄「勸君今夜需沉醉」一首，《栩莊漫記》則又以為第五首「洛陽城裡春光好」，與前四首並不相連貫。葉嘉瑩認為端己〈秦婦吟〉所云「適聞有客金陵至，見說江南風景異」之「江南」，前面既有「金陵」字樣，則必當指金陵附近江、浙一帶而言，〈菩薩蠻〉與〈秦婦吟〉雖非一時之作，然觀端己《浣花集》諸詩，凡標題有「江南」字樣者，如〈寄江南諸弟〉、〈江南送李明府入關〉、〈夏初與侯補闕江南有約〉等，所謂「江南」並指江、浙一帶而不指蜀，因此張惠言《詞選》以為〈菩薩蠻〉詞中之「江南」乃指蜀地，實為無據之言。然而若果如《栩莊漫記》所云：以為詞云「江南」即為中和時在江南所作，則又不然，蓋自〈菩薩蠻〉第三首之「如今卻憶江南樂」句觀之，則既云「卻憶」，便顯然並非當時在江南之所作明矣。葉嘉瑩以為端己中和時遊江南是不錯的，只是寫作的時期並非中和年間身在江南之當時，而可能係入蜀後回憶當年舊遊之作。且這五首詞中所回憶的不只在一人一地一事。葉嘉瑩：〈從《人間詞話》看溫韋馮李四家詞的風格〉，收錄在《迦陵論詞叢稿》（台北：明文書局，1987 年 12 月三版），頁 55。施蟄存認為「洛陽城裡春光好」當是出關避亂，

五首爲聯章之作。〈菩薩蠻〉五首，俞平伯《讀詞偶得》也以爲「實一篇之五節耳」。〔註90〕鄭騫《詞選》亦謂：「此五章一氣流轉，語意連貫，選家每任意割裂，殊有未妥。」〔註91〕應此五首詞該當作整體看。

陳廷焯《白雨齋詞話》云：「端己菩薩蠻四章，惓惓故國之思，而意婉詞直。」〔註92〕評菩薩蠻之二（人人盡說江南好）：「一幅春水畫圖，意中是鄉思，筆下卻說江南風景好，眞是淚溢中腸，無人省得。」〔註93〕張惠言《詞選》亦註：「此詞蓋留蜀後寄意之作。」〔註94〕譚獻《復堂詞話》卷一：「亦塡詞中古詩十九首，即以讀十九首心眼讀之。強顏作愉快語，怕斷腸，腸亦斷矣。」〔註95〕因此韋莊詞寫的雖是男女相思離別的感情，卻對故國朝廷有懷歸思念之意。如此深厚的情感是因爲自身流寓漂離的悲痛深刻難拔，遊子孽臣的長久懷國之苦，在心中鬱積成難言之痛，潛意識的往詞曲管道宣洩。因此葉嘉瑩說讀韋莊的詞，可以聯繫他的生平和歷史背景，通過「知人論世」來引起聯想，追尋和欣賞他的深意。〔註96〕

寓居洛陽時所作，其次第必先於前三首。見曾昭岷：《溫韋馮詞新校》（上海：上海古籍出版社，1988 年 12 月），頁 167。

〔註90〕 俞平伯：《讀詞偶得》（上海：上海書店，1984 年 12 月），頁 9。

〔註91〕 鄭騫：《詞選》（臺北市：中國文化大學出版部，1991 年 11 月第四版），頁 7。

〔註92〕 〔清〕陳廷焯：《白雨齋詞話》見唐圭璋：《詞話叢編》（第四冊）（台北：新文豐出版公司，1988 年 2 月），，頁 3799。

〔註93〕 出自《白雨齋詞平》，引自曾昭岷校定：《溫韋馮詞新校》（上海：上海古籍出版社，1988 年 12 月），頁 162。

〔註94〕 〔清〕張惠言：《詞選》，見唐圭璋：《詞話叢編》（第二冊）（台北：新文豐出版公司，1988 年 2 月），頁 1611。

〔註95〕 〔清〕譚獻：《復堂詞話》，見唐圭璋：《詞話叢編》（第四冊）（台北：新文豐出版公司，1988 年 2 月），頁 3989。

〔註96〕 由於張惠言強調詞的「興於微言」，另外一些人就用「知人論世」來反對張惠言之說。「知人論世」是孟子的話，原文是：「頌其詩，讀其書，不知其人，可乎？是以論其世也。」（《孟子》〈萬章〉）葉嘉瑩說讀韋莊的詞，可通過「知人論世」來引起聯想，追尋和欣賞他的深意。見葉嘉瑩：〈興於微言與知人論世：看溫庭筠、韋莊詞〉《迦

　　同樣描寫憂國懷鄉，詞與詩有著相似的情境描寫，如〈清平樂〉：
　　　　春愁南陌，故國音書隔。細雨霏霏梨花白，燕拂畫簾金額
　　　　盡日相望王孫，塵滿衣上淚痕。誰向橋邊吹笛，駐馬西望
　　　　銷魂。
〈清平樂〉下闋與〈辛丑年〉詩有相似的情境，〈辛丑年〉全詩如下：
　　　　九衢漂杵已成川，塞上黃雲戰馬閒。但有贏兵填渭水，更
　　　　無奇士出商山。田園已沒紅塵裏，弟妹相逢白刃間。西望
　　　　翠華殊未返，淚痕空湮劍文斑。

施蟄存說：「端己詩有辛丑年一首，結句云：『西望翠華殊未返，淚痕
空湮劍文斑。』清平樂第一首下片云：『盡日相望王孫，塵滿衣上淚
痕。誰向橋邊吹笛，駐馬西望銷魂。』當是一時所作。辛丑，中和元
年也。時黃巢已入長安，僖宗西幸興元。端己在長安，不得出，哀王
孫之式微，故作此詞也。」〔註97〕韋莊詩與詞同樣提到駐馬西望、淚
痕、故國等望鄉文字，「西望」是晚唐士大夫相當敏感的方位詞，「西
望」有可能是望著夕陽西下來比喻唐朝的衰敗，但在對身處黃巢之亂
韋莊而言，因為僖宗在中和元年西奔興元，故西望也有盼望僖宗回歸
中原，振興國家的意味，故施蟄存以為是同時之作。詩句「西望」後
搭配「殊未返」三字，可以較明白的了解其指為僖宗西走之事，詞則
未明說是僖宗西逃之事。因為詞中提到「春愁南陌、駐馬西望」，所
以王新霞以韋莊到江南與僖宗出奔成都的時間，來推算此詞當作於中
和三年到中和五年間韋莊游江南時。〔註98〕姑且不論詩詞是否同時所

　　　　陵說詞講稿》（上）（台北：桂冠，2000年），頁24。
〔註97〕施蟄存：〈讀韋莊詞札記〉收錄在《詞學》（上海：華東師範大學出
　　　　版社，1981年11月第一次印刷）第一輯，頁192。
〔註98〕王新霞認為此詞開篇即云：「春愁南陌」已說明其身在「南陌」，南
　　　　陌為南面的道路又泛指江南，與故國遠隔，故不當作於長安甚明，
　　　　而且唐僖宗於辛丑年（即中和元年，公元881年）之前一年已出奔
　　　　成都，直至中和五年（885）方返回京師，故韋莊西望之「翠華」不
　　　　在興元，而在成都。韋莊本人中和二年（882）春已離長安到洛陽，
　　　　並於次年游江南，七八年後方返回京師。據此，則〈清平樂〉此詞
　　　　當作於中和三年到中和五年間韋莊游江南時。見王新霞：《花間派選

作，由兩首作品比較可看出，「寫作主體由於對於自己的儲存的美感
處理方式有了慣用的方法，久而久之便形成了自己的特有的規律。」
〔註99〕一文體曾經使用過的內容、語詞、意象因此可能在另一文體出
現，韋莊這兩首詩詞又得一例證。

　　詞中所顯示的時事並未如詩句明顯，因此此詞除了王新霞以爲是
江南所作思君之作外，孔範今以爲是在蜀思唐，表達對故國的深深懷
念，因爲他以爲〈清平樂〉六首，皆爲韋莊在蜀所作，或寫巴地風光，
或寫故國情思等。所以他將「南陌」解釋爲南面的道路，而不解釋爲
江南，對於「西望」也未多加解釋。〔註100〕還有另一解顧農、徐俠
《花間派詞傳》認爲此詞是寫女主人公思念音信不通的情人，無限企
盼，終於失望銷魂。認爲詞中「王孫」指唐僖宗，似無確據。〔註101〕
因爲詞中並無確定的時間地點，甚至事情由來的描述，詞意幽微、重
視情感的抒發而少敘述事理，因此詞意才多解不定。此詞的解釋最多
還是傾向遊子懷鄉〔註102〕之作。〈清平樂〉全詞以「春愁」兩字領起，
上片寫故國之思，以江雨霏霏烘托去國離鄉的綿綿愁思，下片以「王
孫」表示君國，「塵滿」句見自己於漂泊中灑下憂國之淚。結尾以「駐
馬西望」與「盡日相望」重複言之，抒寫自己魂繫故國，憂念國君的

　　　　　集》（北京：北京師範學院，1993 年 9 月），頁 98。
〔註99〕張紅雨：《寫作美學》（高雄：麗文文化事業公司，1996 年 10 月），
　　　　　頁 156。
〔註100〕孔範今：《全唐五代詞釋注》（西安：陝西人民出版社，1998 年 10
　　　　　月），頁 867。
〔註101〕顧農、徐俠：《花間派詞傳》（長春：吉林人民出版社，1999 年），
　　　　　頁 145。
〔註102〕孔範今《全唐五代詞釋注》、王新霞《花間派選集》仍是認爲遊子
　　　　　懷鄉之作，《花間集新注》也認爲是遊子懷鄉。顧農、徐俠：《花
　　　　　派詞傳》則不認爲是遊子懷鄉。見顧農、徐俠：《花間派詞傳》（長
　　　　　春：吉林人民，1999 年），頁 145。孔範今：《全唐五代詞釋注》（西
　　　　　安：陝西人民出版社，1998 年 10 月），頁 867。王新霞：《花間派
　　　　　選集》（北京：北京師範學院，1993 年 9 月），頁 98。沈祥源、傅
　　　　　生文注：《花間集新注》（南昌：江西人民出版社，1997 年 2 月），
　　　　　頁 103。

無限悲情。

（三）科舉登第的場面

　　唐末五代王定保《唐摭言》云：「三百年來，科第之設，草澤望之起家，簪紱望之繼世。孤寒失之，其族餒矣；世祿失之，其族絕矣。」〔註103〕寫出了科舉及第為獲得政治地位與延續門第的重要途徑。唐代所謂「國家取士，遠法前代，進士之科，得人為盛」〔註104〕當時全國上下對進士科第都非常重視。韋莊詩中有幾首寫到科舉登第的熱鬧場面，在韋莊詞中亦有提及，可見韋莊對求取功名的熱中程度，及對登第進士的羨慕企望。先就韋莊詩言之，描寫登第的熱鬧情況，如〈癸丑年下第獻新先輩〉：

> 五更殘月省牆邊，絳斾蜿𧓽卓曉煙。千炬火中鶯出谷，一聲鐘後鶴沖天。皆乘駿馬先歸去，獨被羸童笑晚眠。對酒暫時情豁爾，見花依舊涕潸然。未酬闕澤傭書債，猶欠君平賣卜錢。何事欲休休不得，來年公道似今年。

大順二年（891）辛亥，韋莊在江西。秋由信州返婺州。昭宗景福二年（893）癸丑，入京應試落第。夏居絳州。這首詩是韋莊落第時所作。一二句描寫放榜的情況，清早天還朦朧時，文榜被張掛在尚書省南面的禮部南院，彩色旗幟與曉煙飄揚喻放榜時的盛大場面，三四句寫放榜時擊鼓打鐘，在眾多拿著火炬看榜人中，聽著報榜者大聲高呼及第者姓名。中舉者如黃鶯出谷，〔註105〕飛鶴直上雲天，爭先報喜而去。只有他獨自被羸童笑還賴在床上睡。韋莊經這麼多科考之後，久舉不第，不免抒發對科舉之不滿。但他並未輕易放棄求取功名的這

〔註103〕　〔五代〕王定保：《唐摭言》見《叢書集成初編》冊 2740（北京：中華書局，1985 年）卷九〈好及第惡登科〉條，頁 41。

〔註104〕　《全唐文》卷九六六，大和九年十二月中書門下奏：《請更定三考改並及第人數奏》。

〔註105〕　《詩・小雅・伐木》：「伐木丁丁，鳥鳴嚶嚶。出自幽谷，遷於喬木。」嚶嚶為鳥鳴聲。自唐以來，常以嚶鳴出谷之鳥為黃鶯，故以「鶯遷」指登第，或為升擢、遷居的頌詞。

一條路，而是常常希冀登第，有功成名就的一天。尤其他描寫進士及第的情況真是羨慕推崇，極盡吹捧之能事，如〈放榜日作〉：

> 一聲天鼓闢金扉，三十仙材上翠微。葛水霧中龍乍變，緱山煙外鶴初飛。鄒陽暖艷催花發，太皞春光簇馬歸。迴首便辭塵土世，彩雲新換六銖衣。

此詩描寫三十名中舉者在鼓聲中登上朝廷宮殿，進入金色扉門高處，就像葛水霧中魚變成龍，緱山煙外鶴初飛，鄒衍吹律感天地心而使天氣暖和，花開滋焉。中舉者在春天中擁著馬歸來，回首便與人間塵世相離背去，六珠衣是佛家極輕薄之衣，身上新換輕薄衣衫，迎著彩雲，愉悅的騎馬凌霄而去。

再就韋莊詞言之，韋莊詞在描寫科舉登第時也用到詩中的語境，如〈喜遷鶯〉之一：

> 人洶洶，鼓冬冬，襟袖五更風。大羅天上月朦朧，騎馬上虛空。　　香滿衣，雲滿路，鸞鳳繞身飛舞。霓旌絳節一群群，引見玉華君。

這首詞是寫新及第進士春風得意的朝見皇帝之景。五更之時，月色朦朧，人聲喧譁，鼓樂齊鳴，中舉進士由儀仗引導，朝見皇帝。描寫朝見排場之大，興奮之情溢於言表，登上進士真可是飄飄欲仙。詞句中「騎馬上虛空。香滿衣，雲滿路。」正如韋莊詩〈放榜日作〉「太皞春光簇馬歸。迴首便辭塵土世，彩雲新換六銖衣。」騎著馬要去朝見皇帝的情形。又如〈喜遷鶯〉之二：

> 街鼓動，禁城開，天上探人回。鳳銜金榜出雲來，平地一聲雷。　　鶯已遷，龍已化，一夜滿城車馬。家家樓上簇神仙，爭看鶴沖天。

這首詞是緊接前首寫新進進士退朝後接受鄉親鄰里的喝采欽羨之景。進士朝見皇帝後，探人回來，禁城大開，滿城車馬絡驛不絕，家家美女佳人在樓上，都爭著看新科進士。登第如同黃鶯出於幽谷，遷於喬木，如「葛水霧中龍乍變」，萬人爭望的熱鬧景象襯托出進士及第者「鶴飛沖天」的高興與驕傲，把舉子初登金榜後的狂喜神態淋漓

盡致的表現出來。施蟄存〈讀韋莊詞札記〉云：「喜遷鶯二首賦進士及第，然亦未必是乾寧元年端己及第時自慶之辭。詩集中有〈癸丑年下第獻新先輩〉一首，其句云：『千炬火中鶯出谷，一聲鐘後鶴沖天。』用語略同。唐人重進士第，放榜事詩人多艷稱之，此二詞則曲子詞中初見者。馮延巳作此調，題名〈鶴沖天〉，即出於此。《古今樂錄》云：『喜遷鶯，多賦登第。』亦端己此作之影響。」〔註106〕可見韋莊以登科進士之內容爲詞作題材，開創了詞作首例。

（四）世事無常的感慨

　　無常感的發生在於萬物的運行打破應有的規律，人便在混亂中產生無常感而失去信心。「夫月滿則虧，物盛則衰，天地之常也」，這是宇宙的秩序，週而復始的積極力量推進歷史進程，但是當月虧之後不再滿，物衰之後久久不再盛，反而愈來愈衰落甚至接近死亡，這時人們等待規律運行的信心慢慢蕩然無存，社會天道的不規則與自我的堅持於是造成許多衝突與懷疑，無常感也因此產生。晚唐造成這種失序的情況是社會發生大動亂，許多詩人的詩作都反應出這受到壓迫變形失序的社會，韋莊詩詞也不例外。

1、就詩而言

　　韋莊詩中隱含對上層統治者競逐奢靡的批判，造成國運日薄西山，頹波難挽，人民無所適從，如〈憶昔〉：

　　　　昔年曾向五陵遊，子夜歌清月滿樓。銀燭樹前長似晝，露桃華裏（一作下）不知秋。西園公子名無忌，南國佳人號莫愁。今日亂離俱是夢，夕陽唯見水東流。

韋莊本住在長安附近，後來移居虢州。黃巢攻破長安時，他正在長安應試，目睹這座古都的興替衰敗，撫今傷昔，寫下這首感慨無常的七律。前六句以「昔年」領起，描寫昔日繁華景象，豪門貴族追求歡樂、

〔註106〕施蟄存：〈讀韋莊詞札記〉，見《詞學》第一輯（上海：華東師範大學出版社，1981年11月），頁192。

笙歌達旦的奢靡生活。末聯一跌，頓起波瀾，發為變徵之音，結出無限感慨。「今日亂離俱是夢」的「夢」，既感慨往昔繁華，如夢如煙，又有雙關「醉生夢死」之意，今昔對比，繁華與離亂的差異變化好像經歷了一場夢，貴門豪族醒來才知是在大亂荒年中，以往的繁華都像夢境煙消雲散，唐王朝崩潰的大勢如江水東去，蒼茫暮色中，萬物蕭條，人民不再沉浸於永恆常態的虛幻中，變亂無常與無力回天的消極失望充斥人們憂愁的臉上。韋莊無常的感慨往往與動亂有關，如〈遣興〉：「如幻如泡世，多愁多病身。亂來知酒聖，貧去覺錢神。」韋莊感到在黃巢干戈擾攘之世，萬事皆虛幻無常，難以掌握，今世如泡沫幻影，一下子就消失不見了。韋莊個人在迭經「扣角干名計已疏」之後，也對人世感到消沉，又如：〈王道者〉：「應笑我曹身是夢，白頭猶自學詩狂。」一生作詩求取功名不得，只能大笑這一生是場夢，什麼科舉登第如仙升天，到如今白頭狂作詩，仍在塵世貧窮間打滾。詩人不得不感慨這一生的努力真如夢般虛空不真實。

2、就詞而言

韋莊詞正如王立所說「古代文人常用榮時憂枯、枯時悼榮之慨審視自然萬物。……基點都在於一種不願庸庸碌碌度過有限人生的昔時感。」〔註107〕人生苦短，在感嘆無常的變化時，韋莊詞拋棄詩中沉重的責任感，大肆渲染狎妓歡飲的情形，只求當下的短暫歡樂，於是韋莊詞出現以喝酒歡樂、及時行樂的作品。如〈天仙子〉之二：

> 深夜歸來長酩酊，扶入流蘇猶未醒。醺醺酒氣麝蘭和。驚睡覺，笑呵呵。長笑人生能幾何。

此詞寫留連酒家，紅袖玉盞，竹肉相侑，樂而忘返，直到大醉後深夜歸來，佳人扶入帳中猶未醒酒，滿室酒氣薰天，幸好有麝馨蘭香與之調和。睡中驚起，醒後笑呵呵道：「人生能幾何」，表現了一種及時行樂的人生態度，實際也透露出作者內心對事事無常的恐慌。又如〈菩

〔註107〕王立：《中國古代文學十大主題：原型與流變》（台北：文史哲出版社，1994 年），頁 47～48。

薩蠻〉之四：

> 勸君今夜須沈醉，尊前莫話明朝事。珍重主人心，酒深情亦深。須愁春漏短，莫訴金杯滿。遇酒且呵呵，人生能幾何。

《花間集新注》云：「這首詞借主人勸酒，抒寫了詞人心中的難言的隱痛。詞表現了人生如夢，及時行樂的消極思想，這也是社會現實與詞人自身遭遇的反映，滿腔悲憤，故作達語。」〔註108〕主人殷勤勸客，今日須飲至沉醉不歸，「莫話」則言明日之事不忍言、不可言之種種苦處，即使近在明朝之事尚且不欲提起，可見對國家未來感到悲哀，感到事事無常，樽前惟當痛飲沉醉而已，盡情享受眼前的歡樂，「遇酒且呵呵，人生能幾何」的強顏歡笑，爲苦短無常的人生作了最後沉痛的結論。「呵呵」二字空洞的笑聲，葉嘉瑩有極貼切的解釋：「呵呵」二字就意義或聲音而言，都與人一種直覺的空虛浮泛之感，而且又是如此淺俗的兩個字，然細讀之後，因爲韋莊原來正是要表現出心中寂寞空虛，對人生感到虛幻如夢，表面卻強顏歡笑的心情，然則此充滿空虛之感的「呵呵」兩字空洞的笑聲，豈不竟然真切到有使人戰慄的力量。〔註109〕

韋莊詞中感受人的生命無法長久，時世又遭逢動亂，努力求取的功名利祿卻因人已老、唐已亡，一切如虛幻泡沫，太多的無常變動讓人不得不特別珍惜眼前得以把握的幸福，故以短暫歡樂反襯事事無常。

（五）悼念亡姬的深情

韋莊詩集中有關悼念之作，有悼念朋友的，如〈哭麻處士〉「少微何處墮，留恨白楊風。」少微爲天上的處士星，代指爲麻處士，描

〔註108〕沈祥源、傅生文：《花間集新注》（南昌：江西人民出版社，1997年2月），頁94。

〔註109〕葉嘉瑩：《迦陵論詞叢稿》（台北：明文書局，1987年12月1日三版），頁66。

寫麻處士的去逝，如天上的一顆星墜落不知何處，徒留墓上的白楊被風吹的搖擺不定，像訴不清的愁恨令人感傷，此首詩描寫處士的淒涼之景。又如〈哭同舍崔員外〉：「卻到同遊地，三年一電光。池塘春草在，風燭故人亡。祭罷泉聲急，齋餘磬韻長。碧天應有恨，斜日弔松篁。」韋莊此詩寫重回三年前的舊地卻驚嘆故人的去世，感到無限痛惜。韋莊《浣花集》中大都是悼念男性友人，為失去的友人感到悲傷。唯在韋莊詩集的補遺中有〈悼亡姬詩〉及〈獨吟〉、〈悔恨〉、〈盧席〉、〈舊居〉五首〔註110〕悼念亡姬，悼亡姬詩的主題早在韋莊之前就有人寫，如杜牧〈傷友人悼吹簫妓〉溫庭筠〈和友人悼亡（一作喪歌姬）〉，〔註111〕然而早於韋莊的詞中，卻沒有悼亡姬詞，詞中悼亡姬的主題可能也是韋莊首開先例。韋莊詞中有悼亡姬的主題內容（沒有悼念男性朋友的詞），詩中也有悼亡姬詩，可見韋莊創作的詩詞內容時有互通之處，也明其對姬妾用情之深。以下分別再舉其詩詞論述之。

1、就詩而言

寫悼念亡姬的深情，如〈悼亡姬〉：

鳳去鸞歸不可尋，十洲仙路彩雲深。若無少女花應老，為有姮娥月易沈。竹葉豈能消積恨，丁香空解結同心。湘江水闊蒼梧遠，何處相思弄舜琴。

此首詩寫寵姬已亡，如同「鳳去鸞歸不可尋」，寵姬已亡如入十洲仙境路，彩雲瀰漫深無得見，此時花好月沉都無甚緊要，因為心愛的人已經不在，無人共賞，再美的景也無甚美麗。詩人形單影隻喝著悶酒，竹葉酒哪裡能夠消解心中鬱積的愁恨呢？空結同心的丁香花無人

〔註110〕悼亡通常是指喪失元配妻子而言，而非姬妾之輩，然韋莊於詩題中逕稱〈悼亡姬〉，故在此亦從之以悼亡稱呼哀悼亡姬之作。

〔註111〕杜牧〈傷友人悼吹簫妓〉：「玉簫聲斷沒流年，滿目春愁隴樹（一作上）煙。艷質已隨雲雨散，鳳樓空鎖月明天。」；溫庭筠〈和友人悼亡（一作喪歌姬）〉：「玉貌潘郎淚滿衣，畫羅輕鬢〔雨〕（兩）霏微。紅蘭委露愁難盡，白馬朝天望不歸。寶鏡塵昏鸞影在，鈿箏弦斷雁行稀。春來多少傷心事（一作春風幾許傷心事），碧草侵階粉蝶飛。」

賞，襯托詩人空虛孤單的身影。最後焦點藉由遠移爲湘江水的廣闊、蒼梧山的遙遠，使抽象的思念深情擴散到具體遼闊的自然世界中，隨舜琴聲悠揚飄散開來，思念之情悠遠綿長。又如〈獨吟〉：

> 默默無言恛恛悲，閒吟獨傍菊花籬。只已作經年別，此
> 後知爲幾歲期。開篋每尋遺念物，倚樓空綴悼亡詩。夜來
> 孤枕空腸斷，窗月斜輝夢覺時。

此首詩寫夜晚單獨吟誦，作詩憶念亡妓，這首詩與其他〈悔恨〉〈虛席〉〈舊居〉三首皆自注悼亡詩。詩人懷著悲傷於菊花籬旁獨吟，想到與亡姬分別後，無人陪伴的夜晚不知道還有多少年，更覺孤單難熬。總打開箱篋想尋找亡姬的遺物來回想過去美好的光陰，或悲傷的倚樓寫無法傳遞的悼亡詩。夜晚孤枕難眠，每每驚醒時還是深夜，月亮冷冷的光輝從窗外照進室內，詩人便愈覺空蕩無依。又如〈悔恨〉：「六七年來春又秋，也同歡笑也同愁。纔聞及第心先喜，試說求婚淚便流」，〔註112〕夏承燾以爲悼亡是在初及第時，非入蜀之作。〔註113〕曾昭岷以爲應是韋莊在入蜀後，生活較安定，才言求婚，且自韋莊五十八歲第進士到六十二歲時奉使入蜀，六十六歲掌書記，自此終身仕蜀，如同詩中所言共同生活已有六七年，正值此時。〔註114〕這五首

〔註112〕〈悔恨〉：「六七年來春又秋，也同歡笑也同愁。纔聞及第心先喜，試說求婚淚便流。幾爲妒來頻斂黛，每思閒事不梳頭。如今悔恨將何益，腸斷千休與萬休。」曾昭岷說：「此詩首聯明言其與姬共同生活已有六七年。頷聯乃追述及第求婚事。頸聯寫婚後之情愛。尾聯述悔恨之痛苦。」見曾昭岷：《溫韋馮詞新校》（上海：上海古籍出版社，1988年12月），頁7。

〔註113〕夏承燾〈韋端己年譜〉《唐宋詞人年譜》（台北：明倫出版社，1970年12月），頁24。

〔註114〕曾昭岷：《溫韋馮詞新校》（上海：上海古籍出版社，1988年12月），頁7。「夏承燾先生韋端己年譜記云：『大順二年，五十六歲。……端己五十以後，六七年間，求仕求食，來往萬里，至此仍失意歸。』『景福二年，五十八歲，入京應試，落第。』『昭宗乾寧元年，五十九歲第進士，爲校書郎。』以此觀之，韋莊求婚之事，不可能在爲『求仕求食，來往萬里』，漂泊失意之時，詩亦明言在『纔聞及第心先喜』之後。韋莊六十二歲時奉使入蜀，六十六歲爲西蜀掌書記，

悼亡詩其中有一首因提到四川地名，如〈悼亡姬〉：「湘江水闊蒼梧遠」，所以可能是韋莊入蜀之後才悼亡姬，與詞應是同一時期所作，曾昭岷所說爲是。詩詞同一悼亡內容且同時期所作，可發現韋莊無分文體表現眞摰感情的情形。

2、就詞而言

韋莊詞亦有悼亡姬的相關內容。據宋楊湜《古今詞話》載：「（韋）莊有寵人，資質艷麗，兼善詞翰。（王）建聞之，托以教內人爲詞，強莊奪去。莊追念悒怏。作〈小重山〉及〈空相憶〉云：『空相憶，無計得傳消息。天上姮娥人不識，寄書何處覓　　新睡覺來無力，不忍把君書迹。滿院落花春寂寂，斷腸芳草碧。』情意悽怨，人相傳播，盛行於時。姬後傳聞之，遂不食而卒。」，〔註115〕此「空相憶」詞即〈謁金門〉。但《詞林紀事》卷二引楊湜《古今詞話》云「莊追念悒怏。作〈荷葉杯〉、〈小重山〉詞」〔註116〕諸本或作「小重山及謁金門詞」，因《古今詞話》失傳，而無法確定哪兩首是楊湜所云引起寵妓食不下嚥之詞。

以爲楊湜爲附會之說的有夏承燾、李冰若、曾昭岷等，歸納其原因有：1. 因來源《古今詞話》的失傳，而無法確定楊湜眞正是以

自此終身仕蜀。詩中所云共同生活已有六七年，正值此時也。」
〔註115〕 楊湜：《古今詞話》見唐圭璋：《詞話叢編》（第一冊）（台北：新文豐出版，1988 年 2 月），頁 20。《古今詞話》，明以後久佚。《苕溪漁隱叢話》成書於紹興戊辰，《古今詞話》其書採輯五季以下詞林逸事，乃唐宋說部體裁，所記每多不實。胡仔於《漁隱叢話》黜之甚烈：「《古今詞話》，以古人好詞世所共知者，易甲爲乙，稱其所作，乃隨其詞牽合爲說，殊無根蒂，皆不足信也。」唐圭璋：「案楊湜此書，乃隸事之作，大都出於傳聞。且側重冶艷故實，與麗情集、雲齋廣錄相類似。」見唐圭璋：《詞話叢編》（第一冊）（台北：新文豐出版，1988 年 2 月），頁 16～17。
〔註116〕 張宗橚：《詞林紀事》（台北：木鐸出版社，1982 年 4 月），頁 42。曾昭岷引「莊追念悒怏。作〈荷葉杯〉、〈小重山〉詞」諸本或作「小重山及謁金門詞」見曾昭岷：《溫韋馮詞新校》（上海：上海古籍出版社，1988 年 12 月），頁 174。

為哪兩首詞引起寵妓不食而亡。〔註 117〕2. 韋莊何時寫這些悼亡詩詞的懷疑。有人以為韋莊入蜀已年逾六十歲，應不會有與王建爭妓之事，或還有魅力使妓為己不食而亡；又有從〈悔恨〉詩句中認為悼亡是在初及第時，非入蜀之作。〔註 118〕3. 以詞的內容直接斷定非悼亡詞，〈小重山〉為宮怨詞非悼亡詞。4. 以為王建為人善待士、似不致有此。〔註 119〕5. 對楊湜記載事情信實的懷疑，以為此事無明確證據驗證且楊湜記載他事有誤的前科。〔註 120〕

　　認為楊湜所言為是者，有劉永濟云：「細觀此詞（〈小重山〉），表面乃寫陳皇后退居長門故事，實則代其姬人抒情，因恐犯王建之忌，故托言之也。其姬人能通文詞，深知此意，故為之不食而死。」〔註 121〕

　　各家說法有同於楊湜之說，又有反對之說，可見此事是否真如楊湜所說是韋莊追念寵姬而作，不得而知，因《古今詞話》今不傳，又無其他更為確實的記載，則無法確定此事真實。夏承燾在年譜最後提到韋莊詞所收五十四闋「其詞略約可見年代者，喜遷鶯二首或

〔註 117〕 曾昭岷云：「《堯山堂外記》、《十國春秋》皆記之，前人說詞多引為本事。此事頗有助於端己詞風之理解。然《古今詞話》今不傳，趙萬里輯得六十七則，而此則諸本所記不同，或以為小重山詞，或以為荷葉杯詞，故近人頗疑之，以為韋莊入蜀，年逾六十，未必有其事，湜之所記，近於附會云。」見曾昭岷：《溫韋馮詞新校》（上海：上海古籍出版社，1988 年 12 月），頁 7。前言。

〔註 118〕 〈悔恨〉一首悼亡姬詩：「纔聞及第心先喜，試說求婚淚便流」夏承燾以為悼亡是在初及第時，非入蜀之作。夏承燾〈韋端己年譜〉《唐宋詞人年譜》（台北：明倫出版社，1970 年 12 月），頁 24。

〔註 119〕 夏承燾：「新五代史六三前蜀世家稱『（王）建雖起盜賊，而為人多智詐，善待士。』似不致有此。」見夏承燾〈韋端己年譜〉《唐宋詞人年譜》（台北：明倫出版社，1970 年 12 月），頁 24。

〔註 120〕 夏承燾認為楊湜所云，近於附會。「以調名〈憶帝鄉〉，詞有『天上姮娥』句，云王建奪去。以『不忍把伊書跡』，云『兼善詞翰』。促，宋人，其《古今詞話》記東坡事，尚有誤者，此尤無徵難信。」見夏承燾〈韋端己年譜〉《唐宋詞人年譜》（台北：明倫出版社，1970 年 12 月），頁 24。

〔註 121〕 劉永濟：《唐五代兩宋詞簡析》（台北：龍田出版社，1982 年 1 月），頁 6。

第進士時作,〈謁金門〉、〈荷葉杯〉,或及第後悼亡作。餘皆無考矣。」
〔註122〕夏承燾雖無法認同楊湜所云王建爭姬至姬而死的事情,但仍
持〈謁金門〉、〈荷葉杯〉,或及第後悼亡作的看法,前面悼亡詩中曾
出現四川地名,因此贊同韋莊及第入蜀後才作此此悼亡詩詞。〈小重
山〉是夏承燾與曾昭岷都有引到的詞,拋開一切的附會之說,觀韋
莊詞作品內容,〈小重山〉:「一閉昭陽春又春。夜寒宮漏永,夢君恩。
臥思陳事暗消魂。羅衣濕,紅袂有啼痕　　歌吹隔重闇。繞庭芳草
綠,倚長門。萬般惆悵向誰論?凝情立,宮殿欲黃昏。」一詞為宮
怨詞,〈荷葉杯〉與〈謁金門〉為悼亡而作應無疑。茲舉這兩首分析
如下。〈荷葉杯〉之一:

> 絕代佳人難得,傾國,花下見無期。一雙愁黛遠山眉,不
> 忍更思惟。　　　閒掩翠屏金鳳,殘夢,羅幕畫堂空。碧天
> 無路信難通,惆悵舊房櫳。

上片寫回憶美人(亡姬)之美卻不得見的愁思,下片寫現今孤單處境。
起筆形容美人如漢武李夫人有絕世獨立之美,全國人都傾倒陶醉在她
的翩翩儷影中,然而花下相見無期,這一顰一笑卻只能在詩人心中回
味了。沒有希望的相思,使詩人想起當她憂愁時,一雙愁黛如遠山眉
聚,惹人心疼,再往下想,只會使詩人更陷入悲傷,因此不得就此打
住思緒紛飛的想念。下片寫夢醒之後的相思之情餘波盪漾。剛剛因思
念亡姬太傷心而醒來,詩人起身閒掩翠屏金鳳,環顧羅幕畫堂,以往
與亡姬相歡的地方,人事全非而覺空蕩孤獨。「碧天無路信難通」,暗
示佳人已逝,儘管相思形諸筆墨,也無法寄達,在這間曾共處的房櫳,
只剩詩人無盡的惆悵。

　　這美人確是已經過世,才言「花下見無期」、「碧天無路信難通」,
兩人分隔,「信、書」還可以用來聯繫兩人情感的工具,如人已亡,
就無法用書信聯絡了。觀韋莊詞〈浣溪沙〉之五(夜夜相思更漏殘):

〔註122〕夏承燾〈韋端己年譜〉《唐宋詞人年譜》(台北:明倫出版社,1970
　　　　年12月),頁30。

「憶來惟把舊書看，幾時攜手入長安」，言女子相思對方時，可拿舊
書信起來憑藉相思，所以還有希望回到情人身邊，〈應天長〉之二（別
來半歲音書絕）：「別來半歲音書絕，一寸離腸千萬結。難相見，易相
別，又是玉樓花似雪。　　暗相思，無處說，惆悵夜來煙月。想得此
時情切，淚沾紅袖黦。」可見以音書聯絡之勤喻分開之男女感情深厚，
此詞是寫女子別後獨處，卻已有半年無男方音訊，感歲月催人而傷心
流淚。且女子在兩性地位中，常處於被動，男性不來音書，則有許多
可能，有可能是來往奔波不得閒，或是另結新歡忘了舊人等，但是如
果男子感嘆給女子的書信無處可寄，則有極大的可能是女子已亡，〈謁
金門〉（空相憶）：「空相憶，無計得傳消息。天上嫦娥人不識，寄書
何處覓」和〈荷葉杯〉（絕代佳人難得）：「碧天無路信難通」這兩首
則言男子無路寄信給寵姬，欲寄也無處寄的悲哀，可能是悼亡的作
品。加上史書對韋莊寵姬不食而亡的記載，令人不得不認為此兩首有
可能是韋莊悼亡寵姬之作。

〈謁金門〉之三：

空相憶，無計得傳消息。天上嫦娥人不識，寄書何處覓。
新睡覺來無力，不忍把伊書迹。滿院落花春寂寂，斷腸芳
草碧。

此首詞上片寫作者空回憶美人，卻無法傳遞消息，是因為「天上嫦娥
人不識」，而這女子恐怕是已經成了天上嫦娥（去世），人間無人識得，
[註123]就算寫信給她，也無處寄予她。下片寫剛剛睡醒，恐是睡夢
中耗費心神思念亡姬，故醒來全身無力，下一句寫「不忍」重溫往日
情懷，免得承受不了相思之苦。「滿院落花春寂寂，斷腸芳草碧」，視
野轉到室外，窗外春色凋零，落花紛紛，花的零落代表美好的事物已
成過去，正如同詩人失去再與美人相見的時刻，物我交融，不禁使詩
人斷腸憂傷，如綿綿青草，憂思無止盡的延伸。

〔註123〕詹乃凡：《韋莊男女情詞研究》（國立台灣大學中國文學研究所碩士
論文，2002），頁172。

　　夏承燾認為：「詩集補遺有〈悼亡姬〉一首，及〈獨吟〉、〈悔恨〉、〈虛席〉、〈舊居〉四首，注：『俱悼亡姬作。』詩云：『若無少女花應老，為有姮娥月易沉。』『湘江水闊蒼梧遠，何處相思弄舜琴』與前詞『天上姮娥』（即〈謁金門〉），及〈憶帝鄉〉：『說盡人間天上兩心知』，〈荷葉盃〉：『碧天無路信難通』諸句，語意相類。疑詞亦悼亡姬作。」（註124）說明了同是以悼亡姬為主題內容的詩詞作品中有相似的語意。

　　夏承燾言韋莊悼亡詩詞的語義內容相似，是不錯的。〈悼亡姬〉詩：「湘江水闊蒼梧遠，何處相思弄舜琴」與〈荷葉盃〉之一（絕代佳人難得）：「碧天無路信難通」〈思帝鄉〉之一（雲髻墜）：「說盡人間天上，兩心知」則同是描寫詩人思念深情，詩人與亡姬之間如同水闊山遠、天上人間相隔的情境。

　　詩詞中皆以嫦娥形容所思念女子的美麗，〈悼亡姬〉詩「為有姮娥月易沈」引用「嫦娥」（姮娥）以月亮襯托女子的美貌，美麗的女子讓月亮上的嫦娥羞澀的下沉；或者是因為有美麗如嫦娥的姬妾陪伴這我，才感覺月亮容易下沉，時間一眨眼就過去了。而〈謁金門〉之三（空相憶）：「天上嫦娥人不識」，則以嫦娥代稱美人，逝去的美人如同天上嫦娥仙子，人間無得識之。韋莊悼亡詩詞的內容都是懷念亡姬如嫦娥美麗，在舊居中睹物思情，無法再見的天人永隔，使詩人萌生孤單無依與杳無止盡的悲痛。

　　詞原是屬於畫堂玉樓、酒筵歌席間助興娛樂之作，但韋莊詞的內容卻有自己真性情的抒發，別於一般濃妝豔抹的宴飲應酬詞，造成韋莊詞具有如詩般「自我化」的情感，故能將詞寫的動人心弦。

二、晚期詩的焦點轉向佳人閨女

　　韋莊晚期詩部分由沙場轉向閨閣，由外在的客觀物質世界轉向內

〔註124〕夏承燾：〈韋端己年譜〉《唐宋詞人年譜》（台北：明倫出版社，1970年12月），頁24。

心的主觀精神世界，由現實生活轉向夢幻情思，把描寫角度轉向女性，描寫其美麗的姿態與幽怨的閨音，不再像早期以憂國傷民為其主要內容。這個轉變可以說除了韋莊人生進入飛黃騰達的時期，應該也受到當時創作艷詞的影響，而使詩的內容部分偏向詞的內容去了。如〈丙辰年鄜州遇寒食城外醉吟五首〉之一：

> 滿街楊柳綠絲煙，畫出清明二月天。
>
> 好是隔簾花樹動，女郎撩亂送鞦韆。

丙辰年為乾寧三年（896），韋莊已進士及第，此時在陝西鄜州過清明節，應是衣錦榮歸，心情輕鬆的狀態，故於清明時節醉吟游樂時寫了五首描寫女子打鞦韆、春遊、築氣毬等歌笑騰歡。不像早期流落在外，每逢清明節使韋莊更覺身心俱疲，抒發異鄉遊子的悲哀無援。而此詩描寫的內容是春光明媚的清明時節女子打鞦韆的快樂活動。清明時節萬物生長此時，皆清靜而明潔，詩首先描寫春柳的新綠飄揚，畫出一幅春光明媚的二月天，之後視角轉到隔簾花樹搖動，詩人隔簾望去，在綠柳紅杏的掩映下，那盪秋千的女郎上下起伏，宛如穿花彩蝶，一陣笑意隨著蕩出的風飄然而開。其他還有在補遺詩中〈閨月〉：

> 明月照前除，煙華蕙蘭濕。清風行處來，白露寒蟬急。
>
> 美人情易傷，暗上紅樓立。欲言無處言，但向姮娥泣。

此詩寫閨中少婦夜晚為情傷心，獨自上紅樓傷心流淚。詩中「情易傷」與詞中〈江城子〉（恩重嬌多情易傷）〔註125〕詞中「恩重嬌多情易傷」一句似有相同的情境，怕郎人辜負了自己，而成被拋棄的人，所以容易傷情。這首詩由女子的角度寫出了女子傷情的內心世界。首聯由外在景色描寫起，月光照亮前階，煙華蘭蕙被露水沾濕的深夜之景，而美人卻還未眠，頷聯寫夜晚風吹的冰涼觸覺與溼氣越來越重之下聽到寒蟬的鳴叫聲，由視覺、觸覺、聽覺造就清、冷、淒的場景。頸聯寫一片寂寥陰暗的色彩中，只有紅樓的燈還亮著，這裡藉由色彩的對比，

〔註125〕〈江城子〉：「恩重嬌多情易傷，漏更長，解鴛鴦。朱唇未動，先覺口脂香。緩揭繡衾抽皓腕，移鳳枕，枕檀郎。」

突顯美人的孤單寂寞，她為情傷心而無法成眠。末聯寫美人心中的愁苦無處訴說，只能向著月亮泣訴。還有描寫歌伎香豔之氣與脂粉之色的，如〈傷灼灼〉：「嘗聞灼灼麗於花，雲鬢盤時未破瓜。桃臉曼長橫綠水，玉肌香膩透紅紗。」〈上春詞〉：「金樓美人花屏開，晨妝未罷車聲催。幽蘭報暖紫芽折，夭花愁豔蝶飛回。」皆極力描寫少婦華艷色彩的衣飾、妖艷佼麗的容顏等，詩中充滿金玉炫麗的色彩與目不暇給的綾羅綢緞等，宛如溫庭筠詞的再現。其他以女性為焦點而作詩還有〈春陌兩首〉之一「滿街芳草卓香車，仙子門前白日斜。腸斷東風各回首，一枝春雪凍梅花。」〈贈姬人〉：「莫恨紅裙破，休嫌白屋低。請看京與洛，誰在舊香閨。」〈擣練篇〉〈閨怨〉，另外〈弔亡姬〉〈獨吟〉〈悔恨〉〈虛席〉〈舊居〉皆悼亡姬作等。以上十四各首俱在補遺之中，雖然不能斷定每一首詞的創作時間，但由夏承燾在年譜最後提到韋莊詞所收五十四闋「其詞略約可見年代者，喜遷鶯二首或第進士時作，謁金門、荷葉杯，或及第後悼亡作。餘皆無考矣。」〔註126〕的悼念亡姬的事情推測，詩的悼念亡姬之作也是在及第後所作，以及由詩題中〈丙辰年鄜州遇寒食城外醉吟五首〉推測其創作時間在晚期及第後而作，這幾首詩詞描述主角改變為女性，作品內容已不同以往。且比起《浣花集》中三百多首以描寫自身的情感為主，極少參差宮怨閨思之類的情語，晚期描寫女姓題材的比例增多，不免懷疑其詩風漸漸受到詞風的影響所致。

　　總上言之，雖然韋莊詩詞內容中描寫的時間地點不同，韋莊詩描寫早期奔波南北的時空背景，而詞則大部分描寫晚期到蜀地的生活；詩詞取材也不同，韋莊詩以士大夫的道德感抒發為主，詞則以男女艷情的纏綿相思內容為主。但流離漂泊的悲哀、憂國懷鄉的情緒、世事無常的感慨，是詞中隱隱出現似詩的地方；憶舊歡悼亡姬、描寫科舉登第的熱鬧場面，則是詩詞明確的共同主題內容。

〔註126〕夏承燾〈韋端己年譜〉《唐宋詞人年譜》（台北：明倫出版社，1970年12月），頁30。

　　但是韋莊以儒家爲主的性格態度是未嘗改變的，他可能因晚唐局勢的滅亡而沉湎及時行樂中，可能因爲受到蜀地的影響而傾向淫靡之音的創作，可能因爲社會地位的提升而以歡樂爲生活重心。但是這些全是在韋莊過了大半生流離生活、黃巢亂中大病瀕死、貧困無依奔波四方、屢次落第遭遇挫折，五十九歲中進士後才得以享受。在長時間的催化下，韋莊北方樸實的愛國精神烙印在潛意識中，對晚唐衰敗社會的感嘆，積澱在韋莊大腦中的深刻經驗太多了，也太久了，故時常滲入詞的創作中，化爲詞中的棄婦、遊子，內容則描寫分離的悲傷、思念故游的美好，以及對現世人生的及時行樂，因此韋莊詞就異於一般靡靡之音，而多了與詩相同的情感。